新典社選書72

リアルなイーハトーヴ

——宮沢賢治が求めた空間——

人見千佐子 著

新典社

目　次

第3章　イーハトーヴとユートピア

第4章　イーハトーヴの言語と時空間

終　章

序章

宮沢賢治がこの世界に残したものは大きくて深い。賢治の童話は自然を、世界全体を包み込むようだし、賢治の詩はなにくわぬ顔でひとりの人間の奥深くまで容易に入りこみ、苦しみや哀しみがあるのは人間だから当たりまえだと諭すかのようだ。彼の作品に触れるとき、創造世界であるイーハトーヴの存在感は大きい。イーハトーヴとはなにものであるのか。どのように構築されてきたのか、それ以前に何故賢治にとって必要だったのだろうか。

二〇一一年の東日本大震災を経験した現代の私達は、直後から賢治の『雨ニモマケズ』が何度も取り上げられたことを記憶している。インターネットでは俳優が『雨ニモマケズ』を朗読した動画を配信、津波被害のあった岩手の小学校の卒業式では校長が朗読した。海を越え、アメリカのワシントン大聖堂では日本の為の祈りとして、英語の翻訳版が朗読され、香港でのチャリティーコンサートの中でも曲をつけて新しく生まれかわった『雨ニモマケズ』が多くの人々に歌われた。しかしこれはほんの一例にすぎないのである。いったいなぜ『雨ニモマケズ』が世界同時発生的に取り上げられたのであろう。宮沢賢治が被害の大きかった東北の出身であるという理由だけではあるまい。この詩が厳しい自然や暮らしをうたっていること、ましてその厳しさの中で無私であることの重さをメッセージとして持っているからでもないだろう。そこには多くの場所で多くの人に選ばれるだけの何かがある。他の詩にはない何か、である。

本書はイーハトーヴの本質、という大きな問いに取り組むものであるが、同時にこの「何か」

を探す旅でもある。人々はこの詩の背後にある「何か」を理屈ではなく直観的に感じとっているのだ。実際この詩を選んだ理由を人々に聞いても同じ答えは一つとして返ってこないだろう。賢治作品の持つ普遍性が理由の一つであることは確かだが、しかしそれだけではない。では何か。それは賢治の生き様、人生における様々な選択、構築していったイーハトーヴ世界と密接に関わっていることを予感させる。賢治が人生の転換期において何を考え、迷い、決断していったのか、そして自分の生きる道として最終的に選んだのはどのようなものであったか。人々は生きる者の直感として、こういった背景を持つ作品群の強さを知っている。

賢治は自分の死を予感した時に心の叫びを手帳に書き付けた。賢治の世界はその瞬間にこの『雨ニモマケズ』と呼ばれた詩の中へと集約されていく。生きて成し遂げたかった事のすべて、自分の望んだ自分自身の姿が詩の中に実現していく。それはすなわちイーハトーヴそのものが何であるかを読みとく一つのカギにもなろう。本書は人々が『雨ニモマケズ』に感じる何かを探す旅であると同時に賢治の構築した世界、すなわちイーハトーヴの本質をつまびらかにしていくものである。

そもそもイーハトーヴとはどのような世界であるのか。賢治は自分の創造世界にイーハトーヴと名付けた。一九二四年に発刊した童話集『イーハトヴ童話　注文の多い料理店』についての広告チラシに次のような記載がある。

イーハトヴは一つの地名である。強て、その地点を求むるならばそれは、大小クラウスたちの耕してゐた、野原や、少女アリスガ辿った鏡の国と同じ世界の中、テパーンタール砂漠の遥かな北東、イヴン王国の遠い東と考へられる。

実にこれは著者の心象中に、このような状景をもつて実在したドリームランドとしての日本岩手県である。(1)（宮沢賢治、一九九五、第十二巻校異篇、p10）

これが賢治自身による唯一のイーハトーヴの定義である。広告文にはアンデルセン、ルイス・キャロル、タゴール、トルストイの作品に由来する言葉が連なり、それらの影響が暗示されている。イーハトーヴは、アンデルセンの創造世界、大クラウス小クラウスたちの耕していた「野原」、そしてルイス・キャロルの創造した「少女アリスが辿った鏡の国」と同じ「世界の中」である。タゴールの想像上のテパーンタール砂漠からならば北東へ、トルストイの想像世界イワン王国からならば東へずっと向かえばイーハトーヴにたどりつけるはずである。

この定義と賢治作品の中の著述から、イーハトーヴの具体的な定義をこれまで多くの研究が試みてきている。例えば三好京三は、イーハトーヴは理想郷でありながら、同時に悲惨な土地なのであると述べたし（三好、一九七八）、天沢退二郎は賢治の童話集『イーハトヴ童話　注文の多い料理店』の広告文の、イーハトーヴの定義に着目し、初句と結句を直結するなら「岩手県は」「イーハトーヴである。」となるが、イーハトーヴが岩手そのものであることをさしているのではない、としている（天沢、一九九六）。またこれがユートピアである、と考える方法としての可能性を残しながらも、一般的に言われるユートピアの定義とは異なると述べている。夢を見ている間それをリアルな体験と感じるのと同様にイマージナルの世界を全くのリアルとして感じることを重視する、これがイーハトーヴなのだというのである。

頭の中でイメージしたことがそのままリアルな世界として機能することは賢治作品にたびたび現れる感覚であり、例えば童話『ポラーノの広場』の中の「ぼくはきっとできると思ふ。なぜならぼくらがそれをいまかんがえているのだから。」というセリフに集約されている。イーハトーヴという空間では賢治の夢想、思索はそのままリアルな世界を形成していくのである。賢治は「心象中に実在する」という言葉でもってこれを表現しようとした。イーハトーヴが実在する、という事の意味は、それが何もないところからひねりだされた世界、つまりフィクションであることの一切の否定である。実際に賢治が五感を通して認識しえたもの、その一つ一つが重なり、その向こうに見えてきた普遍の世界こそがイーハトーヴなのではないだろうか。また天沢の指摘するように、イーハトーヴとはやはりユートピアとは似て非なるもの、あるいは逆説的なユートピアと表現されることもあろう。悲惨な現実がそこにはある。特に賢治後期の作品におけるイーハトーヴには主人公の生き方そのものの質が問われる重いテーマが流れているようでもある。賢治の作品世界の底のあたりに流れるこの暗く重い雰囲気は結局、賢治自身の迷いや悩みから生みだされたものではなかったか。ユートピアを夢見るだけでは済まされなかった賢治の人生そのものが、イーハトーヴという独特の世界を生みだした唯一の理由ではないだろうか。

では賢治の迷いや悩みはどんなものであったのだろうか。まず宮沢家の長男として生まれ落ちた宿命である。家督を継ぐという決められた未来は自由を好む賢治にとって、想像を絶するほどの窮屈さを感じさせたに違いない。学問という自由を通して知識を得るほどに、賢治の関心はより外へと向けられていく。知への欲求はそのまま自分の知る世界の外側への脱出願望と重なっていった。これをふまえ、本書第一章では、東京に憧れた時期から変化していく過程に焦点をあて、都会と農村のはざまで揺れ動いた賢治のまなざしを追っていく。憧れはいつしか形をかえて、故郷花巻を違った形で映し出す。東京の向こうに見えていた世界もまた近代文明の行き詰りという半面が見えてくることにより、賢治が求める物とは違っていることに気づいてしまう。東京という都市の空間と、花巻という農村の空間、その二つが新たな価値観で賢治の目にうつるときこそが、もう一つの空間であるイーハトーヴ世界の構築の第一歩なのであった。

第二章では賢治が非常に興味をもっていた浮世絵について分析する。資料の少ない分野ではあるが、実は賢治の芸術観、自然観、そして空間論の視点からも重要である。浮世絵の世界を一つの創造世界と考えるとき、時をこえ、海を越え、その価値が再発見されたことはイーハトーヴ創造においても大きく影響したと考えられる。一九二〇年代の大震災に、そして近代文明に疲弊した東京の姿を見ながらも、この浮世絵の目覚ましい人気の勢いは、その作品同様強く賢治の心を惹きつけていた。賢治が浮世絵において着目したのは、非現実という世界を構築する一方で、生き物のように呼吸し、変化し続ける浮世絵作品のリアルさでもあった。また、一瞬を捉えた刹那の浮世絵に、連続した場面や、音、空気の動きといった感覚を感じ、それを言語化していったのである。

このような賢治の実際の活動をもとにし、第三章からは賢治の精神的活動へと視点を移していく。イーハトーヴそのものがどのように創り上げられたのかを、賢治の精神的活動をもとに読み解いていく。賢治の感覚そのものを再現することはできないが、限りなくせまることは可能だ。表象されていくイーハトーヴにそのヒントが多く隠されているからだ。賢治が影響を受けたトルストイの理想世界と、ウィリアム・モリスのユートピアとの比較からは、ユートピア性の欠如、都会と田園に対する認識、そして貨幣の認識といった点でイーハトーヴの特異性が浮き彫りになろう。都市と農村の格差を知った賢治にとって、貧しい農民達の生活はまた大きな悩みとなった。無知であることの哀しさは賢治の実践的活動、即ち羅須地人協会への大きな原動力にもなっている。

第四章はイーハトーヴの具体的な地図である。言語と時空間という二つの観点からイーハトーヴの持つ性格を読み解いていく。まず言語について、エスペラント語を羅須地人協会で勉強しようと計画した背景には、賢治の大きな悩みがあった。日本語と英語、そして方言と標準語という言葉の上での不平等である。人々がみなエスペラント語で意思疎通のできる世界は賢治にとって理想なのであった。また四次元世界に象徴される賢治の時空間は、イーハトーヴの世界全体に関わるテーマでもある。イーハトーヴ自体が四次元であることによって、それは実在という形でもって観賞者たちの前にリアルに見えてくるのである。ここに東京と花巻という空間、さらに浮世絵の世界が吸収され、新しい世界として発展していくのだ。

混沌とした現代社会の多様になりすぎた価値観の中で、私達が向かうべき理想はどこにあるのだろうか。その理想の必要性が徹底的に純化された一時点が、先の震災だとするならば、その時に求められたものこそ答えなのではないか。人々がなりたいのは、『雨ニモマケズ』の中の無私の自分であり、その根底にはイーハトーヴの世界観に身を浸したいという願望がある。静かに全てを受け入れる「ワタシ」は悲しみを乗り越えていく目指すべき自分の姿であり、過多でないその願いは疲れた心と体に優しく寄りそう。イーハトーヴはそのような人々を優しく包み込む空間となり、人々の心の辿りつきたい場所となるのではないだろうか。

　賢治が経験した迷いのあとを、追体験することで、その全容も明らかになろう。イーハトーヴの本質と、賢治が人々に直感として与え続ける何かを探す旅の始まりである。

第1章　賢治のみつめた東京

宮沢賢治はイーハトーヴという独特な世界を構築した。それは日本とも外国とも区別のつかない場所、それ以前に国境など存在しないかのような民族と文化の混在する場所である。この世界観はどのように生まれたのだろうか。賢治にとって海外諸国そして日本という概念はどのようなものであったのか、それを知る段階の一つとして東京という土地の役割を分析することは重要である。上京の目的は様々であったが、この東京を介して海外諸国の一部を見つめていたのは間違いない。東京で賢治が吸収したもの、その一つに明治以降急激に流入し始めた西洋文化がある。憧れつつも海外渡航の経験のない賢治は、東京の向こう側に透かしてヨーロッパやアメリカを見つめたのではないだろうか。

また東京を意識すると同時に、故郷である花巻を賢治はどのように位置付けていたのだろうか。ここでは花巻と東京との関わり、そして東京への意識の変化を賢治の海外へのまなざしとともに詳しく追っていこう。

東京についての研究

東京での賢治については、小沢俊郎（一九六三）及び奥田弘（一九七五）の研究に詳しい。小沢は全集から都市や部落などの地名を拾いだし、使用回数をカウントしていった。岩手県の中では花巻、盛岡、湯口の順で使用頻度が高く、県外では第一位が東京、そして函館、札幌、小樽と続く。作品や書簡に書かれた「花巻」「東京」の語数のみを比べると、四十六対九十二と圧倒的に東京の方が多いのである。このことから、東京、盛岡、花巻の三市が賢治の心を最も強く引いたとしているが、分析する課程で東京と花巻の中間存在としての地方都市盛岡が霞んできたという。賢治の生涯は東京と花巻の間をフレていたのだという結論のもと、東京との関わりが始まった当初は「個人個人が独立者であることを認められている「近代」都市東京と、個人の存在が血縁社会、地域社会の中に埋没して生きねばならぬ「前近代」地方都市花巻、を対比してはっきりとこの時「近代」を選んだのである」と断言する。（小沢、一九六三、p82）東京に対する賢治の態度を事実と書簡や作品を織り交ぜながら細かな心情にいたるまで考察し、後に触れることになるがこれを四期にわけ、東京へのフレの激しさを分析している。この気持ちのフレの激しさの理由は、一つは求心力遠心力の問題だという。文化の中心東京は賢治の心の遠心となって彼を引きつけ、故郷花巻は理想実現の場として選ばねばならぬ地であり、その求心力が彼を引きつけたのだ。もう一つは近代の問題で、花巻の中にある古さが個性を自覚し自我に生きようとする人間を圧し潰してしまうのを恐れ、自己を生かす道として東京を選んだというものである。後に近代都市東京に住みつつ田園回帰に傾いたのは賢治が近代からはじきだされたからである。つまり賢治は自我の独立のために東京に来ながら、経済はなお捨てたはずの家にパイプをつないでいたのだが、いったん生活力で敗れてみれば、先には求めた近代の欠陥が目についた。近代文明イコール資本主義文明となり、人間を力により評価し、一律化し部品化専門化する。個性を失った人間は自分で自分を支配できない。人間性の喪失、人間疎外、その近代文明社会の欠陥を直視して、人間を取り戻そうと希う。その人間回復の願望が賢治の全人生を貫いている、とまとめている。

奥田は東京での賢治の足跡をち密に探り、訪れた場所の正確な所在地などを詳しい地図とともにまとめている。また正確な年月日とともに当時の様子を知るゆかりの人々からの聞き取り調査を実施し、重要な資料として残している。

これらの研究をふまえ賢治の見つめた東京を今一度見てみよう。幾度かの上京や東京生活を経て賢治の中の東京観がいかに変化していったのか、特に海外への視線、世界とのつながりという点も合わせて追っていきたい。

賢治の上京

賢治は繰り返し上京したと言われているが、主なものをまとめると次の通りである。

1916　大正五年三月　盛岡高等農林修学旅行（西ヶ原農事試験場、東京高等蚕糸学校、駒場農科大学を見学。上野、浅草で遊ぶ）叔母瀬川コトを見舞う。

　　七月～八月　帝室博物館見学（浮世絵）。
　　十二月　神田の東京ドイツ語学院夏期講習を受講。
1917　大正六年一月　叔父宮沢恒治と明治座で観劇（左團次一座）。
1918　大正七年十二月～八年二月　妹トシ病気の看護のため（上野図書館、日比谷図書館に通う）。
1921　大正十年一月～九月　家族に無断で上京、本郷菊坂町に下宿。高知尾智耀に会う。
　　東大赤門前の出版社で働く。
　　トシ病気の電報で帰郷。
1923　大正十二年一月　図書館通い、映画、演劇を見る。弟清六に原稿売り込みをさせる。
1925　大正十四年　高村光太郎を訪ねる。
1926　大正十五年　図書館通い、オルガン、エスペラントの個人教授を受ける。
　　タイプライターを習い、演劇を見る。
1928　昭和三年六月　農産物、水産物製造法研究のため伊豆大島へ。浮世絵展を見る。
　　歌舞伎座、丸善、明治屋を訪ねる。
1931　昭和六年四月　炭酸石灰宣伝のため。

九月　炭酸石灰宣伝のため。発熱し遺書を書く。

なお、童話作品、詩、短歌、書簡などからの引用はそれぞれの扱いについて注意する必要がある。まず童話作品については、賢治が何度も推敲を重ねていることからもわかるように、使われている語句はよく考えられ選びぬかれている。その結果、暗示的であったり、シンボル化されていたりすることが考えられ、直接的に意味を解釈するのは避けたほうが無難かもしれない。詩や短歌については、推敲の度合いによるが、特に直接手帳などに書きつけられたものについてはその時々の素直な印象や感情の吐露とみてよいかと思われる。書簡については特定の人物だけに読まれるという前提があるので、見栄や少々の誇張、演出等も含まれるであろう。以上のことを念頭に置きながら賢治の見つめた東京について見て行くことにしよう。

1　東京のイメージ

童話作品の中の東京は大きく分けて次の三つのイメージを持っている。

(1)　高級・上流

特に童話の中で使用される東京という単語については、服飾に関するものの質の高さを暗示するものがある。

「東京で買った白い帽子も服も」　　　　　　　　　　『旅人のはなし』

この表現に準じるのが三越、銀座といったより具体的な表現である。

「銀座でこさえた長靴」　　　　　　　　　　　　　『楢ノ木大学士の野宿』
「三越でこさえた白い麻のフロックコート」　　　　　『ビヂテリアン大祭』

「こさえた」というのはつまり誂えということで高級品であることを表わすものであり、もちろん費用もかかる。三越に関していえば大正はじめに「今日は帝劇、明日は三越」というキャッチフレーズがあり、高級、上流のイメージを持っていた。欧米風の生活用品の普及にも努めていたから、賢治が興味を持って商品を眺めていたことは十分に考えられよう。誂え（＝「こさえた」）については『株式会社三越百年の記録』（株式会社三越、二〇〇五）に次のような記述がある。大正はじめ日本初の洋服売り場が三越本店にあった。「指導者として英京ロンドンよりアレキサンダー・ミッチェルが招聘され、日本唯一の洋服部が築きあげられたのである。（中略）当時洋服を着る人と言えば官吏位なものであったが、洋服の簡便さと端正さは時代と共に速やかに普及して、遂には既製服の出現を見る様になった」このことはつまり既製服の出現までは勿論洋服はすべて誂えるものであったことを意味する（前掲書、p103）。

この東京のイメージに関して特筆すべきことの一つ目は、賢治の生活のレベルや金銭感覚、二つ目は地方と東京との価値観の相違である。賢治の東京滞在中には潤沢な資金があった時期とそうでない時期があり、いずれも父親政次郎からの援助の有無に由来する。例えば賢治は大正十年の家出後の東京滞在中には十分な資金があったわけでない。本郷の文信社で大学のノートを謄写版にするアルバイトをして稼いでいたが、賃金はわずかで一日二食にするなど生活は苦しかった。

一方、大正十五年に図書館に通いながらオルガンやエスペラントを習う頃には、父親に堂々と金の無心を目的とした書簡を送っている。そうして手に入れた資金は新しい服や靴、毛布、本そして一流の講師による個人授業の費用などに消えていく。

第一に靴が来る途中から泥がはいってゐまして修繕にやるうちどうせあとで要るし廉いと思って新らしいのを買ってしまったりふだん着もまたその通りせなかゞあちこちほころびて新らしいのを買ひました。授業料も一流の先生たちを頼んだので殊に一人で習ふので決して廉くはありませんでしたし布団を借りるよりは得と思って毛布を二枚買ったり心理学や科学の廉い本を見ては飛びついて買ってしまひおまけに芝居もいくつか見ましたしたうたうやっぱり最初お願ひしたくらゐかゝるやうになりました。どうか今年だけでも小林様に二百円おあづけをねがひます。

（宮沢、一九九五、第十五巻、No.222(2)）

上京すると次第に自分の服装がみすぼらしく感じられたろうか。父親の資金をあてにして金遣いが荒いようにも感じるが、おそらくは必要最低限でいずれも安価であることを強調しており、さすがに誂えたのではなさそうである。銀座や三越で「こさえた」品物は、洒落者の賢治が憧れていたとしてもやはり手に入らない贅沢品であったのである。

また、東京に似合うその高級さは東京から離れるとその価値観が変化し、持ち味をなくす、という裏のイメージを持たせているようにも思われる。『旅人のはなし』の旅人は旅先で「東京で買った白い帽子も服」も「土に染め」たり、「よごし」たりしてしまう。『楢ノ木大学士の野宿』では「銀座でこさえた長靴」をはいた大学士は、海の近くの柔らかな泥の中に足あとをつけながら歩く。当然のことながら長靴は泥だらけになることだろう。上質な物、きれいな物、白に象徴される高級感、フォーマル感、そしてそれを身につける環境を許される者、つまりホワイトカラーであるということ、そういったものが東京で買った、あるいは特注した服飾雑貨の持つイメージである。それと対極にある土ぼこりや泥による汚れは、肉体労働、ここでは旅をすることや野山を歩き回ることを表象している。東京ではない場所、旅人はイタリヤで、そして大学士は宝石を捜しに来た海沿いの地域で土や泥にまみれてしまう。

また『革トランク』には東京の名が明記されていないまでも、文脈から主人公平太が東京で買ったと推測される一張羅の白い麻服を着て故郷に帰る場面がある。同じく東京で買った大きな革のトランクには何も入れるものがないため、要らない絵図を三十枚詰めて持ち帰る。平太の村へ続く道はでこぼこでトランクを担いで歩くと「白の麻服のせなかも汗でぐちゃぐちゃ」になってしまう。トランクを見た子供たちには「牛の革だ」「牛の膝かぶの皮だ」などといわれ悲しい気分になる。トランクを見た下男はひどく腹をたてながら背負い、村長までも苦笑いをする。このように二十円もした高級なトランクは東京を離れると本来の役割を果たすことなく、無用の長物と化してしまう。ここには平太の見栄、そして村と都市における価値観の相違が表現されているとみてよいであろう。例えば東京で素材としての高級品の牛の革という価値観は、村では子供たちにもなじみ深い、農作業には欠かせない家畜の牛からとった皮というものに変化する。そして前述の白い帽子や服同様、平太の白い麻の服も村に向かう途中、汗で汚れてしまう。村には勿論白い服を着たものはいないであろう。東京では流行で上質の象徴である服も、村では作業をすればすぐに汚れてしまう機能性を欠いた着物なのだ。

これはまた先に引用した書簡で賢治が実際に感じていた逆の現象とも考えられる。花巻ではさほど気にならなかった自分の服装のみすぼらしさは、東京では特に感じるようになってしまう。反対に東京で良いと思った高級品を携えて故郷に帰ってもやはりそぐわないのだ。

(2) 学問・研究

東京は一つのブランドであり、学問・研究の中心地であるというイメージも持っている。『気のいい火山弾』ではただの黒い石だと思われていたベゴは「こんな立派な火山弾は大英博物館にだってないぜ」と「東京帝国大学校地質学教室行」と書いた大きな札をつけられる。また『革トランク』では斎藤平太がエレベーターとエスカレーターの研究の為に東京へ行く。事実賢治の上京する目的は主に図書館で勉強すること、博物館などを見て回ること、語学や音楽を習うことなどであり、その思いは繰り返し書簡にもつづられている。

賢治の親しい人々が勉学のため上京するという事実が重なったことも大きいであろう。友人の保阪嘉内は北大受験のため、妹の宮沢トシは日本女子大へ、後には弟の宮沢清六も東京で勉学に励んでいた。大正七年五月十九日の書簡では保阪に対して「東京の古本屋を歩くうちにもしか理論化学の新著（原書、英語）などがあったら買って下さいませんか」（№63）と頼んでいる。東京は賢治にとって学問・研究に必要な情報がそろっている場所であったことに間違いないのである。

（3） 都市文明のダークサイド

賢治の童話に見られる東京のイメージは華やかなものばかりではない。『注文の多い料理店』では東京からやってきた紳士たちは山猫から命からがら逃げ出すが、「一ぺん紙くずのようになった二人の顔だけは　東京に帰っても、お湯に入っても、もうもとのとおりには」なおらない。賢治は新刊案内においてこの物語について「都市文明と放恣な階級とに対するやむにやまれない反感です。」と説明する。

賢治のイメージでは東京には様々な人々が住んでいる。『楢ノ木大学士の野宿』では「どうも期の人の居ない海岸などへ来て、つくづく夕方歩いていると東京のまちのまん中で鼻の赤い連中などを相手にしていい加減の法螺を吹いたことが全く情けなくなっちまう。」と大学士は嘆くし、詩『厨川停車場』では「あれは有名な社会主義者だよ。何回か東京でひっぱられた。」などと人々が噂する。『注文の多い料理店』の二人の紳士は犬の命をお金でしかはかることができず、狩の獲物がなければ山鳥を買って帰る見栄っ張り、そして自分たちの生命の危険になかなか気づくこともできない愚鈍さの象徴のように描かれている。『楢ノ木大学士の野宿』に出てくる鼻の赤い連中とは、大学士と成金との仲介役をする「貝の火兄弟商会」の支配人のことである。（おそらく多額の）旅費を大学士に渡し、成金も納得するような上質の宝石の採取を依頼する。大学士の方も思うように宝石がとれないと分かると「東京のまちのまん中で鼻の赤い連中などを相手に法螺を吹いていればいい」とひらきなおる。大学士もまた東京に住みそのイメージを負う人物の一人なのである。

短歌や詩でも東京が暗いイメージで使われている。一九二四年刊行の詩集『春と修羅』収録の『昴』より「東京はいま生きるか死ぬかの堺なのだ」、『宗教風の恋』より「東京の避難者たちは半分脳膜炎になっていまでも毎日遁げてくるのに」などという表現が見つかるのである。このあたりの賢治の心境については成立時期とも大きく関係してくるので、後に詳しく述べることとなろう。

2　東京と花巻

大正八年、一月二十七日付の父親あての書簡には一つの賢治の東京観が記されている。

東京のくらし易く、花巻等に比して少しもあたりへ心遣ひのなきこと、当地ならば仮令失敗しても無資本にして色々に試み得ること、その他一一列挙する迫も御座無く候。地方は人情朴実なり等大偽にして当地には本当に人のよき者沢山に御座候。（No.131）

妹トシの看病という名目で思いがけなく東京での長期滞在を許された賢治は、実際に生活することで、初めて生まれ育った岩手県花巻と東京の違いを知ることになる。宮澤家の一人として注目され続けた自分の半生と、都会の雑踏の中に埋もれていく感覚の間にある大きな差異は若い賢治にとって新たな価値観を与えた。地方の人々が人情朴実などは偽りであり、東京には良い人がたくさんいるのだ、とこれまでのイメージを一新するのである。この書簡自体が父親に東京滞在の延長、具体的には起業の許しを乞うものであることを考えれば、ある程度都合のいいように書いていることは否めないだろう。しかしそれを差し引いても賢治の熱い思いはありあまるほどである。

この手紙は裏をかえしてみれば花巻では心遣いをしなければならないことが多く、失敗をした時のことを考えると周りの目もあり、なかなか試みることができないということである。しかも花巻はもしかすると都会である東京より良き者が少ないのかもしれないと賢治が思っていることにほかならない。それほど賢治にとって故郷との地縁は重苦しかったのである。

賢治は花巻で生まれ育ち、裕福であたりでは有名な一族の長男として常に注目を集める存在であった。家業を継ぐ者として周りから大切に扱われ、もちろん家から出て独立するなど簡単に認められるはずもない。そのような環境や親に反抗しながら、あるいは宗教的に親の信仰から離脱しながらも、父親の権限は絶対であった。独立したいと口では言ってもその計画から父が判断したように商才はなく、実際いつになっても経済的に自立できない生活をしていた。そんな中いざ暮らしてみると冷たい人ばかりかと思っていた東京の人々は親切にしてくれる。当然ながら花巻での自分を知らない。雑踏の中で目立たない安心感は賢治にとっていかなるものであったろうか。

さて大正四年八月十四日付高橋秀松あての書簡では、

私の町は汚ない町であります。私の家も亦その中の一分子でありますから尤もなことになります。（№9）

と書き送っている。これは相手に対するわずかな謙遜が含まれていないとも言えないのだが、客観的に判断して賢治の本心でもあったろう。

当時の花巻は実際どのような状況であったろうか。『岩手をつくる人々』（森、一九七四）によれば岩手地方で考えると農村の社会状況は冷害、凶作、災害が絶えず、東北地方の中でも後進性を集中的に残存させていた。それまでの長い封鎖的な封建社会は藩を単位としており、県の境の向こう側を敵国、あるいは外という認識を脈々と記憶として残していた。一八九〇年、東北本線が開通するが、静かで安定した生活に慣れた人がまだ多く、すでに出来上がってしまった考え方、経済的判断が通用しなくなる社会は好まない風潮があった。そのような人々は例えば東京から盛岡まで一日で来てしまうような汽車の開通もまた、好まなかったのである。

花巻はそんな気風を残しながらも、一方で商人達を中心に時代とともに大きく変貌を遂げる。鉄道をこわがり、誰も花巻駅のための敷地を提供しようとしなかったが、最終的には豪農伊藤儀兵衛は進んで土地を無償で提供したという。伊藤はその後北上運送店や花巻倉庫株式会社を設立し、花巻商人として交通運輸に尽力している。

鉄道によってそれまで船に頼っていた物資は簡便に遠方まで送ることができるようになる。また花巻を中心に東西への街道も開通し、非常に便利になった。花巻ではろうそく、煉瓦、傘、菓子、醤油と酒、その他の食品等の産業が盛んであったが、販路は東北地方はもちろん、東京をはじめとする関東一円や、関西に及ぶものまであった。驚くべきことにろうそく等は原料を英米からの直輸入、菓子は台湾米を輸入するなどして、一躍資産を積んだ者もいたという。

以上の森の分析をもとに考えると、賢治の育った花巻にはこのような二つの土壌が混在していたといえる。すなわち変化や新しいことの流入を好まない排他的な面、そして鉄道を最大限に利用し大都会、東京と渡り合う商人たち、彼らは海外にまで直接働きかけるつわものたちである。賢治の父政次郎がこの商人側の人間であったことも、賢治の言動に与えた影響が大きいであろう。

3　東京との関わりの変化

小沢俊郎は「東京—花巻—賢治地理『集落』—」（一九六三）の中で賢治の東京に対する態度を大きく四つの時期に分けた。第一期東京憧憬の時代（大正五年三月～大正十年一月）、第二期田園回帰（大正十年一月～九月）、第三期（花巻を捨てる気のない）文化憧憬（大正十年九月～昭和三年八月）、第四期病気からの再起後、東京に身を隠してしまいたい時期（昭和三年八月以降）である。本書ではこの賢治の東京に対する態度について時期に分けることはせず、特に賢治の思いが強いと感じられる以下の六つの上京あるいは東京生活について分析することにより、東京に対するまなざしの変化を見て行く。

（1）　初めての東京　都会における自己の再認識（大正五年三月）
（2）　看病という名目での東京滞在　アイデンティティの否定の時期から最大の好機到来（大正七年十二月～八年二月）
（3）　家出　親への反抗と自立への憧れ（大正十年一月～九月）
（4）　東京へのまなざしの変化期（大正十五年）

（5）落ち着いて東京を見つめる時期（昭和三年）

（6）サラリーマンとして（昭和六年）

東京に集結した近代文明に対する賢治の見方が変化することにより、東京へのまなざしが変化していった可能性はないだろうか。賢治が東京に憧れた理由は、おそらく勉学、研究の中心地であるということ、また日本中のそして海外からの情報が集中する場所であるということ、さらに近代文明の集結の地であったことであろう。もし東京を通して海外を見ていたとすれば、東京へのまなざしの変化は海外諸国への視点の変化とも深くかかわっていることが想像できるのである。

（1）初めての東京　都会における自己の再認識（大正五年三月）

賢治にとって東京のはじまりは、大正五年盛岡高等農林の学生時代の修学旅行である。一行は農事試験場などを見学した。賢治にとってこれは初めての家からの脱出と言ってもよいであろう。花巻という自分を生み出した地域からの一時的脱出はどのようなものであったか。

しろき空　この東京のひとむれに　まじりてひとり京橋に行く

この上京で叔母の瀬川コトを見舞った折に詠んだ句である。花巻では考えられないほどの沢山の人々が行きかう大通りを、自分もその中の一人と化して歩いていく。若い賢治が一人きりでこの大都会を歩く行為から感じたのは少々の心細さ、そして誇らしさと解放感といったところだろうか。何より人の群れは自分のことなどお構いなしなのだ。だれも宮沢家の長男など干渉しないのである。東京というところはこれまで花巻で培ったアイデンティティをそのまま受け入れることはない、もしかすると東京での新しいそれが構築可能であることを直感的に感じ取った瞬間なのではないだろうか。東京に出てくると同時に研ぎ澄まされる賢治の感性は大正六年一月六日付保阪嘉内あての書簡に次のように表現されている。「東京へ来ると神経がするどくなって何を見てもはっとなみだぐみます。」（№28）目に触れるものすべてが新鮮で瑞々しく美しく見えたに違いない。東京がそのように輝いて見える限り、故郷花巻は相対的に色あせてみえてしまうのだろう。古今問わず多くの若者が体験するように、この頃の賢治は東京で生まれ変わる自分を体験しつつあったのだ。

大正五年八月二十八日付高橋秀松あて書簡では「あれから私は銀座を晩くまで歩きました。もう前の様に灯も私を動かしません。即ち東京に飽きたのでございます」（№20）と書いている。これは修学旅行と同年二度目の上京時の賢治の心境である。たしかに思う存分銀座を歩き回ったのかもしれないが、東京に飽きたというのは誇張であろう。慣れた、位のところを友人に対する若者特有の見栄で、飽きたと書いたのではないか。銀座のガス灯ももうめずらしく眺める田舎者ではない。東京も慣れてしまえば一つの町にすぎないということだ。賢治が東京を自分の方へ少し引き寄せるかのような余裕さえ感じられる表現である。東京に食傷気味であったという意味でないことは、以降の賢治の行動を見ても明らかである。

同じことは大正五年八月十七日付保阪嘉内宛て書簡にも見られる。それには「Tokio の唱歌」と題して二十首の短歌が書きつけられている（そのうち四首は「版画のうた」として浮世絵にまつわるものである）。

霧雨のニコライ堂の屋根ばかり　なつかしきものはまたとあらざり
かくてわれ東京の底に澱めりと　つくづく思へば空のゆかしさ　（No.19）

単に二回目の上京であるのに、ニコライ堂を「なつかしきもの」と歌うあたりが、東京を自分に引き寄せようとしていることを感じさせる。山梨にいる友人に宛てたものであるからなお、惜しげもなく都会の生活を謳歌している様子を伝えようとする、若い賢治の東京で浮足立つ様子が想像できるのである。

（2）看病という名目での東京滞在―アイデンティティの否定の時期から最大の好機到来（大正七年十二月〜八年二月）

大正七年十二月、日本女子大学校家政学部に通っていた妹トシは体調を崩し、小石川の永楽病院に入院する。賢治には願ってもない東京生活の機会が訪れた。初めこそ母イチとの看病生活であったが、病状が落ち着いたのを見てイチは花巻に帰る。賢治は病室にトシを見舞い、実家にほぼ毎日報告をしながら上野や日比谷の図書館に通った。親公認の滞在だけにむろん経済的にも保障された日々であった。

実はこの上京の直前まで賢治はかなり鬱々とした日々を過ごしている。ここで上京より少しさかのぼり、花巻でいかに東京への想いを募らせていたのかに触れておく必要があるだろう。宮沢家の跡継ぎである自分の抱える現実と勉強をつづけたいという理想や希望とのギャップは賢治の心に重くのしかかる。

大正七年八月　保阪嘉内あて

私は長男で居ながら家を持って行くのが嫌で又その才能がないのです。（中略）今の夢想によればその三十五迠には少づゝでも不断に勉強することになってゐます。その三十五から後は私はこの「宮沢賢治」といふ名をやめてしまってどこへ行っても何の符丁もとらない様に上手に勉強して歩きませう。（№83ａ）

長男としての責任の重さに賢治は押しつぶされそうになっていた。今の自分に自信もなくそれゆえもっと勉強がしたい。自分の名前を捨ててしまうことまで考えている。自分のアイデンティティの放棄、もっと建設的に言えばアイデンティティを再構築してどこへ行っても、拡大解釈をおそれずに言えば東京でも海外でも、恥ずかしくないよう勉強してあるきたい、というのである。賢治はかつて東京を歩いた時の自由を思い出していたのだろう。都会の雑踏にまぎれる気楽さは花巻では味わうことのできないものであった。自由の希求、その結果求めたものが東京生活と短絡的に考えたとしても若い賢治には無理もないことであった。

大正七年九月二十七日　保阪嘉内あて

先以て今回は東京御研学のことと決定相成り候段奉大賀候。小生も事情さへ許すならば出京勉学致し度く候へども只今の処にては家事上並に身体上の都合に依り蓋ろ小生を以て可能とする範囲の労働に従事致すを以て最適とする次第に御座候。（№88）

親友であった保阪嘉内はこの頃北大受験のため上京し勉学に励むことになった。賢治は羨ましさを行間ににじませつつ、家業を継ぐのが最適であると自分に言い聞かせるかのように書いている。嘉内は山梨県の出身で賢治とは盛岡高等農林の時からの友人であったが、実際二人が会うのは東京であった。嘉内は高等農林を退学になっていたし、賢治は嘉内が山梨にいてもそれを訪ねることは一度もなかった。二人は東京を通してつながっていたという見方もできよう。筑摩書房の宮沢賢治全集に収められている書簡には保阪あての手紙の割合が多い。賢治がそれだけ多くの手紙を書き送っていたことも事実であるが、それ以上に保阪が賢治からの手紙をスクラップし、状態の良いまま保存していたことが大きな要因であろう。東京が盛岡高等農林以降の二人の友情を結ぶ唯一の地点であるなら、東京というキーワードが二人の書簡に数多く表れることも不思議はないのである。

ところで、かねてから宮沢家には転業の話があった。この年には賢治自身も体調を崩し盛岡高等農林の研究生を辞して家業を手伝うことが可能になったので、新たな業務を計画し質屋廃業を考えている。

同年十二月初め　保阪嘉内あて

今私が私の望むように東京へでも小工場を持つといふことは家としては非常な損で

すし又当分は不可能です。（No.93）

東京に小工場を持ちたいと考え始めたのはこの頃からであったようだ。この希望は翌年のトシの看病の為の上京後に再燃することになる。そこに願ってもいない上京の命が父親から下された。賢治は東京到着早々着々と準備を始める。トシの病状が落ち着くと病院を見舞う以外の時間を最大に活かして図書館での勉強と宝石に関係した新事業を立ち上げる準備を開始したのである。

十二月三十日　政次郎あて

尚当地滞在中私も兼て望み候通りの職業充分に見込相附き候。蛋白石、瑪瑙等は小川町水晶堂、金石舎共に買ひ申すべき由　岩谷堂産蛋白石を印材用として後に見本送附すべき由約束致し置候。（No.100）

十二月三十一日　保阪あて

或は家事上の都合で私は当地に永住するかも知れないのです。（No.102）

まだ新事業について何一つ決まっていない段階であるにもかかわらず、保阪には東京の永住の可能性も語っている。大正八年、年が明け、看病を続けてきた妹トシが徐々に快方にむかうと、賢治はこれ以上東京に滞在する理由がなくなってしまうことに焦りを感じていた。トシの病状を花巻に報告する書簡の最後には、東京での事業の見込みを書き添えることが増えていく。

一月二十七日　政次郎あて

何卒私をこの儘当地に於て職業に従事する様御許可願ひ度事に御座候。色々鉱物合成の事を調べ候処殆んど工場と云ふものなく実験室といふ大さにて仕事には充分なる事、設備は電気炉一箇位のものにて別段の資本を要せぬこと、東京には場所は元より場末にても間口一間半位の宝石の小店沢山にありていづれにせよ商売の立たぬ事はなきこと、この度帰宅すればとても億劫になり考へてばかり居て仕事の出来ぬ事、いつまで考へても同じなる事、この仕事を始めるには只今が最好期なる事（経済の順況、外国品の競争少き為）、宅へ帰りて只店番をしてゐるのは余りになさけなきこと（No.131）

花巻に帰ってしまえば、再び親の元で家業を手伝う毎日に戻ってしまう。そこで賢治は人造宝石の仕事をさせて欲しいと何度も父親に手紙を出す。しかし賢治の手紙を読んで計画の甘さを見抜いていた政次郎は、許可するはずもない。賢治はかなり具体的に人造宝石についての計画を立てたつもりだったが、それ以上に政次郎は綿密であったのと自分の息子に商才がないことを知っていたのだと言われている。

　これに前後する父への書簡によれば賢治が小工場で作ろうとしていたものは、ネクタイピン、カフスボタン、指輪、鍍金、鉱物合成、洋室の室内装飾、時計台、化粧箱、文房具、印材、西洋婦人帽子の飾り、メタルなどである。いずれもハイカラな品物ばかりで東京で目にした流行のものであろう。これと自分の鉱物に関する広い知識を利用して新しい職を考え出したのである。賢治が計画していた事業は「外国品の競争が少ない」と書かれていることからして、多少東京においては日本橋の三越、銀座の洋品店あたりで輸入品として扱われていたのだろう。例えば『注文の多い料理店』に登場する「ネクタイピン」や「カフスボタン」の発想も原点はこのあたりかと思われる。

二月五日　政次郎あて

　又は私に自由に働く事を御許し下され候や　（No.140）

賢治の本音はここにあったのかもしれない。東京にいる限り自由である。もしそれが駄目ならせめて自由に自分の職業を選ばせてほしいということである。賢治には東京の生活が自由の象徴のように思えていたであろう。家を継ぐ長男として、宮沢家からの自由、周囲の視線から解放される自由、勉強や職業選択の自由、生きることに於いて何一つ自分の思う通りにはならない賢治が切望していたのは自由そのもので、東京生活がその達成目標であるかのように見えていたのだ。しかしその夢はかなわず、二月六日、政次郎から早速帰宅命令が下り、すべをなくした賢治は帰郷を余儀なくされる。

(3)　家出　親への反抗と自立への憧れ（大正十年一月〜九月）

花巻に帰った後、次の家出まがいの上京を決行するまでの賢治は精神的に実に追い込まれた毎日をおくる。父親は温泉で静養中であり、親友保阪嘉内は志願兵として一年間上京が決まったころである。

大正八年四月　保阪あて

只私のうちは古着屋でまた私は終日の労働に堪えないやうなみじめなからだな為にあなたの様に潔い大気を呼吸しては居りません（No.144）

七月　保阪あて

私はいまや無職、無宿、のならずもの、たとへおやぢを温泉へ出し私は店を守るとしても、岩手県平民の籍が私にあるとしても私は実はならずもの、ごろつき、さぎし、ねぢけもの、うそつき（中略）わるもの　偽善会々長です。（No.152 a）

八月　保阪あて

私はとてもあなたの居る中に東京へは出て行けません。けれども東京の御宿は知らせて置いて下さい。何がどうなるやら一寸さきは判りません。私共は一緒に明るい街を歩くには適しません。あなたも思ひ出された様に裾野の柏原の星あかり、銀河の砂礫のはなつひかりのなかに居て火の消えたたいまつ、夢の赤児の掌、夜の幻の華の様なたいまつを見詰めてゐるのにはいゝのですが。私は東京の明るい賑やかな柳並木明滅の膠質光のなかではさびしいとしか思ひません。

博物館にはいゝ加減に褪色した哥麿の三枚続　旧ニコライ堂の錆びた屋根　青白い電車の火花　神田の濠には霧の親類の荷船　きれいななりをした支那の学生　東京は飛んで行きたい様です。（No.153）

「明るい賑やかな柳並木」とは以前「飽きた」と友人に強がってみせた銀座の通りのことであろうか。それと対比させるように書いているのはやはり故郷で嘉内と楽しんだ山歩きのことである。岩手で星ぼしを眺めるにはいいが、東京では淋しいと賢治は言う。しかしその直後に強く惹きつけられる東京の要素が素直に並べられている。友への本音と建て前、いやそれ以上にこの時期の賢治にとっての東京とは理屈や道理では説明のできない、このような断片的なイメージであったことも確かなのだ。

八月二十日前後　保阪あて

この度は県から只一人撰ばれて大会へ出られたり色々おめでたう存じます。（中略）もっとほんとうのことを言せて下さい。県を代表して東京へ出る人はあなたの外に沢山居ますからそう云ふことはその人たちにお任せなさい。（中略）私の父はちかごろ毎日申します。「きさまは世間のこの苦しい中で農林の学校を出ながら何のざまだ。何か考へろ。みんなのためになれ。錦絵なんかを折角ひねくりまわすとは不届千万。アメリカへ行かうのと考へるとは不見識の骨頂。きさまはとうとう人生の第一義を忘れて邪道にふみ入ったな。」おゝ、邪道 O, JADO! O, JADO! 私は邪道を行く。見よこの邪見者のすがた。学校でならったことはもう糞をくらへ。（No.154）

嘉内はこの時、文部省所管の青年団中央部が拓殖大学で開催した「第四回青年指導者講習へ参加していた。ここでは農村改善のための技術および思想問題等の伝習が行われたという。賢治はこの書簡を通常書く文章から逸脱したスタイルで書き続けた。狂気さえ感じられるほどの勢いであるが、その内容は結局友人へのねたみと自由にさせない自分の父親への怒りを爆発させているかのようだ。

ところでこの時期賢治は渡米も希望していたことが文面からうかがえる。アメリカでは何をしたかったのか、そしてなぜアメリカであるのか。一つの可能性として当時日本が海外諸国から取り入れたもの、という視点が考えられる。建築、造園、農業、広い分野において外国人が招聘され日本の近代化に貢献してきたことを賢治が知れば、自ずと現地に向かう動機が生まれるであろう。つまり賢治は東京に憧れ、東京を形づくる近代文明の源を探り始めたのである。始めは単に東京が近代的であると認識していたのだが、実はその源が海外にある事を知る。学ぶべきは東京の技術ではなく実は海外の技術であることに気付いたのではないか。東京での起業のために調べていた賢治は、当時の書簡でも次のようにアメリカに触れている。

大正八年一月二十九日　政次郎あて

宝石の人造は有名の化学者も多く研究し、「ルビーを最初に人造敗売《ママ》に適するに至らしめたる名誉は米国に帰す。」と云ふが如き記載は屢々に有之他に鉱物の合成は実

用的にも大なる意義あるものに候。（No.133）

これは期せずしてアメリカの技術を賢治が知り、興味を持っていたという証拠となろう。賢治はアメリカで人造宝石を学びたかったのかもしれない。いずれにせよ、この気づきはどうやら少しずつ賢治のなかに浸透していき、やがては東京のみに固執しない後年の生き方へと反映されていくように思われる。

大正九年二月ごろ　保阪あて

私の近状などはことさらお知らせするほどのことがないのです。もしその時々の感情をお便りするのでしたらこれもちかごろはすっかり鼠色の石の函の中へ蔵ひ込んでありますので、尤もこれをしまってでも置かなかったら本を一頁も読めないやうな環境のなかに私が居るのですから葉書さへ書く材料がないのです。その環境とはどう云ふ風のものか少しばかりおしらせしませうか。

古い布団綿、あかがついてひやりとする子供の着物、うすぐろい質物、凍ったのれん、青色のねたみ、乾燥な計算　その他（No.159）

古着屋の仕事をするしかない賢治にとって、この時期身の回りにあるものといえば汚れた着物や道具類であった。これらは童話に出てくる白い帽子や服などのイメージの対比と考えることもできるだろうか。

大正九年八月十四日

来春は間違なくそちらへ出ます　事業だの、そんなことは私にはだめだ　宿直室でも探しませう。まづい暮らし様をするかもしれませんが前の通りつき合って下さい。今度は東京ではあなたの外には往来はしたくないと思ひます。真剣に勉強に出るのだから。（No.168）

この頃になると東京での起業をあきらめた様子がうかがえる。やはり東京でも目的は勉強にしぼったのだろうか。そしておよそ四カ月後、賢治は再び家出のようにして上京する。賢治の童話制作と最も深いかかわりがあるのが、この時の上京である。主に国柱会で働くことを目的としていたが、高知尾智耀には物語を書くようにと諭されたこともあり、この東京滞在中賢治は異様な早さで多くの童話作品を生み出していく。家出であるから基本的に親からの経済的援助はない。東大赤門前の文信社でガリ版刷りのアルバイトをしていくらかは稼いだが、生活は苦しかった。

約九カ月の東京生活を堪能した後、妹トシの病気の知らせを受け取るとすぐに花巻に帰る。あれほど固執していた東京をあきらめた理由としては都会生活に疲れ、田園回帰に傾いたとも言われている。しかしこの時期、東京の向こうに海外が見え始めたことが大きく影響しているのではないか。つまり、あれだけ父親の価値観を重荷に思いつつも、従順であった賢治が家出までして手に入れた東京生活、すなわち宗教的にも宮沢家の信仰する浄土真宗から日蓮宗へと改宗し、経済的にも（一時的ではあるが）一切の援助を断り本当に自分が望んだものだけを選び、学び血肉にしていったこの時期は、賢治にとっての本当の東京の役割を気づかせることになったのであろう。小沢俊郎の言葉を借りれば、初期には「花巻は因襲の町と見、東京を近代的な住みよい所」と考え、「花巻の中にある古さが個性を自覚し自我に生きようとする人間を圧し潰してしまうのを恐れ」、「自己を生かす道として」東京を選んだはずであった。しかし願いがかなない自分の思うように東京で暮らして初めてそれが夢物語であったことに気付いたのである。結局定職に就かず、生活力がなく「近代からはじきだされた」後は「求めた近代の欠陥が目につく」と小沢は述べたが（小沢、一九六二、p93-95）、欠陥を探す視線というよりも、少しその先をみつめ始めていたのではないだろうか。すなわち東京に今あるこの近代文明はどこからやってきてどこへ向かおうとしているのか、ということである。賢治は東京で暮らすことにより、東京の向こう側に見えてくる海外へ視点を移していったように思えるのだ。賢治が東京で興味を持ったもの、例えば東京の街に次々と西洋建築を完成させていったヨーロッパやアメリカの建築士達である。賢治が足しげく通った帝室博物館や強く魅かれたニコライ堂を設計したのはイギリス出身のジョサイア・コンドルであったし、帝国ホテルをつくったのはアメリカ人のフランク・ロイド・ライトであった。彼は浮世絵収集家としても有名である。さらに三越に象徴されるアメリカ式デパートメントストア、そこに陳列された洗練された服飾品や日用雑貨の数々、書棚に洋書の並ぶ丸善、銀座のガス灯。賢治が上京時魅せられたものたちはほとんどが海外に由来するものだ。その中で唯一日本由来のものは浮世絵である。しかしこれも海外からの再評価という視点から賢治が見ている、言い換えれば逆輸入の文化だ。

賢治がこのように近代文明を見つめ、この海外からの技術や文化の流入という視点に気付いた時、おそらく自分の中で東京の役割をある程度限定していくことができたのではないかと見ている。東京も日本の一都市にすぎず、自分が目指すべき、そして学ぶべきところはもっと広い海外なのであると。つまり、賢治にとっての東京の役割は上京初期の近代文明で華やかに彩られ、感性が研ぎ澄まされるくらい刺激的で先進的であった存在から、近代文明の立役者であるアメリカやヨーロッパの技術や研究、文化といった物を取り入れるための情報の窓口として、あるいは海外との窓口の一つにすぎないものと変化していったのではないか。つまり東京も花巻もその用途によって使いわければよいのだと割り切ったのではないかと思えるのだ。そこには花巻のそして岩手の再発見があったであろう。それが時に賢治の中でおこった田園回帰として、時に農民として生きていく選択として表れていったのではないか。そう考えるとトシの病気の知らせを聞き、すぐに花巻に帰ったことも、その後東京と何らかのつながりを保ちつつも東京在住にはこだわらなかったことも、さらにいえばエスペラント語を学び後に創作に盛り込もうとしたことも納得がいくのである。

(4)　東京へのまなざしの変化期（大正十五年）

妹トシの病気の知らせを聞いて花巻に戻った賢治は、大正十二年十二月、花巻の稗貫農学校教諭となる。この時期の教員生活の充実ぶりは、教え子や同僚たちの証言から容易に推測できる。それは大正十五年賢治が教員を持する決意を固めるまで続いた。次に引くのは、生徒に宛てて書いた「生徒諸君に寄せる」の下書き原稿の一部である。

生徒諸君に寄せる
この四ヵ年が
　わたくしにどんなに楽しかったか

わたくしは毎日を
　鳥のやうに教室でうたってくらした
誓って云ふが
　わたくしはこの仕事で
疲れをおぼえたことはない
（宮沢、一九九五、第四巻、p295）

教師という仕事は家の仕事やアルバイト以外に賢治が初めて就いた職である。前任者が兵役にとられ、急きょ求められたという成り行きだったとしても、労働にみあう給料を受け取る生活はいくらかの安心感や自信を与えたのではないだろうか。宮沢家の家業をこなしていた時分に友人に愚痴をこぼしていた書簡と比べるとその差は歴然である。ここでは教員生活がいかなるものであったかを詳しく追究することは避けるが、ひとりの社会人として過ごした数年間は間違いなく賢治の社会を、そして世界を見つめるまなざしを変化させたに違いない。『イーハトヴ童話　注文の多い料理店』や『春と修羅』を刊行したのもこの教師生活の間であった。数は限られるものの童話や詩を雑誌に発表し、生徒にオリジナルの劇を演じさせたりするなど、少しずつ賢治の作品が周囲に知られる頃である。この間賢治が周囲に書き送った書簡が実に少ないことも、充実した生活を物語っているであろう。東京を考える時間はおそらく日々に埋もれてしまったに違いないが、職を離れると同時にそれは少し違った形で再び賢治の生活につながりを持ち始める。

大正十五年十二月十五日父親の政次郎にあてた書簡に次のような記述がある。

毎日図書館に午後二時頃まで居てそれから神田へ帰ってタイピスト学校　数寄屋橋側の交響楽協会とまはって教はり午後五時に丸ビルの中の旭光社といふラヂオの事務所で工学士の先生からエスペラントを教はり、夜は帰って来て次の日の分をさらひます。一時間も無効にしては居りません。音楽まで余計な苦労をするとお考へでありませうがこれが文学殊に詩や童話劇の詞の根底になるものでありまして、どうしても要るのであります。（No.222）

花巻での教員生活を終えた賢治は大正十五年十二月、父の了承を得て再び東京で図書館通いを始める。この時には既に花巻で一人の農民となって生きることを決めており、オルガン、エスペラント語の個人教授を受けたのも、花巻でこれらの知識を若い農民たちに教え、その生活を豊かに充実したものにしていくことが目標であった。賢治はこの農民たちとのつながりを羅須地人協会と名付けている。

東京でのエスペラント学習

さて、エスペラント語を学習していることで賢治が海外への視野を持っていたことは分かるのだが、なぜエスペラント語を選んだのであろうか。学生時代から精力的に会話まで学んだ英語でもなく、あるいはドイツ語でもなくエスペラント語を選んだこと、あるいはそれへの移行が意味するのは時代の影響があったことは否めないであろう。ザメンホフが創案した国際的人造語エスペラント語は、大正デモクラシーとともにブームとなり、一九〇六年に日本エスペラント協会が設立されると、国際語として使用する動きとともに講習会があちこちで頻繁に開かれた。当時の知識人にエスペラント語を学習した人も多く、岩手県に縁のある名前だけを挙げてみても、新渡戸稲造、柳田國男、佐々木喜善などが有名である。例にもれず賢治も習い始めたが、積極的にそれは作品世界へと反映されていく。

賢治は編みだす童話の中で地名にエスペラント語を使用する他、「ビヂテリアン大祭」の改稿に際して実際エスペラント語の一文を書き加えている。『一九三一年極東ビヂテリアン大会見聞録』では、主人公の「筆者」と英語を話す「異人」はおかしな文法の日本語と片言の英語とでコミュニケーションをとるのだが、急に異人がこの文だけをエスペラント語で語るのである。

Tobakko ne estas animalo.（タバコは動物ではありません）
（宮沢、一九九六、第十巻、p342、和訳は筆者が付記）

また、エスペラント語を使用した詩稿も六篇残されている。内訳は自作の短歌や口語詩の翻訳がほとんどで、他に対応する作品が不明のものが一篇である。新校本宮沢賢治全集には「それらはまだ全く試訳の段階にとどまっており、文法的にも極めて不完全であり、エスペラント語として自立しうるものではない。しかし賢治がエスペラントを新たな表現手段として身につけようとしていたことは注目に値しよう。」（宮沢、一九九六、第六巻校異篇、p191‐192）と編集者らが解説を加えている。意欲的にエスペラント語で表現する試みをしていたこと、その向こうにはエスペラント語での作品発表も視野に入れていたことがわかるのである。

言語学者で当時フィンランド公使であったラムステットに会ったのもこの頃で、同年十二月十二日の書簡では、東京国際倶楽部の集会に出た様子が詳しく書かれている。

今日は午后からタイピスト学校で友達になったシーナといふ印度人の招介で東京国際倶楽部の集会に出て見ました。あらゆる人種やその混血児が集って話したり音楽をやったり汎太平洋会のフォード氏が幻燈で講演したり、実にわだかまりない愉快な会でした。(中略) そのうちフ井ンランド公使が日本語で講演しました。それが尽く物質文明を排して新しい農民の文化を建てるといふ風の話で耳の痛くないのは私一人、講演が済んでしまふと公使はひとりあきらめたやうに椅子に掛けてしまひ　みんなはしばらく水をさされたといふ風でしたが、この人は名高い博言博士で十箇国の言語を自由に話す人なので私は実に天の助けを得たつもり、早速出掛けて行って農村の問題特にも方言を如何にするかの問題などを尋ねましたら、向ふも椅子から立っていろいろ話して呉れました。やっぱり著述はエスペラントによるのが一番だとも云ひました。私はこの日本語をわかる外人に本を贈りもう一度公使館に訪ねて行かうと思ひます。(No.221)

上記のフォード氏が関わっていた汎太平洋会とは正式名称を太平洋学術会議といい、この年すなわち一九二六年に東京を会場に第三回国際会議が開催されている。世界の様々な分野の研究発表が行われるような横断的な会議であり、当時は国際語としてエスペラント語を採用しようという決議があったことからも、賢治にとっては非常に意味のある会議であった。農村の方言の問題をフィンランド公使のラムステットにぶつけた賢治は、おそらくは多くの意見交換の後に「著述はエスペラントによるのが一番だ」という回答を得たのであろう。自分の方向性は間違っていない、と満足している様子が文面から窺える。

ラムステットへの質問は使用言語を中心に行われたものであろうか。日本語のレベルでの賢治の質問は、農村で働く人々が話す方言と標準語とされる都会人の使用する言語との間にある問題点を指摘したものであろう。方言はどうしても垢ぬけなく、ともすると笑いの対象になるばかりか差別の対象になってしまう。賢治自身も東京で方言に関する苦い経験をしたのかもしれない。そうでなくても言葉に対して研ぎ澄まされた感覚を持っていた賢治は、近代文明が農村文化を古くて発展途上のものと価値づけてしまう時代に、使用言語の側面からも何らかの解決法を探り出そうとしていたことは十分考えられる。羅須地人協会において、農民たちとともにエスペラント語を学習し、それを媒介として何かを成そうとしていたのだろうか。作品中に多く岩手の方言を使用したことからも分かるように、方言を一つのアイデンティティとして認めていた。万人が理解できる言語でなければ、作品も表現も価値が半減してしまう。岩手の方言のほかにもう一つ外につながる共通の言語は必要であった。しかしそれは東京の方言をもとにした標準語ではなく、もっと近代文明に近い場所にあることが求められた。すなわちそれが当時の新国際語であるエスペラント語であったのではないだろうか。農民たちの教養や立場について疑問を感じていた賢治にとって、使用言語の問題は優先事項の一つであったろう。そして同時に童話作家として、日本から世界へと発信する作品を今後考えて行くとするなら、賢治にとってその解決策の一つがエスペラント語であったわけである。

東京から花巻へ

エスペラント語を学ぶのもラムステットのような人々と出会い、意見交換するのも東京という都市においてである。しかし一方でこれらを生かすのはイーハトーヴという物語世界であり、花巻という地方である。この構図に賢治が気付き、それが具合よく自分の内側に収まった時に、賢治の東京は徐々に意味を変え始めたのではないだろうか。英語からエスペラント語へ、東京から花巻へ（イーハトーヴへ）という賢治の内側で起こった変化は次のようなものの中にも見つけることができる。

ニューファウンドランド（カナダ）を舞台にした『ビヂテリアン大祭』は後に花巻が舞台の『一九三一年極東ビヂテリアン大会見聞録』として書きなおしが試みられている。『ビヂテリアン大祭』においてカナダにまでやってきた「私」は三越でつくった服を着ていることからも東京近辺在住であると推測できる。海外の地であるカナダの前に東京を中継してきたことが分かる部分である。また大祭での共通語は英語である。しかし書きなおしの過程では、大会の舞台は花巻になっており、そこには外国からの参加者が訪れている。この中に東京の介在はない。これは先に挙げた日本語と英語の会話中のエスペラント語の一文と同様に、世界をみつめる視点の変化と解釈できるのだ。

この作品だけに限っていえば、エスペラント語で日本（花巻）発、世界へと発信しようとする何かを感じる。それは菜食主義かあるいは日本の文化であろうか。花巻温泉が舞台であったことがおそらくこのニューファウンドランドからの会場の変更を可能にしている。というのも会場とされている松雲閣の本館、別館は実際に外国人観光客の利用を考慮して建てられ、洋間、ベッド、アールデコの浴室等を備え、現実に様々な国賓の人たちが宿泊した高級旅館だった（岡村、二〇一二）からである。つまり舞台である花巻に海外からの客人が滞在しても違和感がなかったということになる。東京でも多く見られた西欧文化は盛岡や花巻に皆無だったわけではない。盛岡には明治時代のうちから盛岡銀行本店（辰野・葛西建築事務所設計）や九十銀行本店（横浜勉設計）などの建物があったし、賢治が学んだ花巻尋常高等小学校、盛岡中学校、盛岡高等農林学校（一九九四年重要文化財指定）などは当時最新の洋風建築であった。何カ月かの遅れはあったとしても東京の技術や情報のうちのいくらかは確実に岩手県まで流れ込んできていた。

賢治にとってこの頃の東京の役割とはすなわち、情報収集の場、及び海外（ひいては近代文明）と接している窓口であった。おそらくはかつてのように東京で暮らすこと、父親や花巻から逃れて自由を獲得することはもはや目的ではなくなった。東京そのものの魅力よりも東京で得られる情報という方へ需要が移行していった。その結果農民として花巻で生活することこそが自己実現の手段であるという結論にいたったのだろうか。もちろん試してはみたものの結局は思うような東京生活ができなかったこと、そして教員として地元に根差した稗貫農学校で働いた手堅い経験も賢治をそのような変化に向かわせた要因と考えられる。

(5) 落ち着いて東京を見つめる時期（昭和三年）

昭和三年六月賢治は伊豆大島の三原へ渡る行き帰りに東京を経由している。この頃になると賢治はかなり冷静に東京を観察するようになる。一時のようにどうしても東京で暮らしたいと切望する姿勢はなく、東京は東京としての大都市の機能を果たしており、自分はそのうちの必要な部分だけを利用するのみとでも考えているかのようである。この上京でどのように賢治が実際東京をみつめていたのか、手掛かりとなるのは詩群東京である。

詩群「東京」

この時書かれたのが東京を舞台としたいわゆる詩群「東京」及び三原三部である。興味深いことに、この詩群の中で東京という語を使用するのは『光の渣』での一度のみである。学生時代に東京で書いた文語詩では三回東京の語を使用しているが、これと比較しても極端に少ないように思われる。代わりに「我が国」「王国日本」「二十世紀の日本」など日本、あるいは日本を意識させる言葉が多く使用されている。このことは東京（当時の近代文明流入の最前線と賢治が位置づけた）が世界に直接対面しているということを表し、その上で海外諸国を意識しているが故のこととはとれないか。もはや東京という語そのものが持つ輝きは重要ではなくなった。むしろ東京の本来の役割を考えるなら、その向こうに見える海外、すなわち今後作品を発表していく市場としての国々、あるいは近代文明の発信地である国々を見据えていたのではないだろうか。賢治がこれまで重ねてきた東京行き、東京生活というものは、結果的に海外へ目を向けていくこととなったと解釈できるが、この時期にはすでに東京を日本という我が国の一部と認識し、すでに憧れ求めるものではなく、海外を見据えるうえでは、こちら側にあるもの、すなわち自分に内在するものという感覚が生まれ始めたのではないかと思えるのである。

賢治がこのような東京への冷静なまなざしを持つようになったきっかけは様々考えられるだろう。前述のように近代文明の在り処に気付いたこと、あるいはある種の田園回帰、一九二二年の妹トシの死も空間認識の点で深い関わりがありそうでもある。物理的な距離や死後の世界との空間的断絶に対する認識の変化は、東京と賢治との意識的距離にも変化を与えているのかもしれない。そのことは第四章で詳しく述べるが、一九二三年の北海道への旅で賢治が詩にした世界にも通じる。そして同年の関東大震災の影響も忘れてはならない。大都市は一日で多くを焼かれ、近代的で頑丈であったはずの建物を崩し、人々の精神に大打撃を与えた。人々は疲弊し、都会は灰色にくすんでかつての姿を取り戻すのには、まだ長い時間がかかりそうなのだ。この後しばらく賢治は上京せず、久しぶりの上京においても東京の形容詞には疲弊したイメージを多く使っている。輝いていたはずの東京の無残な姿は憧れの対象だった大都市の印象を大きく変化させる。このようなことがほぼ同時期に次々とおこることで賢治の東京離れが加速したとしても何の不思議もないだろう。それは同時に近代文明への問い直しへとつながっていく。

『丸善階上喫煙室小景』

「1928, 6, 18」と日付の残る詩『丸善階上喫煙室小景』は喫煙室の壁ににじむ跡を見つけることから始まる。

ほとんど初期の春信みたいな色どりで
またわざと古びた青磁のいろの窓かけと
ごく落ちついた陰影を飾ったこの室に
わたくしはひとつの疑問をもつ
壁をめぐってソーファと椅子がめぐらされ

そいつがみんな共いろで
たいへん品よくできてはゐるが
どういふわけかどの壁も
ちゃうどそれらの椅子やソーファのすぐ上で
椅子では一つソーファは四つ
団子のやうににじんでゐる
……高い椅子には高いところで
　低いソーファは低いところで
　　壁がふしぎににじんでゐる……
　　　そらにはうかぶ鯖の雲
　　　　築地の上にはひかってかゝる雲の峯……
たちまちひとり
青じろい眼とこけた頬との持主が
奇蹟のやうにソーファにすはる
それから頭が機械のやうに
うしろの壁へよりかゝる

なるほどなるほどかう云ふわけだ
二十世紀の日本では
学校といふ特殊な機関がたくさんあって
その高級な種類のなかの青年たちは
あんまりじぶんの勉強が
永くかかってどうやら
若さもなくなりさうで
とてもこらえてゐられないので
大てい椿か鰯の油を頭につける
そして充分女や酒や登山のことを考へたうへ
ドイツ或は英語の本も読まねばならぬ
それがあすこの壁に残って次の世紀へ送られる

（以降略、宮沢、一九九六、第六巻、p66‐67）

丸善は賢治が頻繁に足を運んだ書店であった。仙台の丸善からも洋書を取り寄せていたと言われているが、賢治にとって東京の丸善とは海外の書物に直に触れられる貴重な場所であったろう。それは当時の文壇においても同様であった。恩田逸夫は石川啄木の詩『家』の「四五日おきに送り来る丸善よりの新刊の／本の頁をきりかけて」の部分に「船載の書を思うままに入手できる経済力」というイメージを見出し、また芥川龍之介の『阿呆の一生』の「或る本屋の二階」とは丸善の洋書部であると推測している。いずれも丸善は「西洋文化を流入させる窓口を開いた点で、近代日本人の関心の中心に位置した文化環境を形成した」としている（恩田、一九九二）。また、田山花袋も「丸善の二階」において「十九世紀の欧州大陸の澎湃とした思潮は、丸善の二階を透して、この極東の一孤島にも絶えず微かに波打ちつつあったのであった」（田山、一九八一、p170）という書き出しで、丸善がまさに西欧の思潮の打ち寄せる浜辺であったことを表している。花袋は当時の若者たちが突如として流れこんでくる西洋の書籍になけなしのお金をつぎこみながら貪るように読む様子を自らの体験とともに語り、「三千年来の島国根性、武士道と儒学、仏教と迷信、義理と人情、屈辱的犠牲と忍耐、妥協と社交との小平和の世界、そういう中に、ニイチェの獅子吼、イプセンの反抗、トルストイの自我、ゾラの解剖が入って来たさまは偉観であった」（前掲書、p170）と綴る。こういった意味で賢治の憧れた丸善は多くの知識階級の人々にとっても同様の役割を果たしていた。丸善は西欧の文化と精神の窓であり、海を越えた国々からの思潮のたどりつく先であった。さて、ここに集まるのは東京の知識人階級の人々である。しかし時は一九二八年、彼らが疲れたようにソファに沈み、何かを考えつつ頭を壁にもたせかけるその様は賢治の目にどう映ったのであろう。かつてはその知識人階級を目指して図書館通いをし、東京の地でもがきながら自己実現を目指していたのではなかったか。この詩は初め手帳に書きつけられ、後に手が加えられている。全集の校異篇（宮沢、一九九五）によれば「その上級な種類の青年たち」と書かれた部分は後に「その高級な種類の青年たち」と変更されている。賢治自身は実際盛岡高等農林を卒業しているので、上中下の段階の級で表すなら上級と言ってかまわないだろう。しかし高級となれば話は別である。賢治はかつて本郷の東大赤門前の文信社で大学のノートの筆耕のアルバイトをしていた。その時に何を考えていたのかはもう誰も知ることはできない。しかし当時一緒に筆耕の仕事をしていた鈴木東民によれば、賢治は「もしこれが出版されたら、いまの日本の文壇を驚倒させるに十分なのだが、残念なことには自分の原稿を引き受けてくれる出版業者がいない。しかし自分は決して失望はしない。必ずその時が来るのを信じている。」などと微笑を浮かべながら語っていたといわれている。（鈴木、一九九〇）通りを一つ隔てた上級かつ高級の大学に通う青年たちを横目に見ながら、野心を語る賢治の心中はどのようなものであったろうか。ところが詩中では、かつてこのような劣等感もいくらか感じていたであろう「高級」な青年たちと賢治は今はっきりと違うのだと言いたげなのである。この時賢治にとってはもはや彼らは憧れも劣等感も感じる対象などではない。かつて憧れた人々は、今となっては喫茶室で頭を壁にもたせかけているような疲れた人間だったのか、と気づいてしまったのである。自分と青年のこの距離感は、今の自分の居る花巻と、かつてこうありたいと願っていた自分がいた東京との距離感と一致するのである。こうして距離をとって眺めてみると東京の持つ文明のかけらたちはそれそのものに価値があるわけではない。急速に西欧の模倣をしたひずみは次第に明らかになり、賢治の視点はそれに伴い、次の時代を捉えるようになっていく。それがわかるのが「次の世紀へ送られる」の部分、あるいは同じく詩群東京の中の『浮世絵展覧会印象』の「やがて来るべき時代のために」という表現である。今（昭和初期）の日本については『高架線』の中で「みんながこんな不況のなかにありながら／大へん元気に見えるのは／これはあるひはごく古くから戒められた／東洋風の倫理から／解き放たれたためではないかと思はれまする／ところがどうも／その結末がひどいのです」（宮沢、一九九六、第六巻、p41-42）と分析している。西欧からの近代文明の流入によって民主主義と自由の波が押し寄せた。人々はこぞって新しい価値観を身に付け、あらゆるものが改良され進化していくように思われていたのだが、勿論結果的に良いことばかりではなかったのである。都市部の環境の悪化、不況、震災、そのようなものが複合的にからみあい、賢治には又別の新しい価値観をめばえさせる。重要なのは人々がこの文明を利用して今後何をしていくかなのだ。それが未来を指す言葉、表現へとつながり、日本とその少し先の未来を考えることにつながっていく。この時の賢治が興味を持って見詰めていたのは、東京の今ではなく、少し先の日本の未来であったのである。

（6） サラリーマンとして（昭和六年）

伊豆大島から帰った賢治は肺浸潤を患い闘病生活を送っていたが、昭和六年、回復すると二月から東北粉砕工場の技師の職に就く。また自ら営業の仕事を請け負い、各地を飛び回った賢治は仕事でも上京している。昭和六年八月十三日澤里武治宛て書簡では、上京の必要性を次のように綴る。

このあとも東京、名古屋仙台と出て行かなければなりません。（No. 377）

仕事として出て行く東京はこの頃には明らかに元の輝きとは違うものを孕む。最後の上京となったのは昭和六年、東京についた途端発熱し、そのまま花巻へと送りかえされた。遺書はこの時に東京で書かれている。

4 東京ノート

賢治は東京での自身の変化を一冊の大学ノート、いわゆる東京ノートにまとめようとしていた。ここには学生時代に初めての上京で瑞々しい感性で書きつづった短歌から詩群東京まで、東京で書かれたものが並ぶ。例えば『丸善階上喫煙室小景』が初めに手帳に、そして次にこの東京ノートに改稿され書かれたように、未完の詩たちはこれから手入れを待っているようにも思われる。詩や俳句の並べ方は制作年月日順ではなく、そこにはある種編集の意図も感じられる。東京ノートの冒頭には『浮世絵展覧会印象』（1928, 6, 18付）が配され、『高架線』（1928, 6, 10付）、『神田の夜』（1928, 6, 19付）、『自動車群夜となる』と続き、その後は「1916年三月一〇日盛岡高農修学旅行にて始めて出京」のメモ付随の俳句、詩が「1921年一月より八月に至るうち」とされるものまでほぼ時系列のまま並べられる。そして『恋敵ジロフォンを撃つ』、『丸善会場喫煙室小景』（1928, 6, 18付）、最後に『光の渣』までで作品は途絶えている。つまり一九二八年の詩群東京が、それ以前に書かれた俳句や詩を挟み両脇を支えている構成になっているのである。このノートを編集したのが一九二八年頃と仮定して、賢治の直近の東京観なるものにノートの全体を牽引させせようとしているように思われるのである。それはまるで今（ノート編集時）の賢治が、東京から受けた影響とその結果自分が遂げた変化の道筋を記録するかのような構成になっている。

東京ノートの存在について池上雄三は「このノートに東京での作品をまとめるためだったと考えざるをえない」とし、「自分にとって東京とは何かを問いたい気持ちがあったのだと思われる」と指摘している。（池上、一九七八）賢治はこの作業をすることである意味、東京への想いの変化、自身の変化を客観的にみようとしていたのではないだろうか。冒頭に浮世絵についての詩を置いたことも示唆的である。賢治が上京する目的の一つに浮世絵があった。浮世絵の中に賢治は四次元を感じ、また浮世絵を通して世界と通じてもいた。海外から日本を訪れた人々が浮世絵の価値を見出すと、少し遅れて日本でも再び見直されてきた頃のことである。西洋を通して見た日本という構図は近代文明の通過点である東京の役割とも呼応する。

イーハトーヴ世界の構築へ

若い賢治は東京を知った時、とにかく自分のいた場所から抜けだしたくてたまらなくなってしまった。都市の遊牧性、没個性は人を地縁、血縁から解放しアイデンティティの変換を可能にするという。賢治は花巻に生まれ、宮澤マキの一員として注目を浴び続けてきた少年時代までの自分の立ち位置、アイデンティティといったものを、東京に来て初めて外側からの目により認識しえたのである。花巻での重苦しい地縁、血縁から解き放たれたという一時的な感覚は賢治を十分に高揚させ、都会にでたばかりの若者にありがちなアイデンティティの変換の欲望を促していったであろう。そして東京での暮らしの中でありとあらゆる情報を貪欲にとりいれて精査し、時間をかけてもう一つのアイデンティティの構築へと自分自身を向かわせていったのではないのだろうか。

賢治は初めから海外へ出たかったわけではもちろんない。しかし東京に惹かれそこで身につけたものは図らずも海外に目を向けさせるものであったし、意識せずとも新しいものを取り入れようとするなら西洋のものであるという時代なのであった。そのことが海外渡航への原動力となった同時代の人々と、結果的にコスモポリタン的世界を構築した賢治の違いを追究するなら、そこには賢治特有の事情と背景があったわけで、それが東京をみつめた向こうに見える西洋の見え方なのであり、童話の市場として世界全体を狙ったエスペラント学習なのであり、一時的にでも花巻から離れ、地縁から解放されたいという強い願いであったのだ。

重要なのは賢治が東京への見方を変え、東京を介して世界を見つめ始めた時、海外に自分が向かおうとするのではなく、海外を自分の方へと引き寄せようとしていた、ということである。東京に住む必要がないことはすなわち海外に赴く必要もない、ということなのである。東京で暮らしたかった時期はアメリカにも渡りたかった。しかし晩年の賢治にとって物理的な距離というものはたいした問題ではない。賢治の存在するところに花巻も東京も海外諸国も、もっといえば、妹トシのいる死後の世界さえも同時に混在しうるとするなら、どこの地点にいようとかまわないという理屈になる。東京に執着し、自己実現を目指していた賢治であったが、結果としてもう一つのアイデンティティの獲得とも言えるもの、すなわちイーハトーヴの世界構築という成果を手に入れたのである。それと同時にかつての地縁血縁から解放された感覚を手に入れたのではないか、とも思われるが、しかしその花巻も実は花巻商人に見られるように、世界との直接のパイプを持っているという点、あるいは外国人向けの宿泊施設を有する点においては、イーハトーヴ的性質を持つ場所として機能していた。賢治は改めてそのことに気づき、数々の新しい物語を生み出したのであろう。その結果作品世界のイーハトーヴには様々な民族、文化が混在し、コスモポリタン的要素を多く醸し出すことにもなったと考えられるのだ。

第2章　賢治と浮世絵

前章で述べた通り賢治は東京において近代文明の在り処が西欧にあることを体感していたが、その中でおそらく唯一日本が世界に誇れるものとして認識していたのが浮世絵であった。浮世絵展覧会を見る目的で上京することを考えあわせれば、東京を通して世界を見る一つの道筋に数えていたことが想像できる。実際当時の日本において例えば武者小路実篤や志賀直哉らによる『白樺』は発刊と同時に後期印象派の絵を多数紹介していた。日本に西洋の近代画がこのように流入する一方で、その画家たち、マネ、ルノワール、ゴッホらに浮世絵が多大な影響を与えていたことはあまりにも有名である。彼らはジャポニスムの流行とともに線、面、構成、デッサンの全く異なる浮世絵というものに魅せられていた。

賢治が浮世絵に興味を持ち始めた理由は「彼の先天的な感覚と、西洋人の見出した近代的な美的評価の再認識という二重構造」にあると池上雄三は結論づけている。（池上、一九七八、p162）「自分たちの気づかなかった浮世絵の価値を、西洋の新しい絵を通して芸術的に教えられ」、「西洋の近代芸術にひけをとらない世界的な芸術性の認識が賢治に生れてくる」のだと。つまり賢治は自分がもともと興味のあった浮世絵の価値を海外からの視点によって再認識するという過程をたどったのだ。ここには日本から海外を眺める視点と西欧から見た日本という二つの視点が存在する。海外の文化人たちの目で認められた浮世絵を賢治が同様になぞっている様子は、浮世絵に関する詩や文章の中にうかがえる。ただ、賢治が浮世絵を通して見ていたのはそれだけではない。最終的には浮世絵をもう一つの創造世界として体感していたのではないか。西洋の近代芸術との比較は一つのきっかけにすぎず、そこから賢治は新たな浮世絵の世界を発見し、魅力を増幅させていったと考えられるのだ。例えば賢治を惹きつけたのは浮世絵の持つ不思議な世界観であった。現実世界とは異なる重力法や、一瞬の中にある動的印象や永続性、あるいは浮世絵自体のもつ時間の集積の可能性という四次元性とつながるものともいえるかもしれない。これらは詩『浮世絵展覧会印象』にも描かれているとおりである。

賢治がイーハトーヴを創造する時に、この浮世絵の世界は、様々な形で影響を与えたに違いない。本章においては、賢治の浮世絵観を探るとともに、創造世界としての賢治の浮世絵受容を見て行くことにしよう。

１　賢治の浮世絵観

一九一九年四月、この頃の賢治はトシの看病名目での東京滞在後、花巻へ戻り家事に従事している。保阪にあてた手紙には古着屋を手伝う優鬱さと同時に錦絵を集めていることが書かれている。

錦絵が面白くなって集めたり結局無茶苦茶です。

（中略）東洲斎写楽はあまり鋭く人を図写し過ぎ時の人が淋しく思ひ自分もいやに思ひさびしく死に、それから五十年かたって遠いフランスの画家達がその作品に驚嘆してゐるさうです。（No.144）

また昭和三年上京の途中仙台に寄り、父政次郎あての書簡で「文学の方の教授たちと古本屋で浮世絵をいぢってゐるうちに知り合ひになつたりもいたしました」（No.235）と報告しており、浮世絵を求めて歩き回っていた様子がうかがえる。

（1）「浮世絵版画の話」

賢治は浮世絵について「浮世絵版画の話」と題した文章を書いている。以下の五点に要点をまとめており、賢治の浮世絵に対する評価を判断する貴重な資料にもなっている。

①純潔：形態色彩が極度に単純化され、単なる省略ではなく題材の心理的昇華が行われている。

②諧律性：詩や音楽の韻律の感覚を高度に含有している。木彫という制限から線に一定の個性があり、それが変化するので一つのリズムに近いものができる。海外の評論で

singing line と評されるのもこのため。また色彩が過多でないことが調和を高度化している。

③神秘性：版という特殊な制約があり、一見無表情だが、観賞者の想像で補う部分が残されているから見るほどに味があり、深さがある。海外の多数の評論は皆これを不可解とし、神秘とする。

④工芸的美性：木版画は彫られたものを刷ったのだから、その線は木の精神すなわち硬さと弾性をもった木をきざむ際の特種な感触を示す。また、純白な紙の色は直ちに皮膚の色で、気温湿気による微妙な紙面の増減は皮膚の呼吸である。

⑤ぜい沢品であるという感じのないこと：同一の作品が多数得られるために誰でも持ち得るという親しさがある。この点が版画がプロレタリア芸術の花形である所以である。

この五点について解説をしている評論は多いが、ここでは主に賢治が浮世絵を海外の視点から見ていたという観点から分析していく。全体を通して海外の視点を意識していることはこの文章から明らかであるが、浮世絵の持つ歴史全体が日本国内だけで語ることが不可能であること、そして浮世絵に対する海外の芸術家や文人たちの評論が多くあったことも理由になろう。賢治の視点は常に海外からのものを意識している。まず一点目の純潔においてはその説明として「之を彫像に就て考へても若しロダンの接吻といふやうな製品が純白でなく」（宮沢、一九九五、第十四巻校異編、p226）と例示を試みた跡が残されている。ロダンの接吻という西洋の彫刻が純白であることが浮世絵の心理的昇華を説明できるものとして考えていたことが分かるのである。またここで言われている「単純化」については当時海外の浮世絵収集家達が述べていることである。例えば建築家のフランク・ロイド・ライトは「芸術において無意味なものを取り除き、単純化を推し進めることは、私自身、二十三の時から始めて、すでに専念していたことであるが、それを支持する証拠が版画によく見られた。」と自伝（ライト、一九八八、p276）で書いているし、一九一七年にシカゴアートクラブに寄せた緒言「古い浮世絵」（ライト、一九八〇、p171）では「単に風景や日本の版画としてばかりではなく、一つの単純化の光として、精神的な質として、むさくるしい重荷でたるんでいる西洋の精神から、そのかせを取除くべく訪れたのである」(3)と述べている。これと逆に後に加筆された部分が第二点の諧律性にある。「仮令ば歌麿の版画の曲線の海外で singing line と称せられる如くである」という一文は後に書き加えられたということが分かっている。この文と第三点の神秘性に関する記述から賢治は浮世絵についての海外の論文に複数触れていたことも分かる。神秘性については、丸ごと後に書き加えられたものであるようだ。その証拠に原稿には第三点であった次の第四点の工芸性がもとは第三点として書かれた跡が残っている。第四点については紙と木という素材の持つ可能性ということができるだろうが、西洋の石の素材と対比させているという解釈もできよう。木と紙の感触や変化については次項で詳しく述べる。第五点のプロレタリア芸術という文言にも海外の視点が含まれている。浮世絵がプロレタリア芸術の花形である、という賢治の言葉はその正しさはともかくとして、限られた上流階級の人々の為の芸術ではなく、誰でも手にとって見ることのできる芸術と言いたかったのではないだろうか。

上田哲は賢治の講義メモ「農民芸術の興隆」における芸術に関する記述は多くを室伏高信『文明の没落』から引用したものとして、使用されている表現や芸術に関する精神そのものについて子細に比較している（上田、一九八八）。

トルストイは、ブルヂョア階級の芸術をもつて、芸術家の内的衝動から生れたものではなくて、主として、上流階級が遊戯を欲するがために、そしてその費用を惜まぬがために、起つてきたものだといふてゐる。謂ふところの「人口の一割」のためなる遊戯である。人口の一割がそれを買ひ、鑑賞し、享楽する　人口の九割は世々この芸術を味うことなく、労働して、疲れて、死する。（中略）ここに芸術は、無力と虚偽とである。ウイリアム・モリスのいふてゐるごとくに、ルネサンス以後の芸術は、かくして無力と虚偽とである。

（『文明の没落』p207‐208）

晩年農民芸術に取り組んだ賢治の思想はここに由来する。その努力はトルストイの嘆いた人口の九割の労働者が芸術を楽しむために向けられたものであったのだ。浮世絵は大正当時確かに西洋諸国に認められた芸術であった。しかし一方で国内では値が上がる前、貧富の別なく誰もがその数の多さから所有し、楽しむことのできる芸術であった。このことは賢治の芸術に対する考え方と一致する点が多かったであろう。

(2) 賢治作品の中の浮世絵

賢治作品の中の浮世絵に関するものを見てみると、文脈にあまり関係なく、何かを例えたり直喩暗喩に関わらず修飾する時に多いようである。特にそれは詩の中にみられることが多い。絵画としての浮世絵を捉え、特に色彩や筆致の表現方法をクローズアップし使用している。賢治は特にこの色彩に重きをおいて絵画を認識していることが分かる。

「この空は広重のぼかしのうす墨のそら」（『春と修羅』『宗谷挽歌』）
「ほとんど初期の春信みたいな色どりで」（『丸善階上喫煙室小景』）
「かぎすます北斎の雪」（『浮世絵』）

次の童話『ガドルフの百合』にはこれらの形容のための浮世絵の引用とは多少異なるものがみられる。

『ガドルフの百合』

この物語は北斎の『富嶽三十六景』のうちの「山下白雨」に影響を受けていると言われている。実際物語中には「稲妻が向ふのぎざぎざの雲から、北［斎］の山下白雨のやうに赤く這って来て、触れない光の手をもって、百合を擦めて過ぎました」と浮世絵の構図を引用しているものである。

「山下白雨」は別名「黒富士」としても有名である。四十六枚中ほとんどがその場所を特定しているものであるが、わずか二枚すなわち「凱風快晴」（赤富士）とともに題名に書かれた場所が入らずしかも特徴的な庶民の生活を描いていないものである。富士山の中腹には雲がかかり、山裾では稲妻が光る。下界では夏の激しい夕立が予想されるが、富士山頂は晴れており、山頂の快晴と山下の雨が対比され、天候をも超越した富士を描いたとも言われている。また水神を暗喩しているという見方もある。

さて物語の主人公ガドルフは隣町まで歩くうちに雷雨に見舞われる。雨を避けるため通りがかりの家の玄関に入るが、窓から見える一面の百合に目を奪われる。なぜ賢治は浮世絵を使ってこの場面を形容したのであろうか。ガドルフという西洋風の名前になぜ浮世絵か、もはや賢治作品においてそのような問いかけさえ無意味なのかもしれない。賢治のイーハトーヴにおいて国の別は大した意味をもたない。ここで注目されるべきは山下白雨の持ついくつかのイメージである。一つ目は舞台がどこでもないどこかである、という点である。名所を描いた三十六景の中でもめずらしく場所を特定しない山下白雨は、どこから見た富士なのか分からないのである。そして賢治作品にはお決まりの、イーハトーヴすなわち精神世界を含んだ日本国岩手県のどこかという一般の地図上には定まりきらない場所、この二つは特定しないどこか、という意味で重なり合っている。二つ目は雷雨である。稲妻が山下白雨のようだ、というのである。賢治のイメージとして、雷雨はこの浮世絵の構図が最も強く心に残るものであったのかもしれない。三つ目は白い色にある。白雨は明るい空から降る雨、またはにわか雨を意味するが、浮世絵に描かれるのは暗い下界に光る赤い稲妻、そして白い雲である。物語中には白い空、白い水明り、漂白、白い貝殻、ぼんやり白いもの、白百合、雪、白い興奮というように多くの白色が描かれる。それと対峙するように黒色も描かれる。黒電気石、黒い寒天、真っ暗、まっ黒な影、黒い寝台。浮世絵の別名が黒富士であることも妙な一致である。この白と黒の対比は作品内で戦いを交える「豹のだぶだぶの着物をつけ」た人と「鳥の王のやうに、まっ黒くなめらかによそほった」人物とも重ねられる。秋枝美保はこれを生命の聖性と邪性の戦いと表現したが、（秋枝、一九九三）それが作品全体を取り囲み宗教的な物語としているかのように思われるのである。このモチーフに関してはこれまでの研究において詳しく分析されている。秋枝によれば、『マグノリアの木』『四つ又の百合』においても同様であるが、まず百合には子供のイメージが重ねられているという。たしかに稲妻の光に照らし出される白い百合をガドルフは一瞬子供と見間違う。その上で「父なる天が稲妻によって母なる大地と交わり、そこに種子を育むというイメージは神話の中に広く存在する」のであり、キリスト教が好んで「受胎告知」に描いた百合の花はもともと「生命、または光の象徴」、「イエスその人」であることを挙げている。キリスト教的モチーフをイメージシンボルとして作品内で取り扱う方法は賢治の中で珍しいことではないのである。そしてそれはキリスト教だけにとどまるものではなく、例えばその稲妻であっても、絵画的なイメージとして直観的に賢治の心に浮かんだのが山下白雨だったということではないだろうか。

（3）詩『浮世絵展覧会印象』と御大典記念徳川時代各派名作浮世絵展覧会

昭和三年、東京府美術館に於いて開催された、表記の展覧会は松方幸次郎のコレクションによるもので、六月六日から二十五日までの日程で四回展示を入れ替えながら続いた。賢治はこれに合わせて大島へ向から前後に東京に寄った。六月八日から二十四日の間、大島へわたったのは十二日〜十四日とされているので、四回分すべてを観賞することのできる日程となっている（杉浦静はメモなどから、浮世絵展覧会へ足を運んだのは十五日、十六日、二十一日の三日間としている。）（杉浦、一九八九）。この時に賢治は詩『浮世絵展覧会印象』を書いている。

詩の構成について

この詩には賢治の浮世絵観だけでなくその人生観までもが奥深くに投影されている。まずは詩の中に「浮世絵版画の話」で賢治が触れている浮世絵に対する理解が繰り返し現れる。

ゼラチン質を以て連結された三椏繊維の長方形の薄層これにまづ墨版の中の厳しい線が食ひ込む。それが若し歌麿の女の腕でありうなじであればそこに微かな半肉彫のやうな膨らみが出来上る。純白な紙の色は直ちに肌膚の色であり気温湿気による微妙な紙面の増減は直ちに肌膚の呼吸である。

（「浮世絵版画の話」新校本第十四巻、p243）

これは浮世絵の創作過程を考慮に入れた版の特徴、そして絵の持つ表現力を表したものである。もとは版画という立体的なものであるということ、そこから三次元の対象が描かれていく過程と、さらに紙という素材のため湿気による表面面積の増減、その物理的な変化こそが紙の呼吸であり、そこに描かれる人の呼吸でもあると書いている。この考え方は当時常に賢治の心の中にあったようで、詩『浮世絵展覧会印象』では次のように表現される。

真っ白な楮の繊維を連結して
湿気によってごく敏感に増減し
気温によっていみじくいみじく呼吸する
長方形のごくたよりない一つの薄い層をつくる
　いまそこに
　あやしく刻みいだされる
　雪肉乃至象牙のいろの半肉彫像

『浮世絵展覧会印象』

また、浮世絵の神秘性にからめて次のような記述も見られる。

版画一般にさうであるが殊に浮世絵木版のいゝものに於て神秘性が顕著である。それは一見間が抜けてゐるやうでもある。或は無表情のやうでもある。（中略）浮世絵人物の表情に関しては海外の多数の評論みなこれを不可解とし神秘とする。（「浮世絵版画の話」）

東洋人の無表情を神秘的と捉えるのは東洋人でない者たちであろう。海外の評論を読んで賢治も同意したのか、あるいはもともと思っていたことを言いあてられ共感したのか、いずれにしても海外からの視点から分析している点、そしてそれと賢治は同じ意見であると自覚し主張している点は興味深い。ちなみに賢治はこの表情については、単純化されており、ある部分は観賞者のその時々の心境による想像によって補うよう残されているらしい、と解説している。詩の中では次のように謎をかけるかのようである。

見たまへこれら古い時代の数十の頬は
あるひは解き得ぬわらひを湛え
あるひは解き得てあまりに熱い情熱を
その細やかな眼にも移して

この呼吸する版画と神秘的な笑いを湛えた絵という概念は詩の後半部分で再び繰り返される。

にかはと楮のごく敏感なシートの上に
化石のやうに固定され
しかもそれらは空気に息づき
光の色のすがたをも変へ
湿気にその身を増減して
幾片幾片
不敵な微笑みをつゞけている

賢治が「浮世絵版画の話」の中であげた五つの魅力に照らし合わせれば、この二点は神秘性と工芸的美性に集約している。詩はこの二点と春信、歌麿、春章の作品とから構成されているが、さらに重要視すべき点はそれぞれの作品の役割である。この三人の版画師たちをこの順に並べているのには理由があると思われる。まず春信には詩中の「形によれる最偉大な童話の作家」という表現からもわかるように、童期のイメージを強く持たせている。春信特有の優しい色調の版画から受けるのどかな風景のイメージは、おとぎの世界の出来事のように賢治の浮世絵観を埋め尽くしている。やがて童期は青春へと移っていく。「しかもこれらの童期はやがて熱くまばゆい青春になり」という言葉の直後には歌麿の作品が並ぶ。ここからは花火、唇、淫蕩、情炎などの言葉を使用し、なまめかしい情愛の世界へと沈んでいくかのようである。歌麿を「青楼の画家」とエドモン・ド・ゴンクールは称したが、その版画家の生き方をも含め、おそらく遊郭のイメージをもって賢治もこれらの作品を見ていたに違いない。最後は死のイメージで春章の作品を並べる。「青い死相を眼に湛え」「あやしく所作する死の舞」「死をくまどれる青の面」と浮世絵の中に死を感じ取る構成となっている。つまり童期から青春の時代、そして死に向かう時代と、人の一生を浮世絵でたどるかのような構成になっているのだ。実際の展覧会では二期目に歌麿、三期目に春信と春章が展示されているので、賢治が鑑賞した順とは異なっており、恣意的であることは明らかである。

今一度この詩について全体を眺めてみれば、まず詩の始まりは絵の呼吸と神秘的な笑いという賢治の浮世絵観が提示される。前に述べたように、この浮世絵観は詩の最後にもう一度繰り返される。場内を歩き回る今の時代を生きる観賞者たちと浮世絵との世界との交感が次にしめされ、やがて詩の読者も三人の浮世絵師達の作品とともに時空を超え、観賞することとなる。ところどころに英単語も混じり、もはや日本とも海外とも現代とも江戸時代とも区別のつかない空間で浮世絵を見つめるのだ。童期、青年期、そして死してなお息づくものと定義された浮世絵は「刹那」であり、「化石のやうに固定され」また永遠でもあり、今もなお呼吸と「不敵な微笑」（＝神秘的な笑い）をつづけている。それは事実として呼吸する生きる紙であると同時に、時を超えて現代に受け入れられる四次元的芸術と云う意味を含んでいるに違いないのだ。

また、この詩には賢治特有の視点の動きが認められる。第一点は詩の始まり部分のごく小さな顕微鏡的ともいえる紙の構造の視点から、終り部分の展覧会場から外へ出ていく人々を俯瞰する大きな視点への変化である。第二は紙の構造や色彩の経年変化といった科学的視点から、人々の苦痛や宗教といった社会的視点への変化である。この二つの視点の変化は小さいものを見つめながら、同時に大きいものを見つめていた賢治の特有のものとも考えられる。

さらに最後に空欄により意味の解釈のできない部分があり（おそらくは後に書きいれるつもりだったと思われる）、「やがて来るべき新しい時代のために　わらっておのおの十字架を負ふ」と突然キリスト教を思わせる語句が登場する。浮世絵とキリスト教との交差については、『ガドルフの百合』にも見られる趣向であり、何らかの形で賢治の中で潜在的にかつ密接に結びついていたであろうことが推測される。その一つがアルマン・プージェ神父である可能性が高い。これについては第2節で述べることとしよう。

またこの詩には賢治が読んでいたであろう浮世絵に関する論文が背後に見える。例えば、春信の表現として「永久的な神仙国の創建者／形によれる最偉大な童話の作家」と表現しているが、杉浦の指摘のように（前掲書）これは野口米次郎が春信を指して使った表現と重なる。

「彼の芸術は……ああ、そうだ！　永久に老いて永久に若いお伽噺だ。ああ、お伽噺の鈴木春信だ……（中略）私は春信にあやかって昔見捨てたお伽噺の王国に再び入りたい。」（野口米次郎、一九五〇、p22）野口は大正後期から昭和初期にかけて春信についての本を多数出版しており、賢治も意識して読んでいたことは「浮世絵版画の話」の中にその名が登場することからも分かっている。しかしその中で野口の、浮世絵の表情は「秘戯画を険した後初めて理解される」という考えについては、超人的なものに想像させるという仮面劇（神楽や能楽）の原理を例に、版画がそのような微妙な表情を示すのに適当でないと反論するなど、批判的な視点も持っていたことが分かる。

賢治が展覧会で見た浮世絵

東京国立博物館所蔵の『浮世絵展覧会目録』によれば、一回目の展示は菱川師宣、古山師房、鳥居清長をはじめとする三十余名の浮世絵師達による全二百三十六枚の競演であり、続く二回目の展示では清長五十三枚、歌麿百五十二枚を陳列、三回目の展示では春信百二十八枚、勝川春章七十枚、春重七枚、四回目の展示では初期浮世絵百二十一枚と写楽七十枚となっている。

賢治の詩『浮世絵展覧会印象』には「6. 15」の日付があり、会期ではちょうど二回目の最終日にあたる。おそらくは翌日の三回目の初日も見ていると考えられている。賢治の詩には具体的にどの作品がうたわれているか、に関しては杉浦の論考（杉浦、一九八九）が詳しい。杉浦は詩句と『浮世絵展覧会目録』『東京国立博物館図版目録　浮世絵版画編』『東京国立博物館収蔵品目録』を比較して題材になった浮世絵の推定を試みており、可能性のある作品として以下のものを挙げている。

鈴木春信　「夜雨神詣で美人」
「美人盃投」
「雪中縁端美人」
「風流やつし七小町・雨乞」
「蓮池船遊美人」

喜多川歌麿　「両国花火」
「墨田川宵月舟遊」
「蛍狩」

勝川春章　「如月初午梅見」
「中島三甫右衛門の時平公」
「中村仲蔵・夜陰野道抜刀」
「大谷広次・雪中鏡持ち」

実際に賢治は第二回と第三回の展示あわせて四百十枚の浮世絵の中からこれら限られた作品を選んでいる。そこから見えてくるものは、賢治の浮世絵に対する世界観そのものではないか。詩句が表していると思われるそれぞれの浮世絵の考察とともに、今一度その背景にあるものを詳細に見ていきたい。以降の浮世絵作品は杉浦の論考を参考にしながら、筆者が可能性あると判断した浮世絵を新たに加え、考察するものである。なお本書では『御大典記念徳川時代各派名作』（柴田、二〇〇二）、『東京国立博物館図版目録浮世絵版画篇上』（一九六〇）『東京国立博物館図版目録浮世絵版画篇中』（一九六二）及び『東京国立博物館収蔵品目録』（一九七六）を参照している。

①曇りのうすいそらをうつしてたゝえる水や
　はるかにひかる小さな赤い鳥居から
　　勝川春章「如月初午梅見」中版（展p73・No.36、図835、松1389）⑤
　　（参考：鈴木春信「夜雨神詣で美人」中版、展p61・No.27、図509、松100）

杉浦によれば、賢治の詩全体は上記の三人の浮世絵師の作品によって三部に大きくわけられており、詩中の「形によれる最偉大な童話の作家」の文言からも、この部分は春信の作品を指すものと考えられる。しかし、「夜雨神詣で美人」の鳥居は大きく描かれており、詩の中の「はるかに光る小さな鳥居」が指すものとは考えにくい。杉浦の論考にもあるように、勝川春章の「如月初午梅見」の可能性が高いように思われる。春信の浮世絵群に春章のものが一つだけ紛れ込んでしまったと仮定した場合、その理由として考えられるのは、春信と春章の浮世絵が同じ第三回目の展示であったこと、そしてこの浮世絵の特徴ではないだろうか。第三回目の展示において春章の作品は七十点あるが、この「如月初午梅見」（中版）を含む四点以外はすべて役者絵を中心とした細絵である。一方同じ三回目の展示での春信の浮世絵百二十八枚は中版が中心で、風景や季節の風物とともに美女が描かれる。色彩は賢治の言葉を借りればまさに「苹果青」というべき、優しい緑色が好んで使われている。ここで問題の勝川春章の「如月初午梅見」についてであるが、春章の役者絵と春信の美人画の間において眺めるなら、より春信の浮世絵に近いと感じられるのである。

前に述べたとおり、詩『浮世絵展覧会印象』に表現される浮世絵は童期、青春、死のイメージで並べられている。それぞれのイメージを春信、春章、歌麿の浮世絵でもって象徴しているかのようである。この並べ方はもちろん賢治独自のものであり、展覧会の会期順とは異なっている。ここに人間の一生をイメージさせる賢治の意図を感じる。ただし賢治が春信の作品だと勘違いをしてしまったか、あるいは作風が似ている浮世絵をまとめて「童話の作家」の作品として扱ったのか、解釈の可能性は残される。

②どんよりとよどんだ大気のなかでは
風も大へんものうくて
あまりにもなやましいその人は
丘阜に立ってその陶製の盃の
一つを二つを三つを投げれば
わづかに波立つその膠質の黄いろの波
　その一一の波こそは
　こゝでは巨きな事蹟である
それに答へてあらはれるのは
はじめてまばゆい白の雲
それは小松を点々のせた
黄いろな丘をめぐってこっちへうごいてくる
鈴木春信「美人盃投」中版（展p61－No.28、図483、松101）

図版目録では「かわらけ投」（中版）とされている。崖に立つ女性はしなをつくるような体勢でちいさな盃を投げている。空中で風に舞う様子を見て楽しむ春の遊びであるが、風はあまりないのか、それほど舞う様子もない。しかし浮世絵の中の世界ではそのわずかな動きはやはり一つの事の発生であり、それに応えるかのように遠くの真っ白の雲が小松の緑を頂いた黄色の丘の方からこちらの方へと動いてくるのだ。

③氷点は摂氏十度であって
　雪はあたかも風の積った綿であり
　柳の波に積むときも
　まったくちがった重力法によらねばならぬ
　　　　鈴木春信「雪ころがし」中版（展ｐ62‐№37、図なし、松110）（「美人雪こかし」）

多くの可能性を秘めた部分である。賢治は柳の上に積もった雪をうたっているが、実際第二回及び第三回目に展示された春信の作品には柳の上の雪は見つからない。春信の代表作「雪中相合傘」や「鷺娘」には柳の枝や葉にきれいに積もったままその形を留める雪がみられるが、この展覧会においてそれらは展示されていない。雪に関するもので展示されたのは「下駄の雪とり」（中版、展p62-No.36、図544、松109、あるいは1357）「雪ころがし」「雪中椽端美人」「比良暮雪」（中版、展p67-No.99、図462、松1248）、そして第一回目の展示の「雪中傘さし美人」（柱絵、展p26-No.63、図576、松380）がある（柳などは描かれていない）。賢治の東京滞在の日程から第一回目も見ている可能性を残して考えると、一筆斎文調の「鷺娘相合傘」があり、この背景には柳の雪が積もる様子が描かれている。（展p27-No.78、図826、松295）しかし詩句のイメージに最も近いのは、やはり「雪ころがし」にある笹の上の雪であろう。「柳の波」を「笹の波」に置き換えれば、画面の半分以上を覆うようにのびる笹はまるで「波」のようにも見え、葉の上に積もる雪が重力にさからい、そのままの形を留める異質さを感じる点では随一である。笹の上に雪が積もっても案外さらりと下に落ちてしまうものだが、浮世絵の中ではまるで重さがないようにふわふわと積もったままである。いつか「雪中相合傘」や「鷺娘」を見た賢治の記憶が、柳と笹竹を混同してしまった可能性、同時に印象としての取り扱いだからこそ、故意に混同した可能性がある。これら春信の雪の描写は主に空摺りと呼ばれる手法によるもので、版木に絵の具を付けずに摺って、凹凸によって表現したものである。白い紙のあたたかさは賢治に摂氏十度の氷点を連想させるのである。

東京国立博物館には「見立鉢の木」として二枚続きの中版がある。そのうちの右側一枚には、雪の積もった庭先を縁側で眺めている女性の描かれており、実際展示されたと思われる「雪中椽端美人」ともよばれている。左側のもう一枚には、三つの鉢の木を前に、まさにそのうちの梅の木を切ろうとしている女性が描かれている。北条時頼に忠誠を誓う佐野源左衛門常世の決意を見立てた作品で、一枚のみでこちらは「見立鉢の木」と呼ばれることもある。杉浦の推定した「雪中椽端美人」については、展示目録で確認すると、二枚続きの表記はなく、従って、左側の「見立て鉢の木」の展示はなかったようである（「見立て鉢の木」には背景に笹のような植物に雪が積もっている様子が描かれているが、「雪中椽端美人」には縁側の前におかれた敷石に積もる雪が描かれるのみである。）。

参考「雪中椽端美人」中版（展p62-No.38、図434、松111）
「見立鉢の木」中版（展示されず、図433、松1352）

④夏には雨が
　黒いそらから降るけれども
　笹ぶねをうごかすものは
　風よりはむしろ好奇の意志であり

鈴木春信「風流やつし七小町・雨乞」中版（展p61-No.24、図411、松97）

はじめに、杉浦の論考においては図版目録の403番と記述されており、それによればこの作品は細判であるはずなのだが、実際の展示会目録には同じ題名ではあるものの、中判と記載されている。そこから推測すれば賢治が実際に展示会で見た浮世絵は、図版目録にある図411、松97である。女性二人が岸辺に立つ構図は良く似ており、どちらも雨の中一人は傘をもち、もう一人は棒で小さな船（笹舟とあるが、帆も張っておりなかなか立派なつくりである）をつついている様子が描かれている。

⑤蓮はすべて lotus といふ種類で
開くときには鼓のやうに
暮の空気をふるはせる　　鈴木春信「蓮池舟遊美人」中横版（展p59-No.2、図404、松72）

蓮池に浮かぶ船には女性が二人いて、一人は船を操り、一人は熱心に蓮の花を摘んでいる。蓮を描いた浮世絵は他にも「風流六歌仙　蓮池橋上二美人」中版（展p63-No.50、図475、松131「風流四季六歌仙・蓮池橋上二美人」）があり、こちらにはより多くの蓮が描かれており、蓮のつぼみと様々に開いた花の様子が、その開く瞬間の音を連想させるものである。この二つの浮世絵はどちらかに限定するまでもないだろう。

⑥赤い花火とはるかにひかる水のいろ
たとへばまぐろのさしみのやうに
妖治な赤い唇や
その眼のまはりに
あゝ風の影とも見え
また紙がにじみ出したとも見える
このはじらひのうすい空色
青々としてそり落された淫蕩な眉

喜多川歌麿「両国花火」大版三枚続（展p52-No.86、87、図1979、1980、松610）

歌麿の作品群に入ると、扱う浮世絵は妖艶な色遣いに変化していく。夜空は暗く、二枚に描かれた五人の女性達は皆唇も赤く、眉は剃って少し青い。それに呼応するかの様に赤い花火と薄い水色の背景が描かれている。

⑦鋭い二日の月もかゝれば

つかれてうるむ瞳にうつる
町並の屋根の灰いろをした正反射

喜多川歌麿「墨田川宵月舟遊」大版（展p53 - No.91、図1779、松616）

大きな特徴は鋭くとがった二日の月と、川向うに美しく浮き上がって見える屋根らしき三角形の連続である。様々な方向を向いた船の舳先の重なりは、舟遊びの賑やかさを思わせる。女性たちの視線は思い思いに散り、その先にある何をみつめているのか、想像力を掻き立てられる。

⑧黒いそらから風が通れば
やなぎもゆれて
風のあとから過ぎる情炎

喜多川歌麿「蛍狩」大版　三枚続（展p50 - No.60、61、62、図1872、1873、1874、松581、582、583）

ふと風が通り、その後に飛びながら薄青く光る蛍、人々は水辺の柳の下で団扇を使い、その光を追う。その光は蛍にとっては交尾のためのもので、賢治の目には激しく燃え上がる欲情の象徴として捉えられている。三枚続きの絵は視点の移動とともに、初夏の夜風がふわりと動くかのような効果をもたらし、蛍を追い求める人々の欲望がまた、なまめかしくも見えてくる。春信の童話的な優しい色遣いと歌麿のこれらの妖艶な世界の色遣いの対比が面白い部分である。それはまた昼と夜という時刻の違いによっても表されているといえよう。

⑨赤くくまどる奇怪な頬や
逞ましく人を恐れぬ咆哮や
魔神はひとにのりうつり
青くくまどるひたひもゆがみ
うつろの瞳もあやしく伏せて
修弥の上から舌を出すひと

勝川春章「中島三甫右衛門・時平公」細版（展ｐ72 - №21、図なし、松233）

赤や青の隈どりから、歌舞伎の世界ということがわかる。杉浦は「中島三甫右衛門の時平公」と推定しつつも、展覧会目録と東京博物館収蔵品目録にはある「三甫衛門の時平公」が図版目録には見つからないこと、また図版目録には「和田衛門の時平公」が二枚あり、どちらもこの詩句と一致しているが、逆に展覧会目録と、収蔵品目録には記載がないことを指摘している。時平公は舌をだし須弥台の上から恐ろしい形相でにらみつけている。いずれにしても賢治が見た浮世絵が時平公を演じたものであることは容易に想定でき、この構図そのものが賢治の心を捉えたことは重要である。

⑩青い死相を眼に湛え
蘆の花咲く迷の国の渚に立って
髪もみだれて刃も寒く
怪しく所作する死の舞
白衣に黒の髪みだれ
死をくまどれる青の面
　勝川春章「中村仲蔵・夜陰野道抜刀」細版（展p71－№16「中村仲蔵」、図915、松1447）

図915の浮世絵には暗闇の道で抜き身を持ち、なにやら所作の途中のように構えた仲蔵が描かれている。杉浦はおそらくこれが松1447、展p71－№16の「中村仲蔵」ではないかと推測しているが、未確認である。

⑪雪の反射のなかにして
　鉄の鏡をさゝげる人や
　　　　　勝川春章「大谷広次・雪中鏡持ち」細版（展p75-No.56、図902、松1440）

雪の降りしきる中、円盤状の鏡を掲げる印象深い構図である。

以上が杉浦の論考をもとにした浮世絵の詳細である。さらにこれまで触れられることのなかった次の部分について、次のように考えることはできないだろうか。

⑫人はやっぱり秋には
　天穂を叩いたり
　鳴子を引いたりするけれども
　　　　　鈴木春信「田植」小版角（展p65-No.80、図590、松164）
　　　　　「砧」小版角（展p66-No.85、図592、松619）

これほど具体的に表現されているのに、これまでこの詩句にあう浮世絵の推定がされていなかった。この部分は秋を象徴するもので、特に農作業と考えることができる。賢治にとってはおそらく最も身近な素材であって、それを浮世絵の中に見たとしたら興味を持ったに違いない。しかし、展示された浮世絵の中に、それらしい題名のものは含まれておらず、なぜ賢治がこの部分を詩の中に入れ込んだのか定かではない。しかし、何かを見た時に触発されてイメージを膨らませたという可能性は残されていないだろうか。上記の二点はその意味で賢治に故郷の農作業や秋の風景を想起させる原因と推定される浮世絵である。

「田植」はもちろん季節は春なのであるが、展示された春信の浮世絵の中でも数少ない農作業の場面である。熱心に田植えをしている人々の向こうに竹を柱として紐を張り巡らした、鳥よけの為と思われる何かがぶら下げられている。少しはためいている様子から布かもしれないが、賢治が書いた「鳴子」と同じ機能を果たすものである（鳴子は数本の小さな竹片を紐に結びつけ、音で鳥よけをする秋の風物詩である）。

「砧」に関しては本来秋に木槌で布をうち、柔らかくしたりつやを出したりする作業である。農作業でこの砧の形に似ているのは、一般的に横槌と呼ばれるものであるが、地方によっては砧と呼ばれることもあるという。秋の刈入れの後に行う作業で、藁をうつことで柔らかくして縄をなったり、草履やむしろ、蓑等の材料にした。砧の形をみて、農作業を連想したとみても良さそうである。

いずれも、正確な浮世絵の描写とは異なる点も多く、全体を通して、やや正確さを欠いている。しかし、これまで分析した浮世絵についても、多少違っている点があることを考えればむしろ統一感があるように思えてくる。いずれにしても、第二回、第三回の展示併せて四百点余りを一度に目にしているので、全てを完全に記憶することは不可能であろう。むしろ賢治は「印象」としての浮世絵の世界に重点を置き、そこから感じたことを最優先にしたと推測できる。

あらためて言うまでもなく、ここで重視したいのは、詩の部分を特定の浮世絵と結びつける作業ではない。賢治は展覧会に於いてどのような体験をしたのか、そしてそれまでの収集の過程で浮世絵に対するいかなる世界観を構築していたか、ということである。それは次の三点に集約されるであろう。

科学的視点からの分析

賢治の浮世絵の観賞は、まず紙そのものの分析から始まる。製紙の過程で使われる、にかわ、明礬などの材料の記述は作品以前に浮世絵の材質そのものに興味があったことを示している。しかしその興味こそ、賢治が感じる浮世絵観の一端を担うものである。湿気や温度の紙の増減については「呼吸」と称し、まるで生き物であるかのように扱うのだが、この生きている感覚こそ詩全体を牽引する一つの理念となっている。「半肉彫」とは賢治の浮世絵分析「浮世絵版画の話」にあるとおり、紙に食い込む「墨版の中の厳しい線」によって作られ、紙は立体的に捉えられている。詩で繰り返し取り上げている、空擦りによる雲や雪の表現もこの一部と考えてよいであろう。また、色に関しては光による劣化を浮世絵の特徴に含んでいる。摺られた当時から、大正、昭和期までの長い時間の流れをも含んで浮世絵を見つめていることがわかる。浮世絵の変化そのものが作品の一部であると賢治は捉えているのである。賢治の科学的分析によれば、浮世絵とは呼吸をし、時間とともに変化していく生き物なのである。この立体的で生きている浮世絵は同時に賢治の触覚を刺激しているようでもある。上京途中、仙台では古本屋で「浮世絵をいじって」いたこともあり、実際に触った手触りがまだ感覚として残っていることもあろう。

浮世絵の持つ動的印象

賢治は特に浮世絵の中の動きに注目している。例えば「美人盃投」において、かわらを投げるという女性の動作と、それに起因する白い雲がわきたつように「こっちへうごいてくる」様子がうたわれる。「こっち」とは浮世絵内の女性の方ではなく、鑑賞者の方向なのである。つまり、浮世絵には鑑賞者が含まれているということが分かる。この浮世絵世界からの現実世界への働きかけこそ、賢治の表現したいものの一つと言えよう。「雨乞」においては、雨も斜めに降り、そこに吹く風も感じられる。しかし小舟を動かすのは、そういったものの作用ではなく、「好奇の意思」によるのだ。それは浮世絵の中の人物か、浮世絵の絵師たちなのか、それとも鑑賞者の想像によるものだろうか。「蛍狩」においては揺れる柳から、うちわの上下する様や、人物の視線の移動から、蛍のふわりと飛ぶ様子が浮かんでくる。一瞬をとらえたはずの「刹那」の浮世絵であるのに、そこに賢治は連続した場面を見ているのだ。

賢治の興味は浮世絵の世界独特の重力という側面にも惹きつけられる。葉の上に積もった雪は不自然とも思える形でそこにとどまっている。世界が違えば重力の法則も異なるという視点でみているのだ。さらにいえば、この一瞬後には元の形に戻ろうとする葉の動きにより、雪が一気に落ちることも想像できるのである。また蓮の花にはその美しさだけではなく、音を感じている。しかもその音は「空気をふるはせる」と表現し、空気の動きに置き換えているのだ。賢治が浮世絵の中にこういった動きを感じていることは、生き物として見ていることに加えて、鑑賞者や現実世界に働きかけていることを表しているに他ならない。賢治はこうして視覚を通じて認識したものを様々な感覚に置き換え、さらに言語化していったのである。これはまた同時に浮世絵を楽しんだ江戸時代を中心とする人々と同じ視点ではなかったろうか。浮世絵によって動きを感じ、色を補い、音を聞き、その先を想像していった感覚と非常に似ているのではないか。

時空間の自由な往来

賢治は浮世絵という江戸を中心とした時代の中に大正当時の人間達の生活や愛慾といったものをみていた。浮世絵の中の人物に自分たちとの同質性をみたり、浮世絵の人物が展示室を覗き込むような感覚を表現したり、あるいは一瞬にして自分を含む鑑賞者達が浮世絵の世界に入り込む様子を描きだす。

あるひはこれらの遠い時空の隔りを
たゞちに紙片の中に移って
その古い慾情の香を呼吸して
こゝろもそらに足もうつろに行き過ぎる

賢治の浮世絵の観賞とは結局こういった時空間の自由な往来を含んでおり、それは賢治自身に限らず、「高雅優美な信教と風韻性の遺伝を持った」日本の紳士叔女たちが皆そうであるという解釈をしている。賢治にとって浮世絵とは、こうしたもう一つの時間と空間を保有するものであったといえる。

（４）「浮世絵広告文」

昭和六年頃、盛岡に光原社（童話集『注文の多い料理店』の発行元）の及川四郎を訪れた際、新商売のことについて相談を受け、浮世絵の販売をすすめて即座に書いたものとされている。浮世絵の魅力についての説明や現在その数が少なくなっていることを紹介し、販売を促進するために書かれたと思われる。当時の浮世絵売買については、地方の豪農や実力者が所蔵しているものを仲介して、より高い値段で取引をする方法もあった。賢治は東北地方に眠る浮世絵が利益を生むことを知っており、このようにすすめたのだろうか。

この中で賢治はまず日本の浮世絵が世界的にいかに認められているものであるかを解説している。

> 燥音と速度の現代のなかで、日本古代の手刷木版錦絵ばかり、しづかな夢ときらびやかな幻想をもたらすものが、どこに二つとありませう。それこそ曽って日本が生んだ、たった一つの独創美術、やがてはゴッホ、セザンヌの新流派さへ生みだした、世界の驚異でありました。

ゴッホが浮世絵を「タンギー爺さん」に取り入れたのは一八八七年のことで人物の背後には広重、英泉、三代豊国（国貞）といった作家による浮世絵が六つ配された。ゴッホ自身も浮世絵収集者として有名であり、それらの中には所有していた浮世絵もある。ジャポニスムが流行したその頃、油彩の作品として広重の「亀戸梅屋舗」や「大はし阿たけの夕立」を忠実に模写した。雨を線で描くことや人間の日常的な動作の瞬間を捉えることはそれまでの西洋絵画においては例がなかった。作品そのものには浮世絵の表現方法が使用されているというわけではなく、未だ異国趣味の域を出てはいない。しかしジャポニスムの時代以降、次第に浮世絵の日本独特な空間表現や色彩感覚がヨーロッパの芸術家に取り入れられるようになっていく。具体的には不規則性と非対称性だ。それまで対称的、水平的だった西欧の感覚はやがてアールヌーボの時代へと変化していくのである。このあたりの事も賢治は勿論熟知していたであろう。日本の生んだ「たった一つの独創美術」という表現から自信と誇りといったものが感じられる。また広告には広重、北斎、歌麿、春信、清長、三代豊国、国芳、英泉などの浮世絵師たちの名とそれぞれの特徴がまとめて解説される。

「旧三月の雛祭五月の節句、秋祭乃至冬の夜のすさびに、みなこの数を備へていたのでありましたが」特に東北地方では節句に浮世絵を飾ったり、秋以降の長い夜には退屈しのぎに取り出して眺めていたという事実からこの一文が加えられたのであろう。これは鏡花の『国貞ゑがく』にも「虫干の時、雛祭、秋の長夜のをりをりごとに」と似た語句が刻まれる。また『浮世絵の流通・蒐集・研究・発表の歴史』（樋口、一九七二）には「昔、東土産として地方へ持出された浮世絵は多く、三月の雛祭の雛壇の背景に木綿絲で連ねて陳列されたもので、従って地方出の絵には上部に細い針の穴跡がついて居るものがある。雛と浮世絵は深い友で、雛祭の盛んな所には錦絵も多数あるわけである。」（上掲書、p3）とある。これらの表記はいずれも浮世絵がもとは江戸から地方へと拡がり、たいていの家ではある程度の枚数を所蔵していたことを表している。先に賢治が浮世絵をプロレタリア芸術の花形とうたった点を指摘したが、このあたりに関する知識、つまり手に入れ易さという点からの発想であろうと思われるのである。

２　海外からの浮世絵への視線

賢治が浮世絵の魅力を感じている一方で、海外から浮世絵がどのように見られていたのであろうか。ここでは海外からの目線ということで整理しておく。明治大正期に出版された浮世絵関係の書籍には、フェノロサ、ジョサイア・コンドル、ジイドリッツ、ファイケ、アムスデン、ゴンクールなどが名を連ねる。これらの文献について賢治の影響関係の有無を探ることはここでは大きな問題ではない。大きな流れとして、浮世絵にそして広くは日本芸術に対して海外特有の視点があったということ、それは国内だけ見つめていた時代にはあり得ないものであったということ、そして賢治が間違いなく外側からの視点を意識し、それに近い自分の感覚を認識していたことが重要なのである。

（1）海外の浮世絵収集家

フランク・ロイド・ライト（一八六七－一九五九）

帝国ホテルを設計したアメリカの建築士フランク・ロイド・ライトは北斎や広重の版画が展示されていた一八九三年のコロンビア博で初めて日本の版画に触れている。すっかり魅了されたライトは版画の収集を始める。谷川正己の『フランク・ロイド・ライトの日本』（二〇〇四）によればライトの初来日は一九〇五年、それ以降来日回数は七回に及ぶ。その間高額の費用をつぎ込み多くの浮世絵を収集した記録が残っている。また浮世絵に関する評論や書籍も多く、海外視点からの浮世絵評論という点において、参考になる点が多い。

ライトのシカゴ・アートクラブのカタログに寄せた緒言に「古い浮世絵」（一九一七）がある。その中でライトは浮世絵「暫」の解説として、歌舞伎がもともと民衆の為に作られたものであること、そしてすべての観客にとって「待ち、そして聴く」瞬間であることを例に、昔の東京では芸術がかつてないほど「民主的」なものに近いものであったすなわち、「民衆はそれを愛し、それを所有した」と書いている。「東京にとって、文明は極めて美しくかつはかないものであった。細工物や日常の器具は、木と絹のような紙で美しく作られたものであり、刀はスチールの鋭いものである。それらは敬けんな日本人が物事を美しくと心がけたからではなかったろうか。」（ライト、一九八八、p168‐169）

サミュエル・ビング（一八三八‐一九〇五）

サミュエル・ビングによる美術雑誌『芸術的な日本』（Le JAPON Artistique）は一八八八年から一八九一年にかけての発刊で、月刊三十六巻である。日本美術や文化に関する評論と原色の図版を大量に併載した。浮世絵に関してはアンリ・ルナン「北斎の「漫画」」、ウィリアム・アンダーソン「広重」といった論評が収録されている。大島はビングがこの雑誌により、単に日本美術を紹介しようとしたのではないと考えている。（大島、一九八〇）ヨーロッパ人の目から見て日本人の生活全般が芸術的であることを強調し、その意義を伝えようとしていた、というのである。ビングの中に、芸術とは一体人間にとって何なのだろうという根本的な問いかけが働いており、そこにはヨーロッパで常識化されていた因襲的な美術館に対する深い疑念があった。つまり美術を美術として独立して考えるような西洋的思考法への一種の挑戦であるという。ビングが驚いたのは日本の絵が絵としての理由只それだけで独立して存在するのではなく、日本の自然に密着し、日本人の日常的な実生活の中で生かされていることであった。このビングの生活空間の中の芸術は日本人が浮世絵に対して長い間持ち続けた感覚を充分にくみ取るものであったし、後にイギリスのウィリアム・モリスらによるアーツ・アンド・クラフツ運動とも方向性を同じくするものであった。先にトルストイの芸術と室伏の考え方に影響された賢治の芸術観に触れたが、この万人のための芸術という感覚は生活空間の中の芸術という点と密接に結びついていると言えるのではないだろうか。

エドモン・ド・ゴンクール（一八二二 - 一八九六）

一八九〇年『エコード・パリ』紙に「日本の「青楼の画家」歌麿」と題した記事が掲載される。ゴンクールは歌麿の描くすらりとした官能的で優雅な女性を表現した絵がことのほか気に入っていた。フランスの画家ワトーと並び、女性を美しく描く画家として高く評価していたことから、「かの国のワトー、歌麿」とも呼んでいる。ゴンクールが「歌麿」を著したのは、一八九一年のことであった。日本を一度も訪れたことのないゴンクールではあったが、当時美術商として日仏を行き来していた林忠正の献身的な補佐を得てこの西洋で初めての日本版画の巨匠を扱った書物を完成させる。この『歌麿』序文にはゴンクールによる次のような部分がある。「日本は工業芸術がほぼ常に大芸術の域に達している地球上で唯一の国なのである。」この感覚もまたビング同様、工業芸術そして生活に密着した美術という日本へのイメージを指すことにほかならない。

ライト、ビング、ゴンクールはいずれも浮世絵をはじめとする日本の芸術に魅了されたが、その原因の一つはそれが工業美術であり、人々が芸術とともに生活しているという点であった。日本人自身が芸術そのものをどう捉えているかは別として、海外からのこうした目線と日本の芸術に関する解釈は浮世絵の周囲に常にあったと思われる。賢治は海外の評論を読むたびに、このことを強く印象付けられたであろう。浮世絵がもとは安価で人の手に渡り、四季折々に手軽に楽しまれてきたこと、生活の一部として人々の暮らしの中にあったことは賢治が求めていた芸術、すなわち万人が共有し、享受できる芸術と同じ条件を持つものであったのだ。

（２）アルマン・プージェ神父と浮世絵

残されたこの書簡から推測すると、賢治が浮世絵収集を始めたのはおそらく一九一九年頃であり、浮世絵に対する興味は晩年まで尽きることがなかったと思われる。しかし、始めに浮世絵を意識したのは、学生時代と考えられ、プージェ神父との親交にさかのぼる。賢治とプージェ神父に直接関わりがあったことを物語るのは、今もって賢治の詩の中にしかない。

アルマンド・プージェ神父（一八六二‐一九四三）はパリ外国宣教会から派遣され、函館における宣教活動の後、四谷天主堂教会の宣教師として明治三十六年～大正十一年まで盛岡に在任していた。その後仙台の元寺小路教会、福島、宇都宮の松ヶ峰教会において伝道に従事している。『北日本カトリック教会史』（小野、一九七〇）によると、プージェ神父は芸術的天分に恵まれており、ロマネスク様式の盛岡四ツ谷教会教会堂と元寺小路旧聖堂内部の壁と柱にほどこされたサラセン風の装飾は師の作品である。浮世絵、刀剣の鍔、日本古美術を集め、鍔コレクションがある。独力で全国古美術商名鑑を編纂するなど、日本の古美術に通じており、賢治にとって十分に興味のそそられる人物であったことは間違いない。当時の知事サカイ氏（おそらくは笠井信一、明治三十九年~大正二年の間岩手県知事在任）から、浮世絵は模造品が多いから他のものを研究してはどうかとすすめられ、刀の鍔を収集し始めたことになったようである。「師のコレクションはおびただしい数にのぼり、文化史とキリシタン史の観点から、貴重なものも多くあるが、中にもメダイとロザリオを刻印した尾州家老石原家伝来の鍔は、師の研究によって初めて明らかにされたもので、珍品中の珍として、その道の蒐集家の垂涎の的となっている」（前掲書、p322）そうである。

明治初期日本国内のキリスト教はきわめて困難な立場であり、盛岡でもそれは例外ではなくキリスト教に反対する気運が日露戦争後とみに高まり、明治の末まで続いた。このような中、盛岡のカトリックは徐々に教勢を伸ばし対外的にも教会の地位が高まり発展期に入るが、これはプージェ神父の人格と識見による貢献が大きいという。一九一二年（大正元年）四ツ谷教会の聖堂の献堂式が行われた。信徒の増加とともに新築の必要を感じアメリカ、ニューヨーク市のミス・ウィルソンという篤志家の一千ドルを初め信者からの後援を得たという。（同、p180）この聖堂の献堂の時期がちょうど賢治とプージェが出会ったであろう時期と重なる。またさかのぼって明治三十八年、岩手は春から霖雨低温の不順天候で、九月に入ると暴風雨が襲来、ついに大凶作の年となったのであるが、上田哲によればこの時プージェ神父は古美術品を手放した資金で救援活動を行い、さらに全国の教会にも呼びかけ集まった援助は福祉制度の充分に整っていなかった当時としては大規模であり、このことに市民は深い感銘を受けたという（上田、一九九八）。

このようなプージェの献身的な態度と稀なる行動力を聞き知った賢治はその生き方に大きな影響を受けたことは十分考えられることである。

さて賢治はプージェを歌う短歌七首、文語詩一篇を残している。

プジェー師は古き版画を好むとか　家にかへりてたづね贈らん　［歌稿B2］（大正五年）

賢治の実家は古道具屋である。家に帰り、古道具の中に古き版画すなわち浮世絵があるかどうかを探し、もしあったら贈ろう、という意味であろうか。

ましろなる塔の地階に　さくらばなけむりかざせば
やるせなみプジェー神父は　とりいでぬにせの赤富士
青ぬ玉かゞやく天に悪業乎栄光乎　かぎすます北斎の雪

浮世絵を集めていたプージェ神父が、偽ものの赤富士を買わされた、という少し滑稽さを含む歌である。これを見る限りではプージェ神父との気楽な関わりかたが想像できる。実際プージェ神父は洒脱で芸術家肌であったと言われており、この点でもおそらくは賢治が共感することが多かったのではないだろうか。ちなみに先に取り上げた賢治の童話「ガドルフの百合」にはこの赤富士すなわち北斎の「山下白雨」がモチーフとなっており、白百合を始めとするキリスト教と重なるイメージはプージェ神父の影響を思わせる。

なお、プージェとの会話は日本語であることが推測される。宣教会では一般的に派遣された先の言葉で布教することが大前提になっており、日本であれば日本語で信者に語りかけることが重要視されているからである。

３　同時代の作家たちと浮世絵

賢治と同時代の作家たちはその価値を見出され、海外へ流失していく浮世絵をどのように捉えていたのであろうか。また、浮世絵そのものの価値をどう評価し、作品に組み入れていったのであろうか。彼らの浮世絵に対する視線と賢治の浮世絵観との比較から、同時代の作家たちにおける賢治の位置づけを見てみよう。

(1)　永井荷風（一八七九‐一九五九）

永井荷風は浮世絵の収集家として有名である。浮世絵展覧会の出品者リストにも名を残す他、大正九年に井上和雄が雨石斎の名で伊勢辰から発行した「東都錦絵数寄者番付」においては調役として「牛ゴメ永井荷風」との記載がある（樋口、一九七二、ｐ55）。

また、荷風は明治の文学者には数少ない海外生活経験者の一人である。森鷗外や夏目漱石のようないわゆる官費受給者と違って、父親の計らいで実業を学ぶ目的で洋行しているため私生活に制約はなかった。思うままに西欧の文化や芸術を味い楽しむことができたのである。明治三十六年横浜港からアメリカへ渡り、フランス語を学ぶ傍ら、日本大使館や正金銀行に勤める。明治四十年にはフランスへ渡り、八ヶ月間のリヨンの正金銀行支店勤務の後、パリで過ごす。

明治四十一年ロンドン経由で帰国の途に就く。欧米の文明を目の当たりにして改めて日本を眺めると、荷風は日露戦争後における列強国としての西洋模倣が目につき、結果嫌悪することとなった。東京の変わりゆく様を「西洋式偽文明」（永井、一九八六、p31）と言いきってしまう。

『日和下駄』

大正三年（一九一四）八月から四年六月にかけて『三田文学』に掲載された。単行本刊行の際に加筆され、その副題には「一名　東京散策記」とつけられたが、文明論、都市論の感も強い随筆集となっている。東京が拓けて行く様を惜しみつつ、『日和下駄』の中で特に称賛するのは江戸の風景の残る東京の名所である。そして江戸地図を持ち歩く彼が同時に心に描くのは常に浮世絵の世界である。

青山竜巌寺の松は北斎の錦絵『富嶽三十六景』中にも描かれてある。（『日和下駄』、p25）

目に青葉山時鳥初鰹。江戸なる過去の都会の最も美しい時節における情趣は簡単なるこの十七字に言い尽くされている。北斎及び広重の江戸名所絵に描かれた所、これを文字に変えたならばすなわちこの一句に尽きてしまうであろう。（前掲書、p22）

しかしここで引用される浮世絵師や作品達はあくまでも東京歩きの風景を想像させる手立ての一つにすぎず、浮世絵そのものの価値よりは、人々のくらしのある江戸風景の美しさを印象づけるのが主な役割となっている。それは当時の西洋化されて様変わりしつつあった都市との対照において美しく際立つ構成となっている。

吉原の風景

西洋から帰国した荷風が日本に特にこだわり東京に求めたものは、昔ながらの風景であり、そこで聞くことのできる「生活の音調」であった。加速度的にそれらを失いつつあった東京の街において、その名残を見つけることができる場所が吉原であった、と荷風は語る。

> 江戸のむかし、吉原の曲輪がその全盛の面影を留めたのは山東京伝の著作と浮世絵とであった。明治時代の吉原とその付近の町との情景は、一葉女史の『たけくらべ』、広津柳浪の『今戸心中』、泉鏡花の『註文張』の如き小説に、滅び行く最後の面影を残した。
>
> （「里の今昔」 p219）

この吉原への荷風の想いは明治二十九年に発表された『たけくらべ』における残暑の秋、

『今戸心中』における年の暮れに触発され翌年見に行った町の景色が始まりになっている。そして明治三十四年発表の『註文張』においては雪の夜の記述、さらに広重の版画になぞらえ雪に埋もれた日本堤や大門外の風景を絶賛するのである。しかしその吉原も時の流れに抗うことはできない。明治四十一年には「仲の町にはビーヤホールが出来て、「秋信先ず通ず両行の行燈」というような町の眺めの調和が破られ、張店がなくなって五丁町は薄暗く、土手に人力車の数の少くなった事が際立って目についた」(「里の今昔」、同、p229)し、明治四十三年の水害と翌年の大火により遊里とその周囲の町の光景は激変し、文学界においても遊里が舞台の傑作もうまれなくなった、という。「哀調は過去の東京にあっては繁華な下町にも、静な山の手の町にも、折に触れ時につれて、切々として人の官覚を動す力があった。しかし歳月の過るに従い、繁激なる近世的都市の騒音と燈光とは全くこの哀調を滅してしまったのである。生活の音調が変化したのである。わたくしは三十年前の東京には江戸時代の生活の音調と同じきものが残っていた。その最後の余韻が吉原の遊里において殊に著しく聴取せられた事をここに語ればよいのである」(同、p232)ここに荷風の中の浮世絵と吉原が共通する機能を持っていることがわかるであろう。日本の古き良き時代や昔ながらの風景をそのままに、生活に密着したものとして、望めばいつでも自分が追体験することのできるもの、という感覚を持っていたのである。

さて、賢治が東京に執着していたように荷風もまた東京に関して並々ならぬ執着心を抱えていた。地方出身者の都会への憧憬から始まった賢治の感情と対比すると、荷風のそれは外国帰りの郷愁とも言うことができるだろうか。東京が西洋化され、拓けて行く速度を荷風は「西洋の一世紀が日本の十年」とし、あまりにも急激な変化を嘆いている。一方、東北の一地方から上京した賢治は都市の華やかさと進んだ西洋化に目を見張る。銀座や丸の内、そして日本橋を歩き、その進歩的な町の様子にすっかり気分を高揚させられてしまうのだ。その若者も後には東京という都市との長い付き合いを経て、その本質に気づくことになるのであるが、それはまた少し先のことである。

『江戸芸術論』

荷風はまた浮世絵の魅力について詳細に述べた文章を多く残している。浮世絵の歴史や自己の分析、そして海外の評論に関しての小さな評論集という意味においては、賢治の浮世絵に関する文章と比較しやすい。海外生活経験者として英語仏語等の語学力に加え、日本を、また日本芸術を海外からの目線で見つめる術を知っていることは、当時の西欧が持つ浮世絵観を十分に理解し、またそれを日本へ紹介し解説する素地が整っているといえよう。

春信の色彩

荷風も賢治も春信の色彩について述べている部分が多い。賢治は特に春信の初期の色彩が気に入っていた様子で、詩『丸善階上喫煙室小景』の中でも喫茶室の色合いを「ほとんど初期の春信みたいな色どりで」と歌っている。ちょうど浮世絵展覧会を見る目的で上京した折の詩作であることから、ここに使った意味も大きいであろう。

また「浮世絵版画の話」の中では浮世絵のもつ諧律性の説明として次のように触れる。

色彩に於る数の過多でな（い）といふ制約がその間の調和を非常に高度顕著なものにすることが原因であるらしい。同一作家の肉筆とその版画とを比較すればこれの証明は容易である。春信の時代に天保頃の豊富な木版用の顔料が得られたならばあの高雅清純な詩の国は生まれなかったらうと思はれる。

（宮沢、「浮世絵版画の話」）

つまり賢治は制約された時期の春信の色使いにこそ惹かれていたことが分かるのである。一方荷風は次のように分析する。

春信が板画の彩色はその幽婉なる画題と同じく、あたかも薄暮の花を眺むるが如し。彼は自在に多数の反対色を用ふれども巧みにこれを中和すべき間色の媒介を忘れざるが故に、その画面は一見甚だ清楚にして乱雑ならず、常に軽く軟かき感情を与ふ。

（永井「鈴木春信の錦絵」『江戸芸術論』大正二年六月稿、ｐ39）

続いて荷風は海外の評論家たちの感覚も紹介する。

ジイドリッツ曰く、春信の用ゆる色は皆曇りたる色なり。彼は色彩の効果をばその対照に求めずして、むしろ影の調和と間色の用法とによりて、これを得ん事を勉めぬ。ペルヂンスキイもまた春信の色彩を以って曇りたる色となし、時としてあるひは平坦に過ぐるの嫌あれども、鮮明にして清楚なる感覚を与ふる力あり。

（前掲書、ｐ39‐ｐ40）

また賢治の好んだ春信の初期の作品については、フェノロサの研究に言及し、次のような記述がある。「春信が明和二年始めて多数の板木を用ゐて錦絵を案出したりし当時の制作は最も上乗のものにして、仏国の浮世絵蒐集家中には特に明和二年板の春信のみを集むるものありといふ」（同、ｐ40）フェノロサによれば明和三年以降の制作では背景はより複雑に、四年以降は重厚な褐色を用いる特徴が生まれるというのである。初期の春信を好むのはこのフランスの収集家も賢治も共通であったのだ。

浮世絵の蒐集事情

西洋化、近代化の波と浮世絵の海外散逸を嘆くのは、両者共通であった。

明治になって西の忙しい文明が嵐のやうに日本を襲ひ、日本がこれをしばらく忘れてゐたうちに、その大半は塵に移し、一部は海のかなたに散って、今やほとんど内地にはこれらやさしい数葉のその影だにもなくなりました。たまたま本社はこの間に、東北各地で数千枚を蒐集し、その散佚を防いで置きました。（宮沢、「浮世絵広告文」）

日本都市の外観と社会の風俗人情は遠からずして全く変ずべし。痛ましくも米国化すべし。浅間しくも独逸化すべし。（中略）

浮世絵の生命は実に日本の風土と共に永劫なるべし。しかしてその傑出せる制作品は今や挙げて尽く海外に輸出させられたり。悲しからずや。

（永井、「浮世絵の鑑賞」『江戸芸術論』大正二年正月稿、p23）

ここでこの時代の浮世絵蒐集事情について簡単に触れておく必要があるだろう。樋口弘編

『浮世絵の流通・蒐集・研究・発表の歴史』（一九七二）によれば旧幕府時代江戸には多くの浮世絵が存在していたが、明治十〜三十年代は大量に海外へ流出してしまう時代となった。江戸は大火が多かったことから、明治から数百年前の古版画はどこの商家や武家でも焼けてしまった。しかし案外地方の旧家では宝暦以前の古版画が多くあったという。明治十年代、東京大学の教師としてフェノロサが来日した。彼は日本で哲学や経済学を講義するかたわら、日本古美術の研究、蒐集に心を向けていく。帰国時には浮世絵を含む蒐集品をアメリカに持ち帰っている。しかしいまだ浮世絵を日本人の手で再認識しようという空気は少ない。十年〜二十年にかけて、浮世絵が海外に流れそのため値段は毎年上がっていった。二十年には日本人の間にも研究家がおり、商人にも研究的な態度を持とうとした空気が起こってくる。この頃には歌麿や春信のものが十年前の十銭、二十銭から十倍ほどの二円、あるいは三円ほどにまで上がり、二十年代のうちにそれは百倍ほどになる。海外流失に対し、日本でも保存、蒐集、研究しようとする気運が起こってくるが、国内の値段が上がるにつれ、古版画のひどいものを直したり、古版画そっくりの偽物を作る仕事も起こってくる。本物の古版画を直して洗ったり、色板を直したりするものは直し物と呼ばれるが、その名人が各地に存在していた。

大正五年『浮世絵』二十一号所収「錦絵の買集めと其苦心」（浮世絵師、一九一六）によれば、明治十六年〜二十五年あたりの頃は春信の中錦絵が一枚十円位になった。「大正の今日」（当時）

では日本中に大々的な広告文を配布して田舎に残存する品を買い取ろうとしている。床屋、古本屋、骨董屋、質屋、呉服屋など他県まで出かけ村々を軒別にまわり、探し歩く。それが東京の錦絵商に引き渡されると、ひとまとめに外国の得意先へ送られたり、東京在住の西洋人またはホテルに宿泊している外国人の愛好家に売り渡される。なお、「近来」は国内でも需要が高まり売れるようになったとある。この頃は価値を知る者と知らない者の差が大きく、皆一攫千金を狙って売買に従事していたのである。

では賢治のいた地方ではどうであったか。大正四年九月『浮世絵』四号の中に酉水という名で「浮世絵と国々」という文が収録されている。これによれば昔東土産として地方へ持ち出された浮世絵は多い。三月のひな祭りの雛段の背景に使われることが多く、地方の絵には上部に細い針の穴があるものが見られる。奥羽六県は徳川時代からひな祭りは盛んでこのため錦絵も多数この地域から出るのだが、浮世絵商人はこの地方の物は劣等で煤けたものが多く注意を置かない。もとは上格な日本橋で買わず神明前の二流の錦絵店から買い込んだ物だからであるし、さらに持ち帰ったのち、薪の煙でいぶされ、煤けてしまうからであるという。

それではこれらの点をふまえつつ、賢治の書いた「浮世絵広告文」を見てみよう。これは盛岡の光原社（『イーハトヴ童話　注文の多い料理店』の発行元）の及川四郎が新しい商売はないかと賢治に相談した折に、浮世絵売買が良い、とその場で書いたものである。まずは広告に載る浮世絵の値段の妥当性についてである。広告は大正末期から昭和六年頃の間に書かれたものと推定されているが、東京での売買価格からすると、八銭〜五十銭以上、とするのはあまりにも安い。この点は中沢天眼が指摘する通りである。（中沢、一九四八）ここではやはり東京、岩手間の格差があるのであろうか。しかし賢治が東京における浮世絵の売買価格を知らないとは考えにくく、この地方で取り扱われる浮世絵の質そのものがそれほど高くなかったのかもしれない。なお賢治が岩手地方の浮世絵についてどの程度の知識があったか、ということについては、「浮世絵版画の話」の構想メモが本稿とは別に残っているが、その中に四として「当地方における分布及び再刻」という項目があり、賢治がこれについて書こうとしていたことがうかがえる。つまり花巻、盛岡を中心とした地域の浮世絵事情についてはかなり把握していたことがここからは推測できる。

西洋においてその芸術性が認められた浮世絵は長い間、国内において一部の蒐集家をのぞき、商売用以外はその価値が見出されなかった。それは逆に浮世絵の値段の高騰という皮肉な結果を招く原因の一つですらあったのである。荷風も賢治もその芸術性を十分に理解し、海外流失を嘆いたことに変わりはないが、賢治は商売の一環として浮世絵を見る目を持っていたことも忘れるべきではない。

（2）太宰治（一九〇九‐一九四八）

『富嶽百景』

太宰治は『富嶽百景』において北斎はじめ浮世絵師の書いた富士について触れているが、浮世絵自体に敬意を払っていたかどうかは疑問である。作品冒頭部では浮世絵の富士の頂角が鋭角すぎると言う。後に師である井伏鱒二も語っているが、太宰にとって、有名ということは通俗で一種の嘘なのであった。作品中でも富士三景に数えられるという御坂峠から望む富士を次のように表現する。

私は、あまり好かなかった。好かないばかりか、軽蔑さえした。あまりに、おあつらいむきの富士である。まんなかに富士があって、その下に河口湖が白く寒々とひろがり、近景の山々がその両袖にひっそりうずくまって湖を抱きかかえるようにしている。私は、ひとめ見て、狼狽し、顔を赤らめた。これは、まるで、風呂屋のペンキ絵だ。芝居の書割だ。どうにも注文どおりの景色で、私は、恥ずかしくてならなかった。

（太宰、一九五七、p54‐55）

表題の富嶽百景は北斎が富士の名所を描いた連作であるが、太宰にとって浮世絵の中の富士の名所とは、あまりにも出来すぎた構図で嘘のように見えた、とも解釈できる。冒頭部の頂角についても、実際の富士と絵師たちの描く富士との間にはデフォルメが存在し、結局は嘘であることを伏線にしていたともいえる。それよりも富士と自分にまつわるエピソードを重ね、連ねて行く手法、つまり富嶽百景に見られる連作の構造こそが、太宰の狙いであり、作品の目的であるように思われる。

さて、これと同じ構造を使った太宰の作品に『東京八景』がある。十年間の東京生活をその時々の風景に託して書こうと記憶と共になじみの街の風景を思い出すのだが、結局「芸術になるのは東京の風景でなかった。風景の中の私であった。芸術が私を欺いたのか。私が芸術を欺いたのか。結論。芸術は私である。」（太宰、一九五七、p238）という答えにたどりつく。美しい風景と共に思い出された数々のことは、結局東京で生活してきた日々であり、自分の生きざまそのものなのであった。

賢治と太宰との決定的な違いは自己を見つめる目である。東北地方の裕福な家庭に生まれ育ち、経済的に困窮しながらも、いざとなれば実家が手助けしてくれる。一見共通点の多いように思える二人であるが、長男としてどんな時も家族の、そして地域の注目を集め続けた賢治と、長兄に頼りっぱなしの太宰との溝は大きい。賢治は結果として自分をなくしてまでも、他人の力になる事を選んだのであるし、太宰は自分が存在しても良い理由をあちらこちらで見出したかったのに違いないのだ。浮世絵に対する認識もかなり異なる。太宰はリアルな自分の生活とは対極にある、恥ずかしくなるような美しさの、あるいは嘘の風景と解釈したし、賢治はそこに四次元の広がりを見出していくこととなる。

荷風が江戸地図や浮世絵と東京の現在を照らし合わせていたと先に述べた。浮世絵を過去と現在をつなぐものとして捉えていた、という見方もできよう。そこには郷愁のみにとどまらず、東京の都市論という現実的な面もあった。この点は賢治と共通すると言ってよいであろう。賢治の場合も過去と現在はもちろん、さらにそこからの拡がりをも計算に入れた捉え方であった。詩『浮世絵展覧会印象』では「巨きな四次の軌跡をのぞく窓でもあるかと」浮世絵の中の「古い時代の頬」が壁にかかっている様子を描く。過去と現在をつなぐ他に、現在（展覧会当時）からさらに浮世絵の人物が現実世界の人々に対して働きかける感覚を内包する。浮世絵の中の人物は展覧会を見に来ている人々へ現実的なメッセージを投げかけるのだ。このもう一つの時空間とでも呼ぶべき解釈は次に述べる泉鏡花の浮世絵の世界とも若干重なりあうようである。

（3） 泉鏡花（一八七三 - 一九三九）

荷風の引用にもあったように泉鏡花もまたその作品の中で時に浮世絵に触れている作家である。荷風は鏡花の『註文張』の雪の夜の描写について、「一立斎広重の板画について、雪に埋れた日本堤や大門外の風景を喜ぶ鑑賞家は、鏡花子の筆致のこれに匹如たる事を認めるであろう」（永井、一九八六、「里の今昔」、p228）と評価している。ここで荷風が言うのは、作品世界そのものが広重の雪の夜の世界観と共通する点が多いという意味であり、『註文張』の中で直接浮世絵そのものを扱ってはいない。勿論鏡花は他の作品中で浮世絵について触れたり、モチーフの一つとして扱ったりもしている。例えば『日本橋』では日本橋界隈から見える富士を広重の名所として触れたり、妓女の美しさを錦絵の人物に例えたりしている。ここでは浮世絵そのものの世界が扱われている『国貞ゑがく』を取り上げてみる。

『国貞ゑがく』

物理書が欲しくてたまらない織次は父親にねだり、母の形見である浮世絵を売ることで手に入れることになる。売られていく浮世絵は擬人化され、「姉様」がまるで人として売り買いされるイメージとなって織次と読者に浮かんでくる仕掛けとなっている。人間世界と浮世絵の姉様たちの世界が入り混じるかのような描き方で、まずは錦絵を売りに行く場面での心理描写にこの擬人化が多く含まれる。

顔馴染の濃い紅、薄紫、雪の膚の姉様たちが、此の暗夜を、すつと門へ出る

其も科学の権威である。物理書と云ふのを力に、幼い眼を眩まして、其の美しい姉様たちを、ぼつたて、ぼつたて、叩き出した。（泉、二〇〇四、p58）（p58 - 59）

そうこうしているうちに、織次は母の亡霊を見る。母のかたみの浮世絵を売る事で、母をあの世から呼び出してしまうということであろうか。また、この浮世絵と現実とあの世の世界の混同は一方からのアプローチにとどまらず、同時に人間の方も浮世絵世界に入り込んでいくかのような場面も用意されている。


ばたくと駆出して、其時まで同じ処に、画に描いたやうに静として動かなかつた草色の半纏に搦着く。

『あゝ、阿母のやうな返事をする、肖然《そつくり》だ、今の声が。』（p60）

父親が絵のように動かない。その間に織次が見るのは現世にはいないはずの母親の姿である。織次が父親に名を呼ばれ、画の中へ飛び込むことで現実が再び動き始めるのである。

さて、売られた錦絵の中の姉様たちはあくまでも絵でなく人間として扱われる。

主が帰って間もない、店の燈許へ、あの縮緬着物を散らかして、扱帯も、襟も引っさらげて見て居る処へ　（ｐ64）

話を聞いて、売った以上の金を払い、錦絵を買い戻してくれたのは平吉であったが、後に何度催促しても錦絵の買い取りに応じようとしない。織次が平吉の家でその女房に会うと、次第に錦絵の姉さまの面影と重なっていく。

浪の浅黄の暖簾越に、又颯と顔を赤らめた処は、何うやら、あの錦絵の中の、其の、何の一人かに俤が幽かに似通ふ……　（ｐ66）

此も飛脚に攫はれて、平吉の手に捕はれた、一枚の絵であらう。　（ｐ67）

人間が平吉にもらわれた女という共通点のみで、錦絵と同等の扱いになってしまう、つまり、平吉の女房と錦絵の姉様の同化という現象が起こり、その哀しさが同時に描かれているのだ。

さて、このような浮世絵の世界と現実世界、時にあの世とのやりとりは賢治作品にも見られる技法である。賢治の詩『浮世絵展覧会印象』では、展覧会を訪れた人々と浮世絵の中の人物は異なる世界に描かれながらも、その共通の次元を見出して互いに近づこうとしているかのように描かれる。

見たまえこれら古い時代の数十の頬は（中略）
褐色タイルの方室のなか
茶色なラッグの壁上に
巨きな四次の軌跡をのぞく
窓でもあるかとかかってゐる
高雅優美な信教と
風韻性の遺伝をもった
王国日本の洗練された紳士女が
つゝましくいとつゝましくその一一の
十二平方デシにも充たぬ
小さな紙片をへめぐって
或はその愛慾のあまりにもやさしい模型から
胸のなかに燃え出でやうとする焔を

はるかに遠い時空のかなたに浄化して
足音軽く眉も気高く行きつくし
あるひはこれらの遠い時空の隔りを
たゞちに紙片の中に移って
その古い慾情の香を呼吸して
こゝろもそらに足もうつろに行き過ぎる

浮世絵の中からまるで展示場内をのぞきこむかのような人物の顔は、大首絵であろうか、役者絵であろうか、この展覧会の次元とつながる窓があるかとみているかのようである。一方展覧会の場内をつつましく歩き回る洗練された当時の紳士淑女たちは、浮世絵の中に愛慾とかいうものを浄化して気取ったまま通りするぎるのか、それともまさに浮世絵の世界へ飛び込んでその慾情の香を吸い込むのだろうか。そして十字架を背負った日本の紳士淑女の群れは「青い桜の下暗の中にいとつゝましく漂ひ出る」のであるが、青い桜そして六月という季節を考えれば、会場近くの上野の桜の青葉のころを思い浮かべるであろう。しかし青い桜は青い楼と非常に字が似ていることにも気づく。童話で言葉に二重の意味を持たせた感覚の持ち主であれば、このくらいの仕掛けをしても不思議ではない。歌麿の作品を見た後ではなおさらであろう。青楼は遊郭のことであり、とりもなおさず浮世絵の世界と重なっている。この現代に生きる人々は浮世絵展覧会を観賞した後建物から出てくるのであるが、それは現実世界から浮世絵世界の中に迷い込んでくることに他ならないのである。

賢治の浮世絵観と鏡花作品は浮世絵の中の人物を擬人化するという点において共通している。擬人化という言葉自体が鏡花と賢治の空間把握、世界観において妥当であるかは別として、浮世絵と現実世界との行き来、或いは同じ空間レベルに属する人々の動きという感覚に近いと解釈できるだろう。賢治の場合は展覧会に来ている人々も浮世絵の世界へと入り込む可能性を暗示しているものと思われる。この点において浮世絵は現世と並ぶもう一つの時空間と捉えていることは両者ともに暗黙のルールであるようだ。

荷風と太宰、そして賢治を東京、浮世絵、近代都市という観点からみるとそれぞれに異なりながらも、同時代の日本を見つめようとしていた姿勢がわかる。しかし太宰はもちろん、西洋生活を経験した荷風でもその作品の舞台が外国という例はあるにしろ、賢治のような複雑にからみあうイーハトーヴ世界のようなものをつくりだすことは結果としてなかった。荷風においてはむしろ日本の明治初期の風情を好み、またそれを他の作家の作品の中で追い求めたきらいがあった。当時失われつつあった日本の生活、生活の音、哀調、そして昔ながらの町の風景といったものを追求し続けたのだ。洋行により直に西洋文化に触れたからこそ、日本文化の重みを再認識し得えたのであろう。このことは江戸の風景、即ち浮世絵が荷風にもたらした影響にも深く関わっていく。荷風にとって浮世絵はこれら日本の記憶を留める景色の最後の証拠なのであった。一方賢治にとってはこのような懐かしさに通じるものはない。浮世絵は海外から唯一認められた日本が世界に誇れる芸術であった。そして震災や不景気からいち早く立ちあがるたくましい日本の強いエネルギーの象徴でもあった。同時に重要だったのは、何より四次的な時空間を内包していること、そして成り立ちをたどれば廉価で階級を問わず手にすることのできた万人のための芸術という点に於いてである。不況や震災を経験した時代にありながらも、いち早く勢いを取り戻した浮世絵ブームは東京や都市生活者たちの疲弊ぶりと比して賢治の目には力強くなお魅力的に映ったに違いないのだ。荷風が追い求めた風景は賢治にとっては現存する故郷のつまりは岩手の風景であり、なんら懐かしがる必要すらなかった。ここに洋行経験の有無及び都市と地方の生活者における根本的な価値観の違いがある。

太宰の想いはまた、これとは異なる。生い立ちには共通点が多い二人ではあったが、決定的な違いは晩年の人間関係にあったといえるであろう。賢治は基本的に人を信頼するすべを体得していたし、太宰においては滅茶苦茶と言ってよいほど生活は乱れ、人間不信でもあった。東京名所を探しつつも、そこに自分を見出そうとした太宰は、無私の立場をとる賢治とは全く逆の方向へ歩んでいったと言っても過言ではない。そんな太宰だったから浮世絵のような名所は居心地が悪かったのである。

鏡花の浮世絵の世界観はまた独特のものであり、比較すると賢治のそれと共通する部分も多い。異界の存在という鏡花の大きなテーマである作品世界は、異空間との行き来が可能な賢治の童話作品とも重なる。一方で日本の昔ながらの風景を美しく留めた名所絵や、女性の美しさは、『註文張』の雪の夜を描ききった作家にとって、日本の美を思う時ないがしろにできない象徴の一つであったに違いない。賢治にとっての浮世絵の美しさとこれはいささか異なるのだ。

4　創造世界としての浮世絵

賢治にとって浮世絵とは芸術であると同時に一つの世界であった。西洋の近代芸術との比較という方法をとりながらも、最終的には現実世界とは異なった浮世絵の持つ創造世界という認識をしている。そこで賢治は浮世絵世界独特の手触り、色合い、音、動き、違った重力の法則を目にすることができる。この世界において特筆すべきは非現実性である。観賞者達が等しく感じるような無目的性、それは賢治の好んだルイス・キャロルのナンセンスにも通じるような、一瞬の輝きをただ切り取り認識するための刹那的なものである。浮世絵は生き物であり、その一瞬はそのまま永遠に残される。しかし呼吸を続け時間とともに光に色あせながら、つまり摺りあがったその時代から今に至るまで変化を遂げながら生き続けるのだ。詩『浮世絵展覧会印象』の中では展示会場を行き来する日本の紳士女達が描かれており、彼らはその芸術性を理解するのに十分洗練されていること、そして脈々とつながってきた「風韻性の遺伝」を持っていることを宣言している。浮世絵の世界を構築してきた日本だからこそ、日本オリジナルの芸術性を本当の意味で理解することができると言うのだ。「日本」という国名を余り作品中に使わない賢治であったが、それだけ賢治は浮世絵を日本の芸術として高く評価していた証拠ともいえよう。

イーハトーヴ構築へのヒント

賢治の中の浮世絵とは、日本の誇る唯一の芸術という力強い存在である。当時の国内の浮世絵研究家たちがそうであったように、それは一度海外に流失していた浮世絵を西欧の収集家たちが見る目線でもう一度見直すといった構図であった。そして賢治の場合はそれ以上の価値を再認識している。

当時海を越え洋行に踏み切った裕福な者たちの海外との距離と、賢治の距離の観念は全く異なるものであることが分かってきた。宝石に関する知識を得るためアメリカ渡航を夢見ていたことは、残された書簡からも推測できるのだが、それほどこだわっていたようにも思えない。そこにはおそらく海外への興味が洋行へと結びつかない特有の発想があったのである。東京に対しての態度同様自分のいるところに海外を引き寄せ、外国の見方をも意識せずとも取り入れる、その方法は図らずもイーハトーヴを構築する一つの枠組みへとなっていったのである。浮世絵という創造世界はこの点で大きな役割を果したと考えられる。現実世界とは異なるもう一つの世界、それが数百年前から存在していること、そして時空間を自由に往来できる感覚、このあたりはイーハトーヴとも共通する重要な構造となっているのだ。

賢治の中では実際に見聞きしたものと、書物等から得た知識とは区別なく同じレベルで存在するかのようである。頭に思い浮かべたことがそのまま現実である、という特有の考え方は、海外に対する眼差しも、イーハトーヴを構築する方法も共通するものであるのだ。また賢治は生活に結びつく芸術という視点を浮世絵に対して持っていた。これは日本国内だけへの視線では気づくことのできないものであった。西欧の収集家たちが魅せられた浮世絵の単純化や神秘もこれに通じるものである。そしてそれはやがてアーツアンドクラフツ運動やトルストイの芸術への考え方なども含めて化学反応を起こし、賢治の羅須地人協会の設立目的とつながっていくのである。ではその世界は実際いかに広げられていったのであろうか、次章では賢治が観念的にイーハトーヴをどのように成立させていったのかを見て行こう。

第3章　イーハトーヴとユートピア

1　イーハトーヴ

賢治は世界の文学、芸術活動からもイーハトーヴづくりのヒントを得ていたと推測できるが、特にトルストイやウィリアム・モリスのユートピア思想からは大きな影響をあたえられた。イーハトーヴをユートピアと定義づけるかどうかは、これまで議論されてきた点でもあるが、ここではトルストイやモリスの構築したユートピアと比較することにより、この問題に迫ることになろう。イーハトーヴとはそもそもどのような世界であるのか、またなぜイーハトーヴはこのような性質をもちえたのだろうか。

（1）　賢治の世界イーハトーヴ

賢治は自分の作品世界にイーハトーヴと名付けた。(6) 作品の舞台がイーハトーヴであることが明記されているものも、そうでないものもあるが、賢治の想像世界がイーハトーヴであることは共通認識として持ってよいであろう。イーハトーヴという音は岩手をエスペラント語風に発音したものと考えられている。その他の具体的な地名としてハナーキャ、ハームキャ（花巻）、モリーオ（盛岡）、イーハトーヴに隣接する県の都市であるセンダード（仙台）、離れた大都市トキーオ市（東京）などが作品中で使用されている。

賢治が一九二四年に発刊した童話集『注文の多い料理店』についての広告チラシに次のような記載がある。

> イーハトヴは一つの地名である。強て、その地点を求むるならばそれは、大小クラウスたちの耕してゐた、野原や、少女アリスガ辿つた鏡の国と同じ世界の中、テパーンタール砂漠の遥かな北東、イヴン王国の遠い東と考へられる。
>
> 実にこれは著者の心象中に、このような状景をもつて実在したドリームランドとしての日本岩手県である。[7]

賢治は童話集を編む際に、岩手県を物語の基盤となるドリームランド、イーハトーヴとして再創造した。この物語世界の緻密な設計図こそ賢治作品の大きな成功の一つである。私たちはこの賢治のイーハトーヴの定義をもとに、創造世界を旅することになるのだ。広告文にはアンデルセン、ルイス・キャロル、タゴール、トルストイの影響が暗示されている。イーハトーヴは、アンデルセンの創造世界、大クラウス小クラウスたちの耕していた「野原」、そしてルイス・キャロルの創造した「少女アリスが辿った鏡の国」と同じ「世界の中」にある。タゴールの想像上のテパーンタール砂漠からならば北東へ、トルストイの想像世界イワン王国からならば東へずっと向かえばイーハトーヴにたどりつけるはずだ。

イーハトーヴとは具体的にどのような空間であるのか。これまで多くの研究がその定義を試みてきている。例えば三好京三は「イーハトーヴは理想郷でありながら、同時に悲惨な土地なのである」と述べたし、(三好、一九七八、p156)、天沢退二郎は賢治の童話集『注文の多い料理店』の広告文の、イーハトーヴの定義に着目し、初句と結句を直結するなら「岩手県は」「イーハトーヴである。」となるが、イーハトーヴが岩手そのものであることをさしているのではない、としている。(天沢、一九九六、p24-25)またこれがユートピアである、と考える方法としての可能性を残しながらも、一般的に言われるユートピアの定義とは異なると述べている。夢を見ている間それをリアルな体験と感じるのと同様にイマージナルの世界を全くのリアルとして感じることを重視する、これがイーハトーヴなのだというのである。

頭の中でイメージしたことがそのままリアルな世界として機能する、このことは賢治作品にもたびたび現れる感覚である。例えば童話『ポラーノの広場』の中の「ぼくはきっとできるとおもふ。なぜならぼくらがそれをいまかんがへてゐるのだから。」というセリフに集約されていよう。イーハトーヴという空間では賢治の夢想、思索はそのままリアルな世界を形成していくのである。精神世界が具現化するイーハトーヴのリアルな世界、それこそが賢治のつくりだした空間なのではないか。天沢の指摘するように、イーハトーヴとはやはりユートピアとは似て非なるものと思ったほうがよさそうである。それは逆説的なユートピアと表現されることもあろう。悲惨な現実がそこにはある、しかし夢想が現実となる自由な空間とでもいえようか。そして特に賢治後期の作品におけるイーハトーヴには主人公の生き方そのものの質が問われる重いテーマが流れているようでもある。

イーハトーヴは作品中の直接的表現からも、いわゆる理想郷ではないことがわかる。災害もあれば私腹を肥やす悪い人間も多い。『グスコーブドリの伝記』では冷害や飢饉に人々が苦しめられ、大人は飢えて死に、子供はさらわれてしまう。賢治はこのイーハトーヴを決して単なる夢の国にはとどめなかった。自分の思い通りの国をつくること、そもそものことに幸福を感じてはいない。そこには自己満足も現実逃避もない。ではなぜイーハトーヴを作る必要があったのか。可能性の一つとして登場人物が（ひいては賢治自身が）与えられた状況下で満足のいく行いと態度を全うするということが重要なのではないか。

『グスコーブドリの伝記』ではブドリの自己犠牲からなる行いによって火山を爆発させ、それによりイーハトーヴは温かい気候と幸せな多くの家庭を取り戻す。『ポラーノの広場』では県議員の悪者、ボーカンド・デストゥパーゴや地主テーモの存在がある。確かに悪者として後に事業に失敗する、といった形で制裁を受けることもあるが、そこに重点は置かれず、まして勧善懲悪のスタイルでもないのだ。それよりも二つの物語に共通するのは、主人公たちがやがて手に職をつけて独り立ちし自分らしく生きていく、あるいは人々の役に立つという点である。イーハトーヴ世界で起こるこれらのことは、ユートピアという言葉だけでは十分説明できないものを内包する。

さらに地理的なことを考えた場合、イーハトーヴの遠くにはテパーンタール砂漠やイワン王国があると賢治は定義したが、比較的近い周囲はどうなっているのであろうか。例えば『ポラーノの広場』には「となりの県のシオーモ」「そこから汽車でセンダードの市に行きました」という表現がある。おそらくとなりの宮城県にある塩釜という港町から仙台へ向かったであろうと想像がつくが、これはイーハトーヴから出てきたことになるのか、あるいはあくまでイーハトーヴ世界の中での移動にすぎないのか曖昧である。しかしその後デストゥパーゴをみつけた時、「イーハトーヴォの警察はあなたをさがしているのです。」というセリフがあるところをみると、やはりイーハトーヴは作品の創造世界という共通項を持ちつつもセンダードやシオーモとは別の県、つまり特別の地域という認識があるようである。イーハトーヴはやはり岩手県という地理的制限をどこかで持っていると考えられる。

イーハトーヴの象徴としての『ポラーノの広場』

イーハトーヴの具体像としてしばしば論じられるのが童話『ポラーノの広場』におけるポラー

ノの広場そのものである。人は地図ではそこへたどり着くことができないという。選ばれた人々のみがつめくさのあかりの番号を数えながらやっと見つけることのできる広場である。しかしファゼーロたちが実際に行ってみるとその正体は「選挙につかう酒盛り」場でしかなかった。「ほんとうのポラーノの広場」と称して彼らは「そこへ夜行って歌へば、またそこで風を吸へばもう元気がついてあしたの仕事中からだいっぱい勢がよくて面白いやうなさういふポラーノの広場をぼくらはみんなでこさえやう。」（宮沢、一九九六、本文編、p118-119）(8)と理想を語る。イーハトーヴという創造空間の中のさらなる想像空間、入れ子形式ともいえる構造は賢治が抱いているイーハトーヴへの想いとファゼーロが抱くポラーノの広場へのそれが重なりあうことをほのめかす。この夢想に関して次のセリフが続く。「ぼくはきっとできるとおもふ。なぜならぼくらがそれをいまかんがえてゐるのだから。」これはイーハトーヴの成り立ちそのものを象徴する。賢治の中でイーハトーヴとは頭の中で考えたことがリアルに具現化したものであることは、先に天沢の引用で述べたとおりである。

語り手であるレオーノキュースト は「さうだ、諸君、あたらしい時代はもう来たのだ。この野原のなかにまもなく千人の天才がいっしょにお互に尊敬し合ひながらめいめいの仕事をやって行くだらう。」（校異編、p165）と皆に語りかける。地主たちに労働力を搾取されるだけであった人々はそれぞれの技術を身につけ、あるいはもともと持っていた技能を再認識し、新しい仕事のあり方を模索していく。この考え方はそのまま賢治の創設した羅須地人協会の理想と重なる。農民が農民の仕事だけをして、その生活水準が低いままではならず、それぞれの持つ技能を活かして生活そのものが楽しく芸術的でなければならないという思いが賢治の考え方の根底に流れているのだ。

話の終わりでこの計画の行く末が語られる。七年後、なかなかうまくいかなかったファゼーロたちの組合はどうにか軌道に乗り始める。そしてさらに三年後、立派なひとつの産業組合をつくり、ハムと皮類と酢酸とオートミールがモーリオ市、センダード市などに出回るようになる。語り部であるレオーノキューストは「友だちのないにぎやかながら荒んだ」トキーオ市（東京）にいてファゼーロのつくった歌を受け取るのだ。

ポラーノの広場のうた

つめくさ灯ともす　夜のひろば
むかしのラルゴを　うたひかはし
雲をもどよもし　夜風にわすれて
とりいれまぢかに　年ようれぬ

まさしきねがひに　いさかふとも
銀河のかなたに　ともにわらひ
なべてのなやみを　たきゞともしつゝ
はえある世界を　ともにつくらん
（本文篇、p122）

このファゼーロの歌から分かるのはこの広場ひいては彼らが作り上げた産業組合が理想に何を掲げたか、である。たとえ各々の信じる主張がもとでいさかいがあるにしても結局は時間がたてば笑いあい、薪の炎をみつめながら悩みを分かち合い、共に理想の世界をつくりあげようではないか、ということである。レオーノキューストの言葉からは、それぞれの個性と能力を持ち合わせた人々が集まり、（管理し、される関係ではなく）お互いに尊敬しあう平等で自由なコミュニティーができると宣言する。

ところでこの一連の詩には何種類ものヴァリエーションが存在している。推敲の多いことで有名な賢治ではあるが、文語詩や、『イーハトーヴ農民劇団の歌』などに草稿として残るのは、いかにこの詩が意味深いものであったかも同時に証明するものだろう。『ポラーノの広場』を書くのと時をほぼ同じくして、賢治は「農民芸術概論綱要」を書いているが、その中にもこの詩のヴァリエーションが含まれ、なお羅須地人協会とのつながりが論じられる鍵となっている。

この部分すなわち第六章『風と草穂』の推敲については面白い点が見られる。『ポラーノの広場』の初期形は『ポランの広場』として存在しているが、例にもれず年月をかけて推敲を重ねられた作品である。自ずとその時代背景や賢治自身の心の動きが反映されながら、変更が加えられていると考えられ、賢治の思考の軌跡を想像する一助となるものである。初期形から変更された中で次の二点に特に注目したい。一つは初期形ではポランの広場を作る主役が子供たちであったものが、最終形ではその部分が取り除かれ、子供はもちろん大人の存在も書かれている。すなわち主役が子供か大人かという点には焦点があたっていないのだ。ファンタジーと銘打った劇化作品『ポランの広場』においても初期の雰囲気は継承され、農学校の生徒による上演の目的で作られた背景からもその域は出ないようである。しかし推敲が重なるにつれ次第に子供たちが作る夢の広場という趣は変化し、やがて消えてしまう。(9) 残るのはそれまで地主たちに搾取され続けてきた農民たちが、自分たちの力で理想的な広場づくりを計画するという筋である。次に実際に行われた推敲を初期形と最終形で比較する（最終形は『ポラーノの広場』本文、初期形は新校本宮沢賢治全集第十一巻校異編より引用）。

〈初期形〉

「さあ、行かう今夜みんな来てゐるんだから。」

「何があるんだい。」

「とにかくみんな来てるんだよ。大人は居ないよ。ミーロがあつめたんだよ。」

ファゼーロの仲間ばかりと聞いてわたくしは俄かに疲れを忘れて立ちあがりました。

（校異篇、ｐ161）

←

〈最終形〉

「さあ、行かう今夜も誰か来てゐるから。」

わたくしは俄かに疲れを忘れて立ちあがりました。

（本文篇、ｐ114）


〈初期形〉

「たうたう来たな。今晩は、いゝお晩でございます。」

ミーロはわたくしに挨拶しました。みんなも待ってゐたらしく口々に云ひました。わたくしどもはみんなの中へはいって行きました。

「もうみんな来てゐるの。」ファゼーロがききました。

「来てゐるよ。さそって来たんだ。」ミーロが云ひました。そこにゐたのはみんな野原やはたけでわたくしが遭ったことのある子どもらばかりでした。誰もみんな希望にかゞやく眼

と丈夫さうな赤い頬とをもってゐました。（校異篇、p163）

←

〈最終形〉

「たうたう来たな。今晩は、いゝお晩でございます。」

ミーロはわたくしに挨拶しました。みんなも待ってゐたらしく口々に云ひました。わたくしどもはそのまゝ広場を通りこしてどんどん急ぎました。（本文篇、p117）

子供たちの気配を消すことによる効果は何と言っても農民たちというカテゴリーを全面におしだすことである。ファンタジーとして希望でいっぱいの純粋無垢な子供たちのための作品はいつしか農民たちの理想の生活を描く物語へと変化を遂げる。

二つ目は物語の終わり、ファゼーロ達の作る産業組合の成功を知らせる内容に関してである。ここには産業組合の成功の様子が具体的に語られるという変化が見られる。

〈初期形〉

それからちょうど七年たったのです。わたくしはそれから大学の助手にもなりましたし農事試験場の技手もしました。そして昨日この友だちのないにぎやかなながら荒さんだトキーオ市のはげい《ママ》輪転器の音のとなりの室でわたくしの受持ちになる五十行の欄になにかものめづらしい博物の出来事をうづめながら一通の郵便を受け取りました。

（校異篇、p166）

←

〈最終形〉

それからちょうど七年たったのです。ファゼーロたちの組合ははじめはなかなかうまく行かなかったのでしたが、それでもどうにか面白く続けることができたのでした。私はそれから何べんも遊びに行ったり相談のあるたびに友だちにきいたりしてそれから三年の后には、たうたうファゼーロたちは立派な一つの産業組合をつくり、ハムと皮類と酢酸とオートミールはモリーオ［の］市やセンダードの市はもちろん広くどこへも出るやうになりました。そしてわたしはその三年目仕事の都合でたうたうモリーオの市を去るやうになり、わたくしはそれから大学の副手にもなりましたし農事試験場の技手もしました。そして昨日この友だちのないにぎやかながら荒さんだトキーオ市のはげ［し］い輪転器の音のとなりの室でわたくしの受持ちになる五十行の欄になにかものめづらしい博物の出来事をうづめながら一通の郵便を受け取りました。

（本文篇、p122）

改変前、キューストが知るファゼーロたちの成功はポラーノの広場の歌のみである。改変後は産業組合ができ、センダード、モリーオに商品の販路を獲得したことまで書いている。ポラーノの広場の成功として子供たちが集まり共に勉強する空間づくりから、共同体として確実に機能することに書き換えられているのである。さらにキューストが組合の成長のために尽力したこともさりげなく加えられている。

農民達の理想を描く物語へと書き換えられたこと、産業組合の成功を付け加えたことは何を意味するのだろう。それは賢治が実際に取り組んでいた活動、羅須地人協会の設立について詳しく見ていくことで明らかになるであろう。

（2） 賢治の羅須地人協会

作品世界において賢治が理想を求める一方で、イーハトーヴの世界づくりへの具体的活動と考えられるのが、羅須地人協会の設立である。

一九二六年（大正十五年）、花巻農学校を依願退職した賢治は翌日から下根子桜の別宅で独居生活を開始、付近を開墾耕作する。この建物は一九〇四年に賢治の祖父の療養のために建てられたものであったが正面には岩手の山々を、田畑を眼下に見渡すことのできる明るい場所であった。一階には天井の高い板の間の教室と八畳の居間、二階に八畳の書斎、窓ガラスの多く明るい日差しがたっぷりととれる空間であった。賢治はここで毎日農作業を続けながら羅須地人協会設立への準備を始めるのである。

　賢治の願いは一農民としての生活に没頭することであった。毎日の農作業に加えて最低限の食事、このころは冷たいご飯に汁をかけたものと沢庵など質素な食事を摂っていたと言われている。裕福に育った賢治が親のいる花巻の地で地域の農民たちと同様の生活をするということは、単に質素な生活を目指し、農民たちと同じ目線に立ち苦労を分かち合おうというような感傷的行為ではない。賢治は本当の百姓になりたかったのである。現実として当時の岩手県は干ばつや凶作が頻繁で、小作の農家は経済的な困窮を極めていた。そのような中賢治は農民たちの生きる術として勉強会、特に農業技術や知識についての講義を行うことから始めている。八月、羅須地人協会は設立に至り、花巻農業高校の元教え子たちを相手に化学、土壌学、植物生理学や肥料の基礎的講義や芸術論の講義が行われた。この時賢治が用意した教材には農作物の形態や内部構造を丁寧に書いたものや水の循環を絵に表したものなどが残っている。まずは自然災害にも強い農作物の作り方を広めるという課題があったであろう。その知的活動が農民生活の向上につながると賢治は信じていた。賢治の残した授業に関するメモは緻密で分かりやすく、かなり高度なレベルまで達するものであるという。そして農民ひとりひとりの個性を尊重し、芸術に触れ科学を学び、生活そのものを楽しみつつ向上させていけるようなプログラムを考えていった。搾取されるだけの農村から、精神面で豊かに、そして自立できる農村を目指したかった。羅須地人協会はまさにその手立てだった。彼らはさらに音楽にも触れ、新しい言語の習得も目指した。ベートーヴェンなどのレコードを蓄音器で聴き、エスペラント語を学んだのである。そのほか詩や童話の朗読、楽器の練習会などもあった。こうした協会の活動について岩手日報は二度にわたり記事にしている。一度目が一九二六年四月一日、「新しき農村の建設」として「生活即ち芸術の生がい」という言葉を使用し説明している。武者小路実篤の、新しき村の始まりが一九一八年のことであったが、新聞社がこれを意識していることは言うまでもない。また生活＝芸術という図式もトルストイ、ジョン・ラスキン、ウィリアム・モリスの流れが日本国内に浸透し、室伏高信や本間久雄ら日本人の社会思想家による著作により、一般的に捉えられたであろうと推測できる。二度目は一九二七年二月一日で、「地人会の趣旨は現代の悪弊と見るべき都会文化に対抗し、農民の一大復興運動を起こすのは主眼で、同士をして田園生活の愉快を一層味はしめ原始人の自然生活に立ち返らうといふのである」と説明した。ここからはルソーの「自然に還れ」の言葉が連想されるであろう。新聞記事は賢治たちの活動を好意的に書いたものであったが、残念ながら実際は若者たちを集めて社会的教育をしていると当局に判断され、賢治は取り調べをうけることとなる。時はちょうど日本中で農民運動が活発化したころであった。これがきっかけとなり、周囲に迷惑をかけることを恐れた賢治は羅須地人協会の活動を次第に縮小していくことになる。

さて、この羅須地人協会の活動の具体的概念として一九二六年四月に書かれたのが「農民芸術概論綱要」である。これはもともと岩手国民高等学校の講義の為のものであった。[10]労働に専念しながらも、この時期に他にも「農民（地人）芸術概論」「農民芸術の興隆」を書いている。ここには多くの思想家たちの影響がみられる。直接トルストイ、ウィリアム・モリス、をはじめとする海外の思想家たちの名が列挙されていることから、それぞれの書物を読んでいることも予想されるが、特に上田哲は室伏高信の『文明の没落』の中からトルストイやモリスの、さらに西田良子は本間久雄の『生活の芸術化』序章におけるオスカー・ワイルドに関する部分が賢治の原稿の文言と酷似していることから、それぞれの書籍から強い影響を受けていることを指摘している（上田、一九八八）（西田、一九九五）。『文明の没落』にはトルストイ、シペングラー、モリスの引用があるが、賢治はその引用部分さえそのまま使用している。「ワーグナー以降の音楽」、「マネイ、セザンヌ以後の絵画」などという表現も片仮名表記も同様である。賢治はトルストイにしてもモリスにしても直接その著書を読んでいることが充分予想され、ワーグナーをはじめとする西洋音楽にも親しみ、絵画についてもかなりの知識を持っていたであろうが、少なくとも『文明の没落』を読み、共感部分があり、文言を拝借したことは疑いようもない。これを下敷きにして、国民学校での講義内容を組み立てたのである。言ってみれば、それだけ知っているはずの芸術に関する記述を一人の著述家の言葉を引用し書き連ねていることは、『文明の没落』自体が賢治にとって重要な位置を占めているということなのである。上田によれば『文明の没落』は一九二三年（大正十二年）に発刊、大正末から昭和始めにかけてのロングベストセラーとなった。この本を読み、あるいは携行していることが、同時の学生や青年知識人の証明であったという。（上田、一九九六）一方モリスに関する書物が多く読まれるようになったのも同時期である。モリスは一般的に工芸家としても有名であるが、当時の日本においては特に社会思想家として受け入れられた。富田文雄によれば明治三十七年堺利彦訳『理想郷』が出版されるのを皮切りに、モリスの著書が紹介されるが、この時期は彼の社会思想方面のほうが文学、工芸美術方面よりも優勢で日本に受容されていった。関連書物の出版時期も大正時代後半が最も盛んとなり、この二つの事実は主として世界に於けるかのデモクラシー思潮氾濫の波に乗って行われたものとしている。（富田、一九三四）協会の設立に関して、社会背景という大きな要因があったことは至極当然のことである。賢治が大きく影響を受けたトルストイからモリスへ、そして日本への影響の一連の流れを見るとトルストイは農奴解放、モリスはアーツ・アンド・クラフツ運動においてギルドを、そして賢治は羅須地人協会の設立を試みた。ではそれぞれがどのような道をたどったのかをここから見ていくこととする。

2　トルストイのユートピア思想

レフ・ニコラエヴィチ・トルストイ（一八二八‐一九一〇）は一八四七年、広大なヤースナヤ・ポリャーナを相続すると、大学を中退し農地経営を始め、農民の生活改善を目指す。しかし農民達には思ったように理解されず当初考えていた農奴解放は失敗に終わる。パリ、ジュネーブ等ヨーロッパ旅行をしても、西欧の物質文明の側面に失望する。一八六一年アレクサンドル二世の農奴解放令に先立ち、独自の農地解放を試みるも表面的には失敗、一八五九年領地に学校を設立し農民子弟の啓蒙と教育に尽力した。のびのびとした教育により次第に事業を拡大させていった。

著書『芸術とはなにか』（一八九八）で芸術作品が上流階級のものであることを批判、『復活』では堕落した政府、社会、宗教への批判をした。本書第二章ではトルストイが労働者は芸術を味わうことができないと嘆いていたこと、そして浮世絵について賢治がこれと相対する存在として扱っていたことを述べた。賢治の、実生活の中にこそ芸術があるべきという発想はトルストイのこの嘆きからまず始まったのである。日本にトルストイ旋風が巻き起こったのは明治三十年代から大正中期頃と言われており、ちょうど賢治が少年期から青年期の著作に没頭するあたりで、長く影響を与え続けたことは想像にかたくない。日本語への最初の翻訳は一八八六年、森鷗外や幸田露伴も短編作品を翻訳、一九一四年島村抱月による脚色、松井須磨子主演で『復活』が舞台化されている。大正期は特に白樺派の文学者に影響を与え、武者小路実篤の「新しき村」の運動、有島武雄の農地解放がその例である。

ではトルストイは具体的にどのような世界を夢想していたのであろうか。

彼には百姓というものがある……そしてどんなに喜ばしい、感謝にみちた仕事が、彼には想像されたことだろう。――《この単純な、感受性のつよい、まだそこなわれていない階級に働きかけて、彼らを貧困から救い出し、満足を与え、さいわいに自分の持っている教養を彼らにつたえ、無知と迷信から生じた悪癖を矯正し、彼らの道義心を発達させて、善を愛させるようにすること……なんという輝かしい、幸福な未来だろう！　しかも、これらのすべてにたいして、自分一個の幸福のためにそれをするであろう自分は、彼らの感謝を享楽し、日一日と予定された目的に近づいてゆく自分をみるのである。すばらしい未来である！

（一八五六、『地主の朝』p376）

トルストイの作品は一般的に自伝的要素が強いと言われている。上記の『地主の朝』もその一つで十九歳の理想に燃えた若き地主が、農奴の生活改善のために働くが失敗する一連の出来事が書かれているものである。この段階ではまだユートピアの空間を夢想するに至っていない。主人公の若き地主が夢見るのは、無知な農民たちを幸福へと教え導く自分の理想の姿そのものなのである。他にも「私は田舎に自分の生涯をささげるために大学をやめようと思っています、じつは、自分が田舎のために生まれてきたような気がしているからなのです。」（ｐ332）、「私は、おもな不幸は百姓たちのあまりにもみじめな、貧困状態にあること、しかもそれは、労働と忍耐によってのみ改善しうるといった不幸であることを発見しました。」（ｐ332）と、地主として愛する家族とともに田舎に暮らし、貧困にあえぐ農民たちを救済しようと夢想する部分がある。小説の主人公の希望はそのまま初期のトルストイの夢に描く世界と重なり、やがてそれは具体的な理想空間として物語の中に語られていく。

トルストイの創造世界『イワンのばか』

前にも触れたように、賢治本人がイーハトーヴの説明に「イヴン王国」という言葉を使っていることからも、最も近い創造空間の一つと思われる。トルストイは『イワンのばか』を一八八五年に完成し、翌年公刊している。『地主の朝』から実に三十年を経ていることになる。賢治がトルストイから受けた影響については多くの研究者が言及しているが、一つは馬鹿なイワンが賢治のデクノボウ精神と共通していることである。どんなに兄たちから馬鹿にされようと、利用されようとイワンは兄弟を見捨てることはない。兄達の私利私欲の届かない遥か彼方にイワンの理想があり、全く傷つきもしなければ、だまされたとも思わないのだ。この作品に漂うおかしさの一つには、権力や財力に目がくらんでいるイワンの兄弟たちとイワン自身の価値観の違いがある。初めから欲しいと思うもの、大切にしているものが全く異なるので、お互い相手の態度を不思議に思いつつも理解しあうこともない。まさにイワンと兄弟たちは別の次元で生きているかのようである。イワンが労働による匂いがすることで、兄の妻が食事の同席を嫌がられ、退席することを厭わないといった場面があるが、このあたりは賢治作品の主人公にも往々にしてよく見られるパターンであろう。

そしてもう一つは農民解放をベースとしたユートピア思想に関するものである。本章で焦点を当てるのはこの部分である。イワンが国王になった国では人民を徴兵し戦争をしたり年貢を搾取するわけではなく、イワンが先頭にたち労働に専念する。物語の中で悪魔は、手で働くより、頭を使って働けば楽をして儲けることができる、と金貨をばらまくがみな衣食住が足りており、金貨には見向きもしないのである。

ここに見られるような貨幣に対する徹底的な嫌悪を手本に、賢治はトルストイの提唱した物々交換を羅須地人協会で実践しようとしている。しかしこのことこそがユートピアの持つ現実離れの側面を持つものであり、実践しようとすれば矛盾が起こり失敗へと向かうこととなってしまう。賢治はイーハトーヴの中でも羅須地人協会においてもこの貨幣のもつ役割については悩んでいたに違いないのだ。自給自足は理想であったが、現実の生活の中ではやはり貨幣に頼る部分が大きい。おそらく賢治が考えていたのは農民たちの手仕事を商品として世に送り出すことであった。

『ポラーノの広場』の中でファゼーロ達の組合は時を経て成功している様子が記述される。「ハムと皮類と酢酸とオートミールはモリーオ市やセンダードの市はもちろん、広くどこへも出るようになりました」という文言からは、農民たちのオリジナルの手仕事が商業的価値を認められていると読み取れる。経済的に少しでも楽になることがイーハトーヴには必要であるという考えに至ったからこそ、一節で述べたように初期形からの改変があったのではないか。事実この時期に日本各地で起こった農民運動においては、地主に対しての小作農民の隷従的な地位の打破、人格の自由平等の主張を基本にしつつも、小作料減免の継続的あるいは永久的要求という経済面での要求が全面に押し出されていた。

花巻のみならず、当時の岩手地方は一九二四年、一九二七年、一九二八年、一九三〇年と干ばつや凶作が続き、農家経営は破たん状態に近かった。世界的にみても食糧過剰による農業恐慌がおこり、当然日本にも余波が及ぶと、収穫が少なくても安価という状況に陥る。このような中では、どれほど額に汗して働こうと、充分な収入が得られないのであった。トルストイに影響を受け、農業高校で未来の農民たちに教育を施していた賢治が今後の花巻の農村経営について何らかの明るい光を模索しようとしていたのは当然の成り行きであった。そしてそこに商業というキーワードを加えたのは決して偶然ではない。昔から農業と商業が共存していた特異な地域という花巻の歴史にもその素地があった。上田哲によれば花巻はもともと農業が主要産業の花巻村と商業のさかんな里川口村とがあった。花巻村には長い間政治的中枢機能がおかれ、有力者や氏族が多く、隣接する里川口村に対しての優越感もあったようだ。一方里川口村はその繁栄を、経済を豊かにすることで成功した地域であり、結果村の財界人が多く住むこととなった。盛岡あたりで「花巻衆は商売上手」と言われるのは、この里川口村の商人をさしていたというのである。（上田、一九九六）賢治はこの地域の出であり父政次郎が有力な商人であったことは有名である。賢治は花巻という農業・商業の二つの側面をもつ地域で育ち暮らしたこと、そして商家に生まれながら、農民としての道を選んだこと、これらが商業的成功をも視野に入れるイーハトーヴづくりに深く関わっていくことになるのである。

『ポラーノの広場』に於いて描かれた農民たちの商業的成功のイメージは、やがて羅須地人協会の実践へと重なっていく。ここで羅須地人協会の集会案内を詳しく見てみると、「冬間製作品分担の協議」という文言がみつかる。会員間で内職を分担し、何か製作しようと考えていたのであろう。「製作品、種苗等交換売買予約」「持寄競売……本、絵葉書、楽器、レコード、

農具　不要のもの何でもだしてください。安かったら引っ込ませるだけでせう……」という表現からは、協会内部では交換売買が原則ということがわかる。利益を得るのは協会の外側であって、内部では助け合いの精神も含んだ理想的構造にこだわっているようである。つまり内部では理想の自給自足、物々交換のイメージを保存しており、外部に対しては商業との関わりによる農民の貨幣獲得というイメージがある。トルストイのユートピア思想をベースにしながらも、ここに賢治流の現実の見つめ方があったのではないか。たとえそれが世間からみれば金持ちの家の息子のお遊びのように見えていたとしてもイーハトーヴに流れる農民の生き方の理想を論じるには十分であるし、生活を芸術的にと望んだ賢治にとっては、おそらく結果よりもその過程を大いに楽しんだであろう。農民とともに働き歌い学び未来を語り合う、そうして積み重ねた時間こそ四次元の芸術として人生を形づくると信じていたのである。

賢治は商業をどのようにとらえていたであろうか。一方では当時の社会主義者が論じたように資本主義に深く関わり、都市の農村支配の一端を担うもの、である。しかし賢治を輩出した花巻という土地は、士族として優勢だった農村に対して対抗するための商業という分野をどこかで意識している。花巻の発展と近代化に大きな役割を果たしていることが否定できないように、賢治は自分の進む道の達成をどこか商業と切り離せないでいるようなところがある。賢治の家は農家ではない。祖父は地元屈指の実業家であり、町会議員も務めている。父親は質や古着屋などを営んだ。賢治自身を形成するものに商人気質が入っていることは否定できない。羅須地人協会をどのように運営していくのかということは、自身の中での農民と商人の折り合いをどうつけるかということをも意味するのではないだろうか。そのあたりの揺らぎは次のようなものに見られる。大正十五年（一九二六）年四月一日付「岩手日報」には「現代の農村はたしかに経済的にも種種行き詰っているやうに考えられます。そこで少し東京と仙台の大学あたりで自分の不足であった「農村経済」について少し研究したいと考えております。」と語ったが、一方書簡では「小さな農民劇団を利害なしに創ったりしたい」（宮沢、一九九五、p226）と書いたりもする。賢治が利益を追求する人ではなかったから、農村経済を学んだところで、自分にはおそらく損にも得にもならないはずであって、ここでは農民の暮らしが豊かになるように、という希望での発言である。商業が悪いものではない、ということを前面に出さずとも、どこかで利益を得ることは生活する上で必要、と思っている点でトルストイとは違う見方であることがはっきりするであろう。事実収入がなければ現実世界では生活できず、物語の中であれそれははっきりさせておかなければならないほど、農家の現実は賢治の生活に近しいものであったといえるのだ。賢治の中で成功とは何をさすのか、それは農民芸術が商業と何らかの形で結びつき、農民達が収入を得ることだったのではないかと思われるのである。賢治が『ポラーノの広場』において初期形の子供中心の形から改稿により農民を前面に押し出し、産業組合の成功を最後に付け加えたことは、このあたりの賢治自身の思考の変化があったからではないか。賢治の理念はこの頃羅須地人協会と作品内に同時進行で投影されていたということになるのではないだろうか。

ウィリアム・モリスは「今日の商業の優勢であるといふことは有害である」といった。賢治のヴィジョンは決して商業を優勢にしようとしたわけではないが、少なくともこれとは反する考えであったと言わざるを得ないであろう。

3　ウィリアム・モリスとユートピア

本章第1節で述べたとおり、モリスの日本への紹介は社会思想面においてが主であって、工芸美術の面をしのいでいた。明治三十七年に堺利彦訳による『ユートピアだより』が刊行されるのを皮切りに大正十年から十五年にかけて集中的にモリスの著書が翻訳される。

賢治はモリスのどの著書を読んだのかは不明であるが、生活の芸術化という点においてモリスの影響を受けていることは近年の研究で解明されてきている。(大内、二〇〇七)『ユートピアだより』が書かれたのは一八九一年（明治二十五年）であるが、日本で翻訳や研究紹介が増えてくるのは大正期のちょうど賢治が東京から花巻に帰り教員職につくあたりから、羅須地人協会を設立する時期と重なる。このような理由から『ユートピアだより』のモリスの理想社会のビジョンと後につながるアーツ・アンド・クラフツ運動、そして賢治のイーハトーヴ、羅須地人協会とを比較していくことは価値があるであろう。なお賢治の所蔵図書リストの中にモリスの著書は見当たらないが、「農民芸術の興隆」の中に三か所モリスというメモ書きが見られる。その中の一つにはモリスの芸術の定義（次ページ参照）も書きとめられている。なお、伊藤与蔵の記憶から構成されている「賢治聞書」（大内、二〇〇七）には、羅須地人協会に関する証言も含まれているが、その中に「農民芸術という学科もありました。これは大変難しくてよくわかりませんでしたが、ウィリアム・モリスなどの言葉を引用し説明されました」という部分がある。（前掲書、p37 - 38）以上のことから、賢治がモリスの著書を読み、影響を受けていたことがわかるのである。しかし当時の日本国内においてモリスの社会主義的理想は、本来西欧において理解されていたのと同様には受け入れられていなかった。この点については賢治の理想や羅須地人会における実践にも深く関わるので、次に順を追ってその受容の歴史を見ていくことにする。

日本のウィリアム・モリス受容

産業化や工業化が進む時代に思想家のジョン・ラスキンが創出した理念を実践しようとしたのがウィリアム・モリス（一八三四 - 一八九六）である。モリスは思想家であると同時に優れたデザイナーであり、制作者であった。モリスは芸術についてラスキンの芸術における協議を体現し'Art is man's expression of his joy in labour.'（芸術とは人の労働における歓喜の表現である。）と述べている。北野大吉によれば、モリスは快楽と歓喜という人生の明るい方面を芸術の根元に求めた。そして労働と魂の結合さえあれば芸術は成立するとし、下級芸術と高級芸術との間に厳格な境界を置くことを好まなかった。例えば貧弱な鍛冶屋がひとつの馬蹄をつくるのでも魂を投入するなら、それをひとつの芸術品とするのである。（北野、一九三四）また西田良子は、本間久雄が『生活の芸術化』において、もし洗濯女が自分の仕事に誇りと興味を感じて利益を度外視し出来るだけその仕事を完全にしようとするなら、彼女は彼女の仕事において立派な芸術家である、と説明していることを紹介し、それが賢治作品『ポラーノの広場』の理髪店で床屋達をアーティストと呼ぶ場面との比較から、賢治が本間の影響をも受けていた一つの証としている。（西田、一九九五）北野にしろ、西田にしろ、その根底にあるものはモリスの思想であるから、特定の書物による影響関係というよりは、当時の時代思潮を背景にモリスからその時代の日本が受けていた影響との解釈が妥当かもしれない。生産活動を抜本的に見直すことを唱えた思想はアーツ・アンド・クラフツ運動へと発展し世界の様々な地域のデザイン、工業に影響を与えていった。現代の日本ではその名をアーツ・アンド・クラフツの第一人者、そして花や動物たちのデザイン性に優れた工芸品の作者として広く親しまれているが、意外にも明治時代から大正時代に紹介されたモリスはその工芸家としての側面よりも、社会主義者としての思想に重きをおいたものであった。

英国でモリスが『ユートピアだより』を刊行したのは一八九一年（明治二十四年）、『地上楽園』は一八六八年から一八七〇年にかけて刊行され、芸術に関する公開講演は一八七七年『装飾芸術』を皮切りに刊行され始めた。日本では明治二十四年渋江保著『英文学史』で新進詩人の名を列挙する中に始めて詩人として紹介された。富田文雄によればその後昭和八年までの間に専載本として約十一点、雑載本百十三点刊行されている。専載本には、

明治三十七年　堺利彦　抄訳『理想郷』
大正十一年　佐藤清　訳『モーリス芸術論』
大正十四年　布施延雄　訳『無何有郷だより』
大正十五年　矢口達　訳『地上楽園』

など、訳がほとんどで、研究紹介は以下の二点のみであった。

大正十三年　加藤哲二　著『ウィリアム・モリス』

大正十三年　　北野大吉　著　『芸術と社会』

作品を和訳したものは明治時代から入ってきているものの、本格的に研究対象として扱われたのは大正期に入ってからであることがここから分かる。

雑截本については、比較的初期にモリスに言及したものとして、『早稲田大学』（明治二十五年十月）『国民の友』（明治二十五年十一月）などがあるが、他に次のようなものがあげられよう。

大正九年　　本間久雄　著　『生活の芸術化』
大正九年　　室伏高信　著　『ギルド社会主義第一巻社会組織』
　　　　　　　　　　　　　『社会組織の経済理論的批評』
大正十一年　木村毅　編　『ルッソォよりトルストイまで』
昭和二年　　大熊信行　著　『社会思想家としてのラスキンとモリス』

また、英文学としての紹介は例えば以下のものの中に言及されている。

大正九年　　厨川白村　著　『象牙の塔を出て』

大正九年　　本間久雄　著　『現代の思潮及文学』
大正十五年　厨川白村　著　『最近英詩概論』
昭和二年　　第一書房　　　『小泉八雲全集第十四巻』

最後に工芸美術方面においては次のとおり。

大正十四年　本間久雄　著　『生活の芸術化』
昭和三年　　柳宗悦　著　『工芸の道』
（以上、富田文雄、一九三四、「文献より見たる日本に於けるモリス」より抜粋[11]）

これを受けて富田は明治二十四年から昭和八年までの期間、日本においてモリスの社会思想方面の紹介が最も盛んに行われ、ついで文学、工芸の順であること、それが総じて大正時代の後期に最も集中していると述べている。その背景には大正三年に始まった第一次世界大戦を起因とし、ドイツの軍国主義に英米の民主主義が勝利したこと、思想界が異常に興奮し急進的思想が先駆となりデモクラシーの闘争が開始、そして日本では海外貿易の膨張から経済的に富み、同時に労働争議が頻発し、社会主義の運動が盛んになったことがあると分析している。

賢治の残した所蔵図書リストの中にモリスの著書がないとしても、当時の社会的背景とこれほど多くのモリスに関する書物が刊行されている事実から、賢治が積極的に目を通していたことは十分考えられる。いずれにせよモリスの提唱する生活の中に芸術をみいだすこと、仕事に誇りを持ち働くことは賢治が中でも最も重要視していた点であり、それは「農民芸術の興隆」において賢治が書いたモリスに関するメモ書きから明らかなことである。

モリスと賢治、そして社会主義について整理しておくことはその世界的視点という部分において重要である。なぜなら当時の日本において社会主義という言葉が表す内容とモリスが目指した社会主義の間にはいささかずれが生じているからであり、賢治が影響を受けたのはモリスのいわゆる「空想的社会主義」なのであって、マルクス・エンゲルス派の提唱する「科学的社会主義」ではないからである。『ユートピアだより』はモリスの空想的社会主義者と言われる所以にもなっているが、刊行当時の日本は、その社会主義に対する理解の後進性からソ連型の共産主義をさして社会主義と認識していたところがある。（大内、二〇一二）西欧においてはモリスのような空想的社会主義者もいる一方でエンゲルスのような科学社会主義者、すなわち社会民主主義が主流であったことも忘れるべきではないであろう。また、「ヨーロッパ諸国では社会民主主義政党の一定の大衆的基礎をおいた存在と、その左派の析出による共産党の結成、というのが常態であるが、日本では共産主義政党の先行的結成とその現実主義的批判者としての社会民主主義政党の結成という逆のパターンが見られる」（一九九〇、新編日本史辞典）という説明からも分かるように、西欧と日本の社会主義の捉え方が異なっていたことも重要な事実である。

賢治はこのような中でいわゆる日本の社会主義を考えていたわけではない。確かに「目ざめた社会主義運動」としての啄木会や牧民会に出入りし、社会科学研究会のメンバーとも親密な交渉を持っていたという記録は残っている。しかし共産主義については事実批判的であったことがわかるエピソードも残っている。ロシアにいきたい、という賢治にロシアの主義に共鳴することがあるのかと聞かれたところ、「共産主義などということは僻みとか、虚無とかいう思想が、形を変えて表われた主義政策で、おれには僻みだの虚無だのということはありません。ただ世の中の思想の衝突や小作争議などを、なんとか平和に解決してやろうと思うのです。ロシアなどを見れば何かの参考になると思いましてね。」と答えたそうである（多田、一九八七、p190－191）。

つまり賢治はすでに小作争議を多数経験しているロシアにその解決法を探りに行きたいというのであり、決して、ロシアの共産主義そのものに思想や政策を学びたいのではないのだ。このことは賢治の視点が常に西欧よりの空想的社会主義に近いところにあったこと、日本国内の一般的視点とは異なっていたことを証明するであろう。

しかも賢治はこの小作争議についても嫌悪を抱いていた。伊藤与蔵によれば「先生の前ではどんな話をしてもいやな顔をなさいませんでしたが、ただ、小作争議などの話は好まなかったようです。なんでも当時、先生が警察から目をつけられているといううわさもありました」（大内、二〇〇七、p49）という。つまり当局の目もあろうが、自分が、そして周囲の農民や教え子たちが小作争議を企てていると誤解されたくはなかったのである。おそらく小作争議の話が出たとしても賢治の嫌う様子をみた人々は自ずと他の話題へ移したに違いないのだ。賢治はその運動や労農党への援助で当局からにらまれていたという事実はあったが、そこからはほど遠いところに賢治の理想があったことはこれで証明されるであろう。

田園と都市の理想の形

社会主義者とはいえ、モリスの場合は精神上の革命を目指すことが先決であった。人間性をはく奪され、自分の労働を疎外されている労働者階級の覚醒こそを期待し、それを目的とした。したがって彼の運動は本質的には教育・啓蒙活動であり、選挙や議会などには一切目を向けなかった。（名古、二〇〇四、p83）これらの運動は政治運動と芸術運動が渾然一体になったものであり、その意味からも、モリスの思想は芸術社会主義（あるいは想像的社会主義）とも呼ばれている。モリスは論文「芸術と社会主義」‘Arts and socialism’の中で四つの労働の理想を掲げる。

（一）仕事は為すに価値ある事を要す
（二）仕事はそれ自身為すに愉快なる事を要す
（三）仕事の変化
（四）労働には余りに倦怠を覚え、又は余りに心痛を多からしむるような条件の下に行われてはならない

（北野、一九三四）

四点目には「充分な広さ、都市生活にも充分な庭園を要すること。都市は田舎の原野を自然の風景を蚕食してはいけない」と解説を加えている。モリスが手本としていたのは美と自然のつり合いがとれていた中世のギルドの生産の仕組みであった。「モリスの人及思想」（北野、一九三四）によれば、ギルドにおいては一つの完成に一人が責任を持ち、分業が行われないこと、消費者の個人的欲望と、労働のうちに使用者の快楽と制作者としての歓喜を投入することで、生産者と消費者の直接の関係をもつこと、地方の資源を使って運送費を節約し、手工業者の個性に加えて環境の特色を持つというい わば手工業者の地方的特質というものがあるという。さらにギルドには厳しい規約もあった。社会に対して有用品を提供するという義務を前提とし、

一日の労働時間や人員配置についてのこまかな規則は勿論、例えば毛織物のギルドの例では他の羊毛は混入してはならず、一級品のみを扱い、劣化させるような制作場所は使わないなど、最新の注意を払っていることがわかる。そこには商品を安定的に高品質のまま社会に提供しようという意図がある。

中世のギルドが持っていたものは、作り手と客のコミュニケーションからくる双方の満足、そして田園（地方）の特色を高いレベルで商品にのせるというシステムであろう。この商業的センスは後にこれを手本としたアーツ・アンド・クラフツ運動に於いても重要であった。モリス自身は商業主義や利潤追求主義の下では芸術は真に生命を持ちえない、とし、芸術作品を商品化し金で評価するやり方には批判的であったが、実世界の中ではアーツ・アンド・クラフツ運動は次のように広がっていった。

運動はまずロンドン、バーミンガム、マンチェスター、エディンバラ、グラスゴーなどの大都市で隆盛を極めた。都市には製造業と職人技芸の伝統、歴史あるパトロン層、教育機関、施設や協会など運動を後押しするインフラ網が備わっていた。進歩的で新しい美術学校では職人芸の実践に重点を置き、モリス商会、リバティ商会、ヒールズ社などのロンドンの流行の先端を行く店を通じて販売された（朝日新聞社、二〇〇八－二〇〇九、p78）。

運動の中心には、人間と自然との密接な関わりへの強い信念と、田園生活と地域の伝統に対するロマンチックな郷愁とがあった。当時の文学、音楽、芸術がこうしたテーマを扱っている。アーツ・アンド・クラフツの共同体は革新的なデザインと伝統工芸を統合し、生活と仕事に人間性を取り戻そうとした。運動は都会よりも田園で花開き、その影響は今でも続いている（前掲書、p108）運動を主導した一人のC・R・アシュビーは「アーツ・アンド・クラフツの本来の場所は田園」と語り、一八八八年ロンドンに創立した手工芸ギルドを一九〇二年コッツウォルズ地方に移している。田園の生活と、仕事を通して実現する質朴な生活は多くの人々の理想となった。湖水地方、コーンウォール州、サリー州など各地で新しい工房が設立されたが、こうした地域には美しい自然や伝統の工芸があり、さらには顧客層とロンドン市場に連結する道路と鉄道が整備されていた。

チピング・キャムデンは中世には羊毛の集積地としてヨーロッパへ向けての販売拠点として繁栄していたが、一九世紀後半には農業が衰退し、近代文明から取り残された田舎であった。一九八〇年代、田園回帰運動下の熱狂に促され、芸術化、建築家たちがすでにこの地に移り始めようとしている頃、アシュビーは五十家族、総勢約百五十人と共に移住を決意する。しかしこの理想の共同体は六年間で破たんした。ギルドの規模が大きくなりすぎて事務や管理が重荷になったこと、経済不況にあり廉価な商品がでまわりアマチュアとの競争が激化したことが原因と考えられている。そして大きな問題となったのは、人々は移住してきたために、解雇されても他に行く場所がないということであった。

　ここに田園回帰における一つの限界がみえるのかもしれない。都市から移住した人々による都市のシステムを利用した共同体は、例えば室伏がいうところの「田園の都市化」にすぎないからである。田園にもともと住んでいた人々が何らかのムーブメントを起こすわけではなく、都会人たちが場所だけは田園に来て、持ち込んだルールに従って生活をする、そのことはいずれなんらかのひずみを引き起こし、結果としてアーツ・アンド・クラフツによる共同体のような状態へと変貌を遂げるのである。

　この観点で賢治の羅須地人協会を考えてみると、もともとそこで暮らす農民たちを集めて共同体を作ろうと考えたのだし、賢治も商家の出とはいえ、田園の出身で農家についてはよく知りつくしている。近代化が東京から花巻地方へ影響を及ぼそうとも、賢治が東京で得た知識を持ち帰ろうとも、共同体を組織しているのは地元の農民なのである。ここにアーツ・アンド・クラフツ運動との決定的な違いがある。「労働を楽しく、生活を美しく、生活の芸術化をめざす」といったモリスの思想に共感を覚えながらも、創造世界イーハトーヴという空間づくりに関しては賢治なりのアレンジを加えているのだ。いや、そもそも空間づくりに関していえば、賢治は独創性を発揮しており、同時にそうする必要性にせまられていたともいえるのである。

　近代文明への批判が高まるにつれ、日本国内でも田園回帰のブームがおこる。室伏は『文明の没落』で田園都市や文化村とは単に農村の都会化であると批判、決して都会の農村化ではないとした。そこには搾取する側の都会とされる側の農村という社会的階級の対抗があるという。都会に疲れた人々の憧れからくる田園ブーム、しかしその実態はあくまでも搾取する都会が外側のみの田園風景を求めただけのものにすぎない。内的充実の実現の手立てとして考える次の段階が農村において農業に携わる人々の啓蒙であった。賢治はそのことをおそらく考えていたのであって、そこにはもとは花巻で育ち、東京に憧れ、都会に失望し、東京に対する認識の変化が起こり、そして自分の夢想を具現化する希望は田園にあるという田園再認識という過程があったからこそ、なし得たことでもあるのだ。この考えは羅須地人協会の発想へとつながっていくこととなった。

モリスの創造世界『ユートピアだより』

モリス自身は都市と田園との関係について、どのように考えていたのであろうか。一八九一年刊行の『ユートピアだより』のヴィジョンの中で、この点について次のように説明している。

都市は田園に侵入したのですが、その侵入者たちは、はるか昔の好戦的な侵入者たちのように、かれらの環境の影響力に屈してしまい、田舎の人々になってしまいました。そしてかれらが都市の人々より数が多くなるにつれて、今度はいれかわって、都会の人々に影響を与えたのです。そういうわけで、都市と田舎とのちがいはしだいしだいに少なくなってきました。あなたがもう最初の一口を味わわれた、あの幸福そうで落ち着いた、それでいて熱意のこもった生活を生みだしたのは、都会育ちの人々のものを考える力と敏捷さによって、活気をふきこまれた田舎の世界なのです。

（モリス、二〇〇四、p130）

都会からやってきた人々は、そこで田園を破壊し都市をつくるのではなく、自分たちが環境によって形を変え、都市にまで影響を与えるほどその数を増やしたのである。後のアーツ・アンド・クラフツ運動で人員が都会ロンドンから田舎へ移り住むのもこれと共通している。そこには決して田園の都会化はなく、むしろ人間そのものが影響されて変わることに重点が置かれている。彼らは田舎の美しい工場で労働という芸術に打ち込んでいったのである。一方でこの一節にはもともと田舎で暮らしていた人々の姿は全くみえない。決して田舎の人が影響を受けて学び変化したわけではなく、すべては「都会の人」の「物を考える力と敏捷さ」のたまものであるという。このあたりを賢治の創造世界と比較するとどうであろうか。

賢治の『ポラーノの広場』のなかに人的移動という点で面白い部分がある。行方不明になったファゼーロは実はセンダードのまちで革を染める工場技師の助手を務め、その技術を身につけてイーハトーヴに帰ってくる。それらを他の人々の特技とともに産業組合をつくりあげるところまで発展させるというものである。ここに見られるのは都会（イーハトーヴから見ればセンダードは都会の部類）からの情報伝達、ある意味においての人的移動である。ファゼーロはイーハトーヴ出身であるが、都会での技術を学んだという点で一部都会の人間の役割を果たしている。賢治が東京で学んだチェロの演奏、エスペラント等を羅須地人協会で農民たちに教え、楽しんだのもまた同類のものと考えられる。

しかしアーツ・アンド・クラフツ運動との大きな違いは、賢治も含め関わる人すべてが土着の人々だったことである。ユートピアだよりにおいてもアーツ・アンド・クラフツ運動においても都会から田舎への人的移動はかなり多数であったのだが、イーハトーヴにしろ羅須地人協会にしろ、大きな人的移動は発生していない。それどころか『ユートピアだより』では見られない田舎の人々の変化が『ポラーノの広場』では生き生きと描かれるし、羅須地人協会においても勉強会という形にそれらは表れる。賢治は田舎の人々（農民）に影響を与えることで農民そのものを変化させたかったのである。

4　貨幣について

賢治が物々交換を目指したのはトルストイの影響がある。そのトルストイの創造世界「イワン王国」では嫌悪されていた貨幣についてどのように扱われているのだろうか。前にトルストイのイワン王国においては誰も金貨を欲しがらないことを述べた。王国では一応貨幣は流通しているようではあるが、国民たちが満ち足りているために、必要ないという設定なのである。一方『ユートピアだより』ではすでに貨幣のシステムそのものがない。設定では主人公の「わたくし」は自分の世界よりも未来のロンドンに来ている。二〇〇三年に開通した橋を「たいして古くはありません」と船頭が説明することから判断すれば二十一世紀になって間もなくの頃と考えて良さそうである。この船頭に案内の礼にと銀貨を渡しても、自分のビジネスの為にしたことについて物をもらうのはおかしい、と丁寧に断られるのだ。主人公がたばことパイプを市場で所望すると、店に入りさえすれば、望むものが代償なしに手に入る。貨幣のほかに、例えば他の商品であるとか、労働力であるとかいった見返りも一切求められない。この点で物々交換とも違うことがわかろう。

賢治のイーハトーヴにおいてはどうであろうか。『ポラーノの広場』では「宿直という名前で月賦で買った……」「そっと財布をさぐって、大きな銀貨を一枚」、という表現からは欲しいものと交換する本来の貨幣の役割が存在していることが分かるし、「どうしてだめになったんだ。」「薬のねだんがさがったためです。」という会話からは、工場が立ち行かなくなる失敗の象徴として捉えられていることが分かる。つまりイーハトーヴにおいて貨幣のシステムはあるものの、その直接的イメージは貧困や失敗のイメージとして使われることもあるといえよう。では成功の象徴では使われないのか。協同組合でつくられた商品が「広くどこへも出るようになりました。」という表現は、産業組合の成功、商売の成功として使われているのであるが、利益によってファゼーロ達の暮らし向きが好転したとかいう記述はない。しかしそれは結局、商品としてその価値が認められ多くの人が買うようになったという意味でもあり、直接的ではないものの、利益獲得という成功が書かれていることに留意すべきである。賢治はイーハトーヴの中において貨幣の役割をきちんと描きだしているのである。賢治は貨幣に対しての負のイメージを持ちつつも、そこには正のイメージをも暗に持たせるという両義的な手法でもって書いた。あるいは無意識だったとするならなお、大きな意味を持つことになるだろう。つまり貨幣について賢治は両極端なイメージの間で揺れ動いていたのである。

その一方で物々交換の側面も残していることは特筆すべきである。ファゼーロ達が今後の見通しについて相談する時に「ハムもすぐには売れなくたって仲間へだけは頒けられるからな」という台詞がある。理想の広場を語り合っているというのに、かなり現実的な響きをもってはいないだろうか。これは商売がうまく立ち行かなかった時のための保険とも考えられるのである。イワン王国にもユートピアにもこのような保険はかけられていない。イワン王国では少々苦労することがあっても、それは後に報われるようになっており、そもそも失敗することなど前提としていないのである。ユートピアにおいては、過渡期の混乱期を示唆しながらも、現状は文字通り理想的な状態に保たれている。ところがイーハトーヴでは、失敗も視野に入れられているのだ。ここが前者二人の創造空間との決定的な違いではないだろうか。単なるユートピアではない、主人公の成功譚でもない、賢治独自の現実的な世界がそこにあるのだ。

『黄いろのトマト』と貨幣

貨幣という切り口で考えれば賢治の作品『黄いろのトマト』は示唆的である。大人たちから離れ、二人だけで暮らす兄妹のペムペルとネリは小麦を粉にしたり、キャベツやトマトなどの野菜を作って暮らしている。ある日遠くの野原のほうから音がし、行列についていくと大きな街のサーカステントへと導かれる。入口では見物客が入場料を払うのだが、兄妹にはそのお金の意味がわからない。ペムペルは貨幣の銀か黄金のかけらを見て、すぐに自分の畑になった黄色のトマトのことを思い出す。急いで畑へ戻り黄色のトマトを四つ採ると、再びサーカスの入り口へ戻りそれを番人に渡す。しかしトマトは貨幣ではない、番人は怒りだし二人に罵声を浴びせて追い返すのである。

これは主人公の「私」が博物館の戸棚に陳列された蜂雀から聞く、という二重構造の物語である。この「私」とは「博物館十六等官　キュステ誌」と始めに明記されているが、「前十七

等官　レオーノ・キュースト誌」と書かれた『ポラーノの広場』での「私」、との関連もあるだろうか。この作品は大正十二年ごろ執筆され、大正十三〜十五年頃に手入れされていると推測される。とするならば、おそらく羅須地人協会設立のころ、同じような思想でもって書かれたと考えられるだろう。

賢治はマルクスの『資本論』を蔵書に加えていた。『黄いろのトマト』の中での貨幣をこの観点で分析してみると賢治の伝えるテーマに近づけるかもしれない。マルクスの労働価値説では、商品主義社会において、二つの商品が交換されるには等価交換が原則である。この基準は商品の生産に費やした労働の量で決められる。しかし物語の中でペムペルとネリの過去の労働の証である黄いろのトマトではサーカスをみることができない。ペムペルは自分の労働に価値があることは知っていたであろう。だからその証であるトマトに自分達がサーカスを見るだけの価値があると推測したのだ。人々がポケットから出す金貨に黄いろのトマトが似ているから、という単純な理由だけではなかったはずである。仮に兄妹がトマトを売るという行為を知っていたらどうか。トマト（商品）は貨幣に交換され、彼らはサーカスを見ることができるのである。問題は兄妹が商業について無知であること、そして周りにそれを教えてくれる者がいないこと、そして労働がこの場面（貨幣のシステムを持つ作品世界）では正しく評価されていないことである。兄妹がサーカスの中に入れない様子を周りで見ていた者たちは「どっと笑った」のであり、誰も二人に同情もしなければ、貨幣が必要であることも教えない。物語の語り手である蜂雀は二人の唯一の理解者であり、真実を伝える者であるが、二人が「かあいそうだ」と繰り返す。かわいそうなのはサーカスを見ることができなかったから、だけではない。価値のある労働があったにも関わらず正しく評価されなかったこと、二人が貨幣を知らなかったこと、誰もそれを教えてくれないことがかわいそうなのだ。賢治はなぜこの貨幣についてトルストイやモリスのように理想をその創造世界に書き込まなかったのだろうか。ペムペルとネリが「かあいそう」なままで物語が終わる意味はどこにあるのか。知識を得るということの重大さを読む者に訴えるために、逆説的にこの矛盾と悲哀を描くことが目的だったのだろうか。

一方でこれを農民の労働という現実問題に照らし合わせればどうなるだろうか。貨幣の流通する現実社会において労働を正しく評価されない一つの理由は、商業の側面について無知であるからだ、とも考えられる。そしてそのことを誰も教えないのは不幸であると。賢治が農民対象の勉強会を企画したことも、農村経済を自ら学ぼうとしたことも、その目的がこの貨幣と商業についての啓蒙という点も含まれるのではないだろうか。国民学校での講義を前に社会主義や資本主義について相当学んだ賢治はトルストイやモリスの作り上げた貨幣の流通しない世界は確かに理想としたものの、労働の価値が正しく評価されているとは言い難い現状を鑑み、商品として生みだす方法へとその考えをシフトさせていったと考えられるのだ。そして貨幣システムのある、かあいそうな世界の構築は農民たちへの警鐘ととれなくもない。無知であることの悲哀をつきつける方法は、残酷ではあるがゆえより心に迫るかもしれないのだ。トルストイが『地主の朝』で描いた農民たちの無知は、田舎の為に生きようとした公爵がその道をあきらめる要因になりえたが、賢治はそれを真正面から受け止める覚悟をしていたのではないだろうか。農民の一人でありたいと思っていたからこそ、そして自分もその無知な人間の側にいると自負していたからこそ、このような世界を設定したのである。マルクスの資本論に関していえば、唯物史観の枠組みに入りきらない、人間の主体性による実践活動の独自性を重要とした点において（つまり賢治はこの点でモリスに近づいていくのであるが）、ささやかな抵抗をしているとみてよいだろう。ここでも賢治は決してマルクス主義に寄りそうものではない。さらに社会主義と呼ばれるものの中でも、マルクス共産主義よりもモリス寄りの空想社会主義に近いことは当時の風潮、日本国内のいわゆるロシア革命寄りの社会主義の流れとは異なる方向へ向かっていることを指している。これは賢治の商業や貨幣に対する意識からも証明できることであって、一方で世界的視座として日本経由の社会主義ではない、ヨーロッパの社会主義の流れをもよく理解していたことも明らかにするものである。

農民の困窮・貨幣に対する賢治の変化と協同組合の是認

賢治がこのようにして貨幣や商業について重視しながら農業技術、芸術、という側面から農村を救済する道を模索しつつも、農村疲弊の元凶である経済制度、土地制度、大きくは日本の社会制度について言及していないのはなぜであろう。全ては円い形で進んでいかなければならないとする宗教的信念に由来するものであるのか、あるいは革命という手段は好きではないからであったのか。例えば吉本隆明は「宮沢賢治はモリスのように社会組織の革命の全体的構造のうえに、ユートピアが成立つという着想をまったくとらなかった」としている（吉本、一九七八）。

そもそも社会組織の革命には興味がなかったということなのだろうか。実際当時の岩手地方の農民達は社会の中でどのような立場をとっていたのだろうか。これについて、とりわけ小作人たちの実状については、多田幸正がくわしい。自給自足の農民たちの生活は西欧からの資本主義経済によって大きな変化を余儀なくされた。資本主義の自由経済では資本の蓄積のない農民は農業経営のみで生活を支えていたが、収支が平衡を失えば借金を負い、返済できなくなると自分の農地を手放さざるを得ず、小作人に転落していくことが多々あったという。このようにして小作人たちは土地を取り上げられ、地主達との間に逆らえない関係を構築していくようになる。特に岩手地方の場合は他県と違った、名子制度と小作刈分といった封建的な二つの小作慣行が根強く残存していた。名子制度では土地家屋を所有しない貧民が地主から家屋敷、耕地、農具、家畜、家具などの貸与を受け、その代償として地主の要求に応じ賦役に服する。こうした地主への全面的な依存状態のなかで、小作農民は経済的のみならず、身分的にも劣悪な条件下におかれ、小作料が他県に比べ高率だったにもかかわらず、その減額減免を要求したり、ましてや小作争議に訴えたりすることは不可能だった。事実全国で小作争議が激化していた昭和八年ごろ、全国で四千件、東北地方が全国の四分の一の千六件なのに対し、岩手県内ではわずか十一件のみであった。また、岩手県に農民運動が不活発だった理由として『岩手県農地改革史』には、(1) 水田の少ないこと、(2) 大きな地主が少なく、また純粋の小作人が少なかったこと、概して自作農及び自作兼小作農が多かったこと、(3) 小作料は全国的に見て高率であったにもかかわらず、地主と小作人との関係が、牛馬の貸借、採草地、薪炭林の貸借とからんで複雑を極めていたこと、(4) 所謂名子制度等によって地主と小作人との関係が長い間因縁深く結びつけられていたこと、(5) 小作人の地位は全国的に、最もみじめであって、ほとんど去勢され、地主に反抗する気力を失ってしまっていたことがあげられている(多田、一九八七)。

賢治がめざしたのは地主から小作人への「円い形」での土地の解放であった。宮沢家が所有していた土地は、自分の代が来たら農民たちに返還するという意思を表していたという。このような状況下で賢治が考えた急務とは何であったか。賢治はなぜ綱要でも経済制度、土地制度そのものに触れようとしなかったのか。それは現状を救う事を第一に考えたからではないか。つまり社会全体を変えるのではなく、農民たちの意識を変えることが最短で効果の期待できることと考えたのではないか。

このような現状の打破への欲求は貨幣に対する賢治の態度にも影響を与える。『ポラーノの広場』で見られた成功の象徴を表す利益、即ち貨幣は実は羅須地人協会の初期の頃の賢治にとってはやはり、トルストイ、モリスと同様、否定の対象であった。『ポラーノの広場』の執筆は昭和二年から三年あたりと言われており、昭和六年ごろに手を入れている（原子朗、一九七五）。この時に加筆されたのが、例の産業組合の成功についてのくだりである。多田は昭和六年頃の賢治のある行動とともにこの変化の裏付けをしている。

「賢治は産業組合本来の方針には賛成しながらも当時は、信用事業中心なのに批判的であり、まず部落単位に適地適産、就中、農産加工を隆盛にせねばならんと昭和六年になり、私達（県農会技術者）に語っていた。」（川原、一九七二、p358‐359）つまり以前は物々交換を理想としていたはずの賢治が昭和六年になって、産業協同組合が信用事業中心であることを批判しながらも、適地適産、農産加工の隆盛の必要性を語ったというのである。これが『ポラーノの広場』における加筆と同時期に起こったことは単なる偶然ではない。ではこれらの変化は何故起ったのであろうか。一つは県農会の基本的性格、そしてもう一つは時代背景に関係がありそうである。県農会でも当時は農閑期の余剰労働を活用する副業の奨励をしていた。もともとは自給自足を目指すものであったが、やがては農村の貧窮化に伴い、不況対策として積極的に推し進められることになったという。その具体的内容を見てみると、農産物の加工から養豚、畜牛にいたるまできめ細かく指導していた。問題は製品が商品として通用するかにかかっており、その対策として各地で商品生産の技術獲得のための講習会を開いたりしていた。副業品の内訳は乾柿、凍豆腐、大麻加工、澱粉製造、藁工品、竹細工、バター、チーズ、養蜂、養鶏、養豚……などで賢治の試みようとした自給品と相違していると多田は述べる。

産業組合は明治三十三年成立の「産業組合法」に基づいて設立された協同組合の一つで事業内容は信用、販売、購買、生産の四種からなり、当時の岩手県では大正三年ごろにその数としてのピークを迎えている。ただし、組合経営は政府の監督命令下に置かれ、その設立や解散については行政官庁の許可を必要とするなど、自立性に欠けるものであった。（多田、一九八七、p173）『ポラーノの広場』で賢治が描いた組合はこれと比較するとより自立性、自主性に富むイメージを持たせている。賢治が推進しようとした組合というシステムこその形の成功を目標としていたのである。

このような産業協同組合の持つ賢治の理想との共通点とともに賢治の組合への見方は次第に

変化していったのかもしれない。また昭和六年からは東北地方にとっても賢治にとっても大きな試練の時期でもあった。決定的だったのは昭和六年の東北地方の凶作である。冷害で作物は大打撃を受け、娘達の身売りがさかんになった。給金の良い女中の仕事とだまされ、多くの女子が東京へとわずかな手付金で売られていったという。国全体がファシズムへと向かう中、東北地方は生活の糧さえ満足に得られない状況であったのだ。賢治はといえば既に農民生活から身を引き、東北砕石工場技師へと転身しつつも、過労から発病し療養することとなる。賢治はそのあたりから昭和七年にかけて、作品に手を入れているようである。ここにきて賢治の農民の理想の形が完成形を迎えたとするのが妥当ではないだろうか。

5　賢治の創造世界の特異性

賢治が想像した世界イーハトーヴを定義づけるために、他の文学作品の創造空間と比較し、その独自性を浮かび上がらせることは有効であろう。賢治のイーハトーヴの世界及び羅須地人協会は、トルストイの農地解放、イワン王国、モリスのユートピア、アーツ・アンド・クラフツ運動、と比較すると次の三点にまとめることができる。

①ユートピア思想の欠如

モリス、トルストイの創造世界と賢治のイーハトーヴが決定的に違っているのは、理想を純化させた世界ではない、ということである（ここで言うユートピアの定義は「空想された理想的な社会」にとどめる）。モリスは『ユートピアだより』において現実の世界では実現しえない理想を語った。その想像世界は緻密で丁寧に描かれ、主人公の「わたし」が抱く疑問は同時に読者の疑問であり、それらが一つ一つ解き明かされていくかのような構成になっている。近代文明が結局後の世に与えることとなった負の遺産を振り返りながらも、もう今では大きく変わってしまった人々の幸福、教育、商業、貨幣……あらゆることを理想の形に変え、紆余曲折あったにしろ、それが今ではうまく機能していることを強調している。現実にないからこそ成り立つ創造世界、すなわちユートピアという点において、トルストイのイワン王国と共通している。トルストイはモリスほど理想を緻密に織り込んだわけではないが、イワン王国には貨幣、戦争に対する徹底的な批判をはっきりと打ち出し、それらがなくても成り立つ世界、労働こそが最も尊い世界を作り出した。しかし賢治はどうか。近代文明に対する疑念を持ちつつも、イーハトーヴの中ではやはり貨幣は流通し、悪人はのさばり、貧困は解消されない。そこに分かりやすい理想はない。逆説的なユートピアという解釈も確かにできよう。しかしそれはユートピアそのものとは全く別物として扱わねばなるまい。イーハトーヴはユートピアではない。逆説は逆説であり、読者にその本質の見極めをゆだねるにしても、やはり表現されたものは理想とは程遠い。

モリスが『ユートピアだより』に描いた、都会から大人数での移住、及びアーツ・アンド・クラフツ運動が都市から田園へと場所を移し、（勿論これにも都会から田園への大勢の移住が伴う）中世ギルドの理想的なシステムづくりを目指したのに比べ、賢治の作品世界にも羅須地人会の活動にも、社会の構造そのものを積極的に批判しようとか、あるいは改革しようとかいう欲求が感じられない。人を選んで囲い込む排他的な方法、あるいは都会からの人々の移動により農村に変化を起こすのではなく、もともとそこにいた農民たちを巻き込み受け入れる方法をとっている。賢治の後期の作品にしても協会の活動にしても本来の目的は労働を楽しみ、芸術としての生活を楽しむことに重きを置いている。その理由はモリスと賢治の視点の違いにあるのではないか。賢治がこの時点で解決、努力をしたかったのは、農民たちの過酷な労働状況であり、天候不順による凶作や農業技術の知識が乏しいことから引き起こされる貧困などの現実であった。モリスの場合問題意識は農村ではなく民衆の工芸、美といったものにあった。また資本主義、大量生産への問題から社会主義へ向かうという方向性があった。賢治の場合それはあくまで農村の問題であり、一人ひとりの農民の幸福であった。例えば、若きトルストイが田舎こそ自分の居るべき場所として農村に帰り、貧しい農民たちの生活の質を向上させようと手を尽くす様子はまさにこの時期の賢治の行動と同類のものである。農業高校の教師という職にあり、学生には農業従事者になる事を指導しながらも、（当時は学生も他の職業に就くことも多かったという）自分を顧みた時、自らが額に汗し働かずには何を言っても説得力がないと感じる。このような実情があって、ユートピア的理想を描くことが難しかったのではないだろうか。トルストイの農民たちへの啓蒙にしても、貨幣を介さない物々交換にしても、創造世界の中では充分に機能していた。ただし実際にはトルストイ自身も農地改革を成功させることはなかった。もしこれらの試みを成功の可能性を求めて実践に移すとすれば賢治はどこかで具体的な方策を練らなければならなかったのである。厳しい労働そのものを楽しく、そして生活を美しくすること、そのためには芸術をもって個性を認めあうという事は確かに理想であったし、そこにユートピア世界を描くことは可能だったかもしれないが、賢治はあえてそうしなかった。農民の生活を同じ目線で理解するということは、実践という責任をもって未来をつくる手段が必要であった。だとすればイーハトーヴはユートピアとは言えない。彼なりの現実との向き合い方がそこにあるのだ。

②都会と田園の認識の差異

トルストイ、モリス、賢治ともに都会と田園という明確な意識を持っており、言及していることは特筆すべきである。トルストイの『地主の朝』においては地主のネフリュードフ公爵が農民達のために生涯を捧げようと、都会から「田舎」へと帰ってくる。ところが公爵が考えた農民救済の方法は無知な農民達の前には有効ではなく、彼らの考え方そのものを変える手立てすらない。モリスの『ユートピアだより』では、都会から田舎へ移住してきた人々が、もともと田舎で暮らしていた人々に多大な影響を与え、改革を進めていく。

トルストイの『地主の朝』においても賢治の羅須地人協会においても、モリスのアーツ・アンド・クラフツ運動や『ユートピアだより』のように都会から人々が移動してくることはない。また、都会で考えられた枠組みをそのまま持ち込むわけではない。あくまでも土着の人々を対象にしており、賢治自身も土地の出身者である。しかし都会から持ち帰った情報を土地の人に伝達するという役割を持つ者がいる。『ポラーノの広場』に於いてのファゼーロ、羅須地人協会での賢治自身である。トルストイの場合、それは公爵であり、自伝的物語であることを考えれば、トルストイ自身でもある。都会から農村への移動はこの伝達者とでも呼ぶべき限られた人物によるものであり、この点で大きくモリスの考えとは異なることがわかるであろう。つまり農村の発展のために「田舎」で使用するのは都会の枠組みか、田舎の枠組みか、という究極の選択なのである。この点に関して中村稔は「宮沢賢治が考えた農村の発展は、農民が独自の芸術、宗教をもって独立した社会を形成することからはじまるのであり、都市の機能を持った農村が期待されていたのである」（中村、一九五八、p26）と述べている。ここで中村の言う都市の機能を持った農村は、室伏のいう「農村の都市化」とは異なり、どちらかといえば「都市の農村化」に近いものであろうと解釈できる。つまり田舎にもともとある枠組みの中で、言い換えれば地元に根差した無理のない方法で、地元の人々に寄りそいながら、都市の持つ利点を取り入れていくということに他ならない。近代文明の落とし穴として資本主義経済の暗い側面が農村を圧迫していたことを誰よりも知る賢治であれば、当然のことながらこの方法を選んだのである。都市の枠組みを取り入れることは農村に対する冒瀆である一方で、近代文明が陥った同じ失敗をくりかえすことになりかねない。①でも述べたようにそこには農民たちの啓蒙という強い意識があり、現実として急務であった。当時のいわゆる農民運動の特徴とはだいぶ異なっていることが分かるであろう。その点からみても「都会文化に対抗し、農民の一大復興運動を起こす」と書かれた岩手日報（昭和二年二月一日）には都会と農村という賢治の問題意識がはっきりと表れているといえよう。

③商業と貨幣の認識の差異

イワン王国やモリスのユートピアにおいて貨幣は本来の意味を持たない。しかし、モリスが目指した手工業の復活もアーツ・アンド・クラフツ運動においては商業面、すなわち利益が思うように得られないことで結局失敗に終わってしまったのは皮肉なことである。モリス自身はトルストイと同様、貨幣が労働力を機械的に集約するような世界を批判し、社会主義の理想を胸に活動した。モリスが労働者の教育や啓蒙を目標としながらも、社会の体制そのものに疑問を持ち、働きかけたのに対し、賢治の羅須地人会は勉強会の域を出るものではない。同じ時期確かに賢治はにわかに勢いを増した労農党の活動に対して援助していたようであるが、それは決して表立った活動ではなかった。実際羅須地人協会の活動内容も農業化学、音楽やエスペラント語の学習、種苗やレコードなどの物々交換会である。特に物々交換、自給自足といった考えは、トルストイやモリスからの影響が感じられるが、これについても次第に彼らとは逆の貨幣獲得の方向へと傾いていく。農民が農作業の合間に創る製品を商品化しようとし、貧窮に対する即効性を前面に押し出すのである。『ポラーノの広場』の中で描かれた成功は、羅須地人会の具体的活動の目論みなのだ。ファゼーロ達の産業組合がやってのけたことは羅須地人協会で現実化する方法も考えていたかもしれない。つまり仙台や盛岡などで売れるような製品を地人協会で各々が生産するということであり、それにより農民たちが豊かになりもちろん労働の楽しさを得られるという成功への道筋である。単なる夢想ではなく成功という具体的目標を意識せざるを得なかったのが、賢治の立場だった。今生活に困窮し、人権的にも虐げられる農民たちの日常には、社会構造の改革よりもまず見渡せる限られた範囲の応急手当が必要であった。

農民と生活も苦楽も共にし、同化する賢治だったからこそ必要とされた労働の目的の明確化、労働の楽しみを獲得しようとした。羅須地人協会においては利益を得ることが大きな目的ではなかったが、『ポラーノの広場』における加筆から読み取るに、賢治の頭の中にはそういった形の成功という意識はあった。当時の県農会の指導した副産物のリストと比較し、羅須地人協会集会案内における製作品の分担の記述は重複する点がないことからも分かるように、実際外に向けての用意周到な戦略だったといえるのだ。それは単なるユートピアではないイーハトーヴの現実的な側面に応える形で創りだされたものといえるであろう。イーハトーヴにも貨幣を獲得する手立ての道筋をつけることが必要であったのだ。何より夢想世界イーハトーヴはどこにもない世界ではなく、今ある岩手が基盤にあることを大前提としていた。その意味で賢治は現実を見つめながら、理想の空間を作り出そうとしていたことがわかるのだ。

イーハトーヴとはなにか

イーハトーヴの世界は美しく瑞々しいが、一方で哀しく辛い面も多い。主人公にも重い問題が課せられる事が多い。それは一体なぜなのかと他の創造世界と比べて不思議に思う。賢治はイーハトーヴを描くときには、近代文明を常に意識しているのではないだろうか。例えばモリスは近代文明を飛び越えた先にユートピアを創りだした。彼の設定する二千年代は残念ながらその理想には程遠くても、現代人たちが気づき、修復してきた道をたどるようにも感じられる。賢治はどうか。やがて社会の向かうべき姿へ進みつつある街、現在とか過去などという限られた岩手ではなく、時間的広がりとその間の希望的変化を内包した岩手の姿、四次元の岩手を描いたのである。

そう考えるとイーハトーヴが楽しく幸せなだけの空間ではないことの意味も分かる。近代文明というそのままは受け入れがたく、勢いがあり、便利で、裕福な怪物、それを岩手が苦しみもがきながら、何とか切り開いて通り過ぎていくその様を描きだしたものである。モリスはこの近代文明からの過渡期を『ユートピアだより』において既に過去のものとした。案内人たちは、ここまでたどり着くには様々な試練があったのだ、ということを主人公に語る。つまり嫌悪する近代文明の時代から理想的世界の時代への過渡期を、すでに終わった物として物語の中に畳みこんでしまったのである。賢治はというと、そのモリスが畳みこんだ部分を一つ一つ丁寧に描いていった。そこにどんな現実があったのかを書き遺す方法をとったのである。しかし賢治の作品世界においては単なる近代文明への批判にとどまることはなく、むしろその向こうにある時間と思索に導かれるべき世界への移行に重点を置いた。そこへたどり着くまでの道もやはり厳しく辛い。しかしその先を見る感覚は現代の我々の視点とも、もっと先の未来の人々の視点とも重なるものである。ここに一つ賢治作品が普遍性と結びつく理由があるだろう。

近代文明の残した負の遺産、人々の希薄な結びつきや重工業、商業主義に依存した生活が終焉へと向かうその先に見えるのは、賢治の描いた理想の世界と非常に似通うと、人々は気づくのである。賢治の思索への共感は普遍的作品として、時間と世代と国や地域を越え受け入れられる理由の一つとなるのである。その先の幸福は読む者の想像力に託され、賢治の残した余白は永遠に保たれていくのだ。これは「浮世絵版画の話」で賢治が述べた見る者に余地を残すという考え方に通じるものである。余白の美は日本に限ったことではない、広く東洋の美と言える。かつて西洋美術を見飽きた西欧人たちがその余白に魅了されこれを神秘としたように、賢治作品はその余白をもって世界的普遍性を獲得した。賢治作品の確信犯的不完全さと曖昧さ、イーハトーヴの理想から離れた設定は作者の押しつけではなく固定概念でもなく、読む者、想像する者に等しく自由な解釈の余地を与える。例えば浮世絵から賢治が感じ取った万人が感じる魅力の部分、解釈の自由という部分と同様のものを、賢治は自らの作品にも組み込んでいったのではないかと思われるのである。賢治が自分の作品にあえてこの余白を残すことを目指したのは、芸術という観点からということもあろう。賢治のいう四次元の芸術とは、三次元の世界に、時間そのものや思考といった四次元的要素が付加されて始めて完成する。賢治の作品も単純な時間の流れのほかに、読む者の思考を加えて始めて完成すると考えてよいのかもしれない。

羅須地人協会において社会的活動の実践、政治的参加よりも農民芸術に傾倒していったのもまたこの四次元芸術という理由からではないか。エスペラント語やオーケストラの練習は賢治作品の中には見られるものの、農民達には一見何の益も生みださないのかもしれない。しかしそこで活動する過程、言い換えれば賢治と農民達の描く生きる軌跡こそが芸術そのものであり、生きる喜びであり、賢治が短い羅須地人協会時代に求めたものではなかったか。結果や成果という現実はまた他のところに求めつつ、芸術という範疇で物を考えるなら、賢治はこの農民達との心の通いあうやりとりや、生き生きとした勉強会を通して、そこに本当の芸術を見出そうとしていたのではないだろうか。そのように考えれば、たとえ短い期間で終わってしまった協会の活動ではあっても、決して失敗に終わったわけではない。一つの芸術の可能性を農民達と模索し続けた軌跡はそのまま芸術として完成した。それは例えば花巻を中心とする岩手地方に足を運ぶと気づくことである。著名な作家として地元花巻からその周辺地域の人々に愛されているのはもちろんであるが、子供達から年配の世代の人々から親しみを込めて「賢治さん」と呼ばれている。地域起こしの観光業としてひとまとめに扱うのはあまりに乱暴であろう。彼らが賢治について語る様は、まるで近所の知人について語るのと同じである。彼らにとって賢治は相変わらず地元の知り合いの一人で、来訪者もいつしか単なる地元の昔話や噂話を聞くような不思議な感覚に陥ってしまうのである。他の作家も同様に地元の人々に語られることはあるのだろうか。岩手出身の石川啄木や新渡戸稲造がこのように語られるのを聞いたことがないのは単なる筆者の経験不足であるのか。いまだに地元の人々に語り継がれるエピソードは賢治がいかに岩手を思い、人々と接してきたかを証明するのに他ならないのだ。地域の人々の幸福を思い東奔西走した賢治だからこそ、今でも大切にされ記憶から消えることはない。有名な童話作家としてのみの評価だけでは説明し尽くせないものを感じるのである。

こう考えると四次元的成功という意味で賢治は作品においても芸術においても目標に限りなく近づいているのではないだろうか。イーハトーヴは今もなお生き続ける岩手県も内包しているのだ。

第4章　イーハトーヴの言語と時空間

本章では賢治がイーハトーヴ世界で描こうとしたものについて、言語と時空間の二つの切り口から考えていこう。これらは賢治作品がコスモポリタン的であると言われる代表的要因でもある。イーハトーヴにおける使用言語については、賢治自身の興味としての言語習得と、人々のための平等な言語という二つの側面から考える必要がある。時空間については賢治独特の直観世界ともいえようが、その表出の過程をたどることは、イーハトーヴ世界における時空間への理解を深めることになるであろう。

イーハトーヴにおいて使われる言語は、基本的に日本語である。標準語を中心としているが、岩手県地方の方言もそれに含まれる。賢治はゆくゆくは童話をエスペラント語で発表することを目論んでいたが、実際に文語詩を訳する試みをした他は、「極東ビヂテリアン大祭」中に一文のみの表記に留まった。しかし問題はこのエスペラント語の占める割合ではなく、そこまで踏み込んだ賢治の動機づけと行動力が重要視されるべきであろう。それは羅須地人協会において農民達にエスペラント語を教えようと企画したこととつながる。賢治がエスペラント語を使用した意図はどこにあったのであろうか。

賢治はエスペラント語の他に英語とドイツ語も熱心に学習している。これらの言語については蔵書も確認されており、原書のままで読んでいたことがうかがえるものである。学習時期としては、英語が中でも早く、賢治が学生の時分から実質的な運用を目標に学んでいたことが分かる。次いでドイツ語、最後がエスペラント語という順番になる。これらは学習のため上京するという熱心さであった。それぞれに詳細な検討が必要であるが、英語は海外の文化を知るきっかけでもあったし、コミュニケーションという観点からも賢治にとっては重要な位置を占めていたであろう。さらにエスペラント語の習得については賢治が最終的にたどりついた童話発表の手法であったから、賢治の想いが託されているといってよい。また、忘れてはならないのは賢治の中に日本語における標準語と岩手地方の方言という明確な線引きがあったことである。それは単に通じるか通じないか、あるいは標準語使用圏での方言使用そのものが恥ずかしいか、恥ずかしくないかのレベルではなく、都市と農村の問題も孕んでいたのだ。

１　賢治の使用した言語

(1)　英語

賢治の英語力はどの程度のものであったろうか。盛岡バプテスト教会のヘンリー・タッピング牧師はまた賢治の通う盛岡中学の英語教師でもあった。賢治の英語力は中学時代から確かなもので、一緒に牧師のバイブル講義を聴きに行った友人が、よく賢治の英語を牧師がほめていたことを覚えているほどである。

堀籠文之進の記憶では二人で行った旅の中で賢治は英語だけで会話しよう、と持ちかけた。

「その内容については現在記憶も薄れてしまったが、車窓に移り変わる風景のことや、奥羽山系や北上山系の成り立ちを科学的に説明したり、また列車に乗り降りする乗客の人物批評などが主であったように思う。」と証言し、もっぱら賢治の話す英語を聞くだけであったと振り返っている。さらに堀籠の下宿先を訪問しては、「英語研習のため、「丸善書店」から取り寄せた数冊の『英文小説』や『千一夜物語』の原本等を主とした読書会などに時を費やすのであった。」としている（川原、一九七二、p179、p181）。

また、タッピング牧師を通じて知り合ったと推測されているエラ・メイ・ギフォード（通称ミス・ギフォード）とも賢治は英語で会話していたようである。「文語詩篇ノート」と呼ばれる賢治が常にメモをしていた手帳の中に次のような記述がある。

十二月仙台ニ行ク車中
Miss Gifford
やどり木
みかん

（宮沢、一九九七、第十三巻（下）、p194）

詩稿用紙が破損していることから詩としての完全な形となってはいないが、賢治の詩『あかるいひるまには次のように英語の会話が埋め込まれている（この詩は後に『けむりは時に丘丘の』という文語詩に作り変えられた）。

あかるいひるま
ガラスのなかにねむってゐると
そとでは冬のかけらなど
しんしんとして降ってゐるやう
蒼ぞらも聖く
羊のかたちの雲も飛んで
あの十二月南へ行った汽車そっくりだ
Look there, a ball of mistletoe! と
おれは窓越し丘の巨きな栗の木を指した
Oh, what a beautiful specimen of that!
あの青い眼のむすめが云った
汽車はつゞけてまっ赤に枯れたこならの丘や
濃い黒緑の松の間を

どこまでもその孔雀石いろのそらを映して
どんどんどんどん走って行った
"We say also heavens,
but of various stage."
"Then［what］are they? むすめは（以下不明）
（以下省略）
（宮沢、一九九五、第五巻、p129-130）

以上のメモと詩を照らし合わせていくことにより、詩の中の「青い眼の娘」はミス・ギフォードであると鈴木健司らは指摘している（鈴木健司、二〇〇二、p96）。タッピング牧師を通して知り合ったであろうミス・ギフォードと賢治は偶然汽車で出会い、牧歌的な田園風景を楽しむと共に、英語を介して宗教について語り合ったのであろう。これらのエピソードから推測する限り、賢治の話す英語はネイティブスピーカーと十分意思疎通ができる程度、あるいはそれ以上のものであった。

さらにこの英語力は農学校で生徒たちに英語を教える際にも活かされている。授業では現在の指導法でいうならばリスニングとスピーキングに重点を置き、簡単な会話や挨拶などは覚えたものからどんどん実際に使わせたという。教科書はほとんど使わずスペリングのゲームをさせてみたり、蓄音器を持ち込んで発音練習用のレコードを聞かせたりもしていた。今でこそ言語習得のための有効な手段として教室で取り入れられているものの、教科書の読みや解釈に時間をかけるような、いわゆる訳読式が一般的だったこの時代では異色の指導法であったのである。おそらく英語でコミュニケーションをとることによって直接得られるものこそが真にその国の文化やその人自身を知ることにつながる、ということを自らの経験に照らしてのことであったろう。教科書の解釈はもちろんであるが、それ以上にコミュニケーションの手段として使えなければ言語学習の本当の意味がない、という考え方がそこには滲み出ている。これこそが言葉に対する賢治の姿勢そのものである。語学として、学問として学び始めたが、結局人々をつなぐコミュニケーションの手段として認識していたのである。

(2)　エスペラント語

賢治が夢中になったエスペラント語とはどのような言語であるのか、ここで少し触れておこう。ポーランドの眼科医ザメンホフは、異なる文化や言語を持つ人々が互いに対等な立場で共通の言語を使う事で国際平和に寄与しようという思想に基づき人口国際語を作った。これがエスペラント語である。エスペラントという名は「希望を持つ者」と言う意味であり、ザメンホフがその最初の著書『国際語』“**Lingvo Internacia**”（一八八七）で用いたペンネームであった。

その後ザメンホフは多くの文学作品をエスペラント語に訳し、一九〇五年には『エスペラントの基礎』"Fundamento de Esperanto"を出版してその言語の構造の原則を示した。ラテン系の語彙を根幹とし、母音五、子音二十三を使用する。基礎単語数はロマンス系を中心に千九百ほどで造語法もあり、文法構造は極めて簡単である。ロシアの文豪トルストイやフランスの作家ロマン・ロランらの支持により、世界へ浸透していく。中国では魯迅がエスペラント語のコースを受講しており、今でもエスペラント語の国際放送があるという。賢治に多大な影響を与えたトルストイに至っては「二時間もしないでこの言語を、書くことはともかく、ほとんど自由に読めるようになった」(田中、二〇〇七、p130)とコメントしたという。エスペラント語は習得しやすいという利点もあり、あっという間に時の知識人の間で広がっていった。一方で政治的には危険な驚異でもあり、ヒトラーはエスペラント語を禁止している。現在は本部がロッテルダムにある国際エスペラント協会が使用を推進しており、百十六カ国の会員がいる。エスペラント語の支持者は約百万人と言われるが、現実の国際社会での通用度は低い。

日本での受容は明治二十一年(一八八八年)読売新聞がエスペラント語の紹介記事を書いたのが始まりであるが、一般的に広まるのは明治三十九年(一九〇六年)のことであった。七月に二葉亭四迷の著書で日本初のエスペラント教科書『世界語』が東京の彩雲閣から刊行された。またザメンホフの『国際語エスペラント読本』の日本版『世界語読本』も刊行、同年日本エスペラント協会が設立された。日本でのエスペラント語は例えば二葉亭四迷、山田耕作、柳田国男、新渡戸稲造など知識人を中心に広がった。

佐藤竜一によれば賢治のエスペラント語学習の背景には新渡戸稲造の存在があるという。一九〇九年盛岡中学在学中、新渡戸稲造が来校し、黙思の習慣を養うように生徒に訓話している。新渡戸稲造の曽祖父の代まで花巻に居住しており、二百二十八年間にわたり新田開発に従事していた。賢治は新渡戸家の貢献について知っており、英語が堪能で一九〇〇年『武士道』の英文刊行もしていた新渡戸に賢治は大きな関心を抱いていたのである（岡村・佐藤、二〇一〇）。

一九一六年（大正五年）五月『岩手日報』に六回にわたり岩手最初のエスペランティストと言われている田鎖綱紀がエスペラント語の紹介文を執筆している。同年四月には第三回日本エスペラント大会での演説もしていた。田鎖と賢治は遠い親戚にあたり、賢治はこの件に関しても知っていたと佐藤は指摘している。

賢治がエスペラント語の勉強を本格的に開始したのはおそらく一九二六年（大正十五年）である。稗貫農業学校を退職したこの年の十二月、賢治は上京し図書館通いを続けながら、エスペラント語、セロ、オルガン、タイプライターなどの個人教授を受けている。これについて十二月十五日父親の政次郎にあてた書簡に次のような記述がある。

毎日図書館に午後二時頃まで居てそれから神田へ帰ってタイピスト学校　数寄屋橋側の交響楽協会とまはって教はり午後五時に丸ビルの中の旭光社といふラヂオの事務所で工学士の先生からエスペラントを教はり、夜は帰って来て次の日の分をさらひます。一時間も無効にしては居りません。音楽まで余計な苦労をするとお考へでありませうがこれが文学殊に詩や童話劇の詞の根底になるものでありまして、どうしても要るのであります。（No.222）

文面から賢治が寸暇を惜しんで様々な学問に身を費やしていることが伝わってくる。そしてこれらの学問が詩や童話劇に必要なのだとはっきり書いてあり、賢治はこの頃から自分の作品をエスペラント語で書き、世に送り出そうと考えていた。実際小菅健吉によれば当時自費出版で、『春と修羅』、『イーハトヴ童話　注文の多い料理店』を出したが、日本では分かってもらえない。世界の人に分かってもらうためにエスペラント語で発表する、そのために勉強していると語ったという（川原、一九七二、p250）。

さらに同年十二月十二日の書簡では、東京国際倶楽部の集会に出た様子が詳しく書かれている。

今日は午后からタイピスト学校で友達になったシーナといふ印度人の招介で東京国際倶楽部の集会に出て見ました。あらゆる人種やその混血児が集って話したり音楽をやったり汎太平洋会のフォード氏が幻燈で講演したり、実にわだかまりない愉快な会でした。（中略）
そのうちフヰンランド公使が日本語で講演しました。それが尽く物質文明を排して新しい農民の文化を建てるといふ風の話で耳の痛くないのは私一人、講演が済んでしまふと公使はひとりあきらめたやうに椅子に掛けてしまひ　みんなはしばらく水をさされたといふ風でしたが、この人は名高い博言博士で十箇国の言語を自由に話す人なので私は実に天の助けを得たつもり、早速出掛けて行って農村の問題特にも方言を如何にするかの問題などを尋ねましたら、向ふも椅子から立っていろいろ話して呉れました。やっぱり著述はエスペラントによるのが一番だとも云ひました。（No.221）

「物質文明を排して新しい農民の文化を建てる」といった発想は言うまでもなく賢治自身が羅須地人協会で実践しようとしていることであり、賢治の胸の高鳴りも興奮も容易に想像できよう。農村の方言の問題をフィンランド公使のラムステットにぶつけた賢治は、おそらくは多くの意見交換をしたであろう。最終的に「著述はエスペラントによるのが一番だ」という回答を得て満足している様子が文面から窺える。ラムステットはアルタイ言語学を専門とする言語学者だが、同時に熱心なエスペランティストでもあった。

ラムステットへの質問は使用言語を中心に行われたものであろうか。日本語のレベルでの賢治の質問は、農村で働く人々が話す方言と都会人の標準語との間にある問題点を指摘したものであろう。方言は普段使用しない者にとってみれば異質であるばかりが、時に差別の対象にさえなりうる。物質文明が農村文化を古くて発展途上のものと価値づけてしまう時代に、農村文化と都会文化の間の大きな溝を憂いていた賢治は使用言語の側面からも何らかの解決法を探り出そうと必死だったにちがいないのだ。作品中では方言を一つのアイデンティティとして認めながらも、万人が理解できなければ、その作品価値さえ認められない。このとらえどころのない優劣関係を問題視していたのはあきらかであろう。そしてこの問題はその背景を世界へと移した時に日本語と外国語の間で同様に起こりうるのであり、賢治にとってその解決策の一つがエスペラント語であったのである。

賢治は自分の作品のためにだけエスペラント語を学んだわけではない。羅須地人協会の講習案内には「エスペラント」の記述があり、実際賢治は農民達を相手にエスペラントの講座を考えていたことがわかる。農村の方言について問題ならば、標準語を学ぶと言う選択肢もあったはずであり、その方が同じ日本語を学ぶのであるからより簡単に進められたのではないだろうか。しかしエスペラント語を選んだ理由の一つは、いくら農村と都会の間にある言語問題とはいえ、標準語を習得すること（農民の使用言語にすること）は方言をないがしろにしかねなかったことである。そうなれば農村の文化そのものを否定してしまうおそれがあった。そして二つ目は言語の問題は単に国内だけのものではなく、世界規模で考える場合、結局は世界共通語を学ぶことが都会も農村も飛び越えて、皆が平等に人々と意思疎通ができると考えたのではないだろうか。農民達がエスペラント語を学ぶという事は世界の中における平等を求めるとともに、世界に向けての羅須地人協会からの発信という視点もあったと思われる。

このことを裏付けるのは賢治が「農民芸術概論綱要」で語った「世界ぜんたいが幸福にならないうちは個人の幸福はありえない」「われらは世界のまことの幸福を索ねやう」といった思想がザメンホフのヒューマニズム「内在思想」「人類人主義」といったものと融合したという宮本正男の観点（宮本、一九六五）、あるいはこうしたヒューマニズムとともに第一次大戦をバックとした、世界は共通だというコスモポリタニズムの隆盛が当時みられたのだが、それらが賢治作品に感じられるという小倉豊文の観点（小倉、一九六五）である。つまり賢治がエスペラント語の向こうに見ていたのは、単なる日本という一つの国からの海外諸国への発信というだけでなく、世界は共通、世界のすべての人間は平等な立場でこれに所属するというコスモポリタニズムの精神に共鳴するようなものであったと考えられる。

賢治のこの意識はまた、ザメンホフがエスペラント語という国際語を創り上げるに至った理由とも、深く関係していると思われる。ザメンホフの故郷ビヤリストックは当時ロシア帝国領ポーランドであったリトアニアの小さな町であった。学校ではロシア語の使用が強要され、街中でも政府の役人や憲兵達が厳しく使用言語を取り締まる環境で育ったのである。幼いころから父親に多くの言語を学んでいたザメンホフは次第に言語の混乱が最大の不幸なのではないかという思いを強くしていった。人間はみな兄弟だと教えられているのに、実際周囲のポーランド人、リトアニア人、白ロシア人、ドイツ人達はお互いに憎みあっている。本来であればお互いの文化を尊重しあえる社会性を持った人間であるはずなのに、それを拒んでいる理由は言語なのではないかと気づくのだ。強い国、大きい国の民族の言葉を借りてくるのでは、弱い国、小さい国の生活も心も文化も充分に伸ばせない。使う者が完全な権利を持ち、自分のものとする言語が必要であるという結論に至ったのである。このザメンホフの考えはかなり早いうちから、そしてエスペラントの考案時、さらに修正時、そして広い意味に於いて現在にいたるまで貫かれているといえよう。ザメンホフは人々の生活の悩み、苦しみの解決の体現としてのエスペラント語を創り出した。それは支配関係からの脱出のためであり、人工語による人々の相互理解を目標としていた。その意味からも国際語は「学習が簡単であること」「言葉としてすぐに役立つこと」「世間の無関心に打ち勝つこと」が重視された。ほぼ同じ時期に、いくつかの国際語が考案されたが、結局この点を重視したエスペラント語が目覚ましい広がりを見せたことはいうまでもない。使用を簡単にするために単語と文法は切り離して考えられた。ほんの六ページといわれるエスペラント語の説明書で、機会さえあれば人はエスペラント語で書かれた内容を理解することができた。また、エスペラント語は常に修正される可能性を持っていた。エスペラント語の発表後一年間は、そういった批評を受け入れるための期間として人に開かれていたのである。日本において、エスペラント語の受容はやがて共産主義といった政治色の強い方への利用が目立っていったが、賢治がエスペラント語に求めたものはそのような側面ではなく、ザメンホフがもともと持っていた理想に非常に近かった。すなわち、人工語による相互理解という、人が争う事の根本的問題の解決法を直観的に感じ取っていたのではないか。賢治の場合、その問題意識はザメンホフのような危機的状況とは異なるが、やはり言葉による意思疎通の困難さや不理解、また差別といったものを避けるための手立てであった。同時にザメンホフのエスペラント語は、賢治に充分なだけの自由さの印象を与えていたことも忘れてはならない。田中克彦は次のように表現している。「賢治はエスペラントがたたえる解放精神を感じとって内化し、詩化した。それがかれの作品に、とらわれない、まっすぐ自然へとつながる自由な雰囲気をそえていて、読む人のこころをも自由にしてくれるのだと思う。人は、ことばによって自分をしばるのではなくて、自由にしたいのだから。」（田中、二〇〇七、p205）

賢治は英語やドイツ語といった学習の後に、誰にも平等であるエスペラント語の言語習得に本当の意味を見出している。自分の世界の外側を見つめる手段にすぎなかった外国語が、自分達の文化そのものとの危うい関係があることに気づいてからのことである。海外の情報を取り入れるために何故英語やフランス語を使用せねばならないのか、自分の作品を世界に発表しようと目論むにも万人に受け入れられるために、諸外国のそれぞれの言葉に訳す必要があるのだろうか、と考えたに違いない。結局そこには見えない序列関係があった。ザメンホフの言う小さな国は日本と読み替えることも可能だったのだ。

(3) 標準語と方言

言語について考えるとき、賢治は二重の問題点を抱えていた。一つは外国語、もう一つは方言である。賢治は一時岩手県の方言を中心に童話作品を発表しようとしていた。しかし、これに関してかなり苦い経験をしている。時はちょうど鈴木三重吉編集の『赤い鳥』が刊行された頃である。子供のための分かりやすい童話をめざしたこの雑誌は賢治にとって格好の作品発表の場と感じたであろう。大正七年以降、賢治は通算三回、三重吉に原稿を見せる機会があった。一度目は大正十年七月ごろと推定されている。賢治は童話作品をトランクいっぱいに詰め込んで『赤い鳥』社に持ち込んだ。後日三重吉を訪ねたが、忙しくて読んでいない、と書生を通して原稿を返されている。おそらくは断り方にも気を使ったのだと推測されるのだが、実際には三重吉は原稿を読み、「作品の中に出てくるエスペラントをドイツ語かフランス語か見当をつけかねて、辞典などをひもといて眉をひそめていた」という（森荘己池、一九七五、p13）。多田幸正は「眉をひそめたのはエスペラントだけではあるまい。東北方言や仏教用語、さらに擬声語、擬態語の多用も嫌悪の対象だったと思われる。純粋で平明な口語をめざし、写生文的手法をよしとする三重吉の文章観からは、賢治童話がかなり異質なものに見えたのは確かで、不採用の理由も、要するにそうした賢治独特の文章表現にあったとみてよいだろう。」（多田、一九九六、p222）と分析している。三重吉からしてみれば大人が辞書を引いてもわからない語が次々と出てくる賢治作品を雑誌に掲載するわけにはいかなかったことだろう。二度目は大正十三年十二月である。童話集『注文の多い料理店』の挿絵および装丁を担当した菊池武雄が童話集を三重吉に送っている。その後菊池武雄は『タネリはたしかにいちにち噛んでいたやうだった』の原稿を賢治から送ってもらい、それを三重吉に見せてもいる。しかしそれに対して三重吉は「あんな原稿はロシアにもっていくんだなあ。」（森、一九七五、p13）と語ったとされている。三度目は作家の深沢省三の夫人が原稿を『赤い鳥』社に持参した。深沢は菊池武雄の隣人でもあった。三重吉は作品が面白いことを認めながらも、結局方言が多すぎることを理由に不採用にしたという。そういった三重吉の態度には、童話は子供にとって文章の手本になるもの、という赤い鳥のモットーでもある信念がうかがえる。このような働きかけがありながら、ついに『赤い鳥』に作品を掲載することができなかった賢治ではあるが、大正十四年一月号には『イーハトヴ童話　注文の多い料理店』の一ページ広告を載せている。三重吉が許可しているところをみると、賢治の作品を毛嫌いしていたわけでもなかったのであろう。

『赤い鳥』への掲載に至らなかった理由は、三重吉の考える児童文学のありかたと賢治が作品内で目指したものとの間の大きな隔たりにあるだろう。三重吉は子供のお手本となるべき美しい文章表現にこだわり、一方賢治には前述の通り違った角度からの言葉に対するこだわりがあった。言葉こそ力という考えのもとに賢治があみだした童話の方法はエスペラント語も方言も重要な役割を果たすものであったが、三重吉にとっては難解以外の何物でもなく、到底子供たちに読ませるに値しないと判断されてしまう皮肉な結果となったのである。

つまりはエスペラント語を含め、子供達向けの童話である限りは理解しづらい言葉は極力さけるべきであるというのが三重吉の考えであった。賢治はそのすべてを受け入れたわけではなかったであろうが、全国的に市場を獲得するためには標準語の使用が第一条件であり、したがって自身の標準語習得が必須であると感じたに違いない。現に賢治は標準語を話すことができたという。森荘已池によれば「礼節ある青年紳士のように、きれいで、りっぱでナマリの少しもない、東京人のように、すっきりした言葉づかいをした」そうである。（川村編、一九七二、森

「花どろぼう」p194）森は当時まだ学生であり、賢治は既に教員であった。同郷の年下の森に対して、盛岡で会っているのになぜ標準語で語りかけたのか。賢治の森に対する評価がひとつの手掛かりになるかもしれない。かつて鈴木操六が現代の詩人として立派な人、又は将来性のある人は誰かという質問をしたところ、高村光太郎や萩原朔太郎、草野心平と並べて、北小路幻（森荘己池）の名をあげ、「新鮮な詩性の持ち主」と言ったのである（前掲書、鈴木壮六、「宮沢先生の思い出」p196）。もしも森が今後活動を続け、東京へ出ていくことを考えるのなら、標準語の使用を必要とする時が来ると思っていたのではないだろうか。

東京での方言使用については、時代に限らず言葉を笑われての自殺者が絶えないことからもわかるように、地方出身者にとっては都会で受ける洗礼の一つである。賢治はそれらしいエピソードを残してはいないが、例えば童話『革トランク』の中にその片鱗がうかがえる。主人公の平太は地方から上京し、職を探そうとするがなかなか見つからない。その理由は言葉であった。「語がはっきりしないので、どこの家でも工場でも頭ごなしに追いました」とだけ書かれているが、もともと平太の話し方がはっきりしなかったのか、それとも方言を理解されなかったことを暗に言っているのかは分からない。しかし続く物語の中で二年もたつと東京の生活にもなれてくることから、どうやら方言の代わりに標準語を話せるようになったという見方もできそうである。結局平太は区役所に雇われ働きだすが、やがて母親の病気をきっかけに故郷に帰ることになる。このあたりは賢治が上京した当時のことと非常によく似ており（特に妹としの病で花巻に帰る点）、賢治も東京で言語に関して似た体験をしていたと想像するのは容易である。手紙や他の文章などに残すことはなかったが、やはり賢治も東京で方言を使用することについての困難さを感じていたと思われるのである。

さて、賢治がエスペラント語の使用を目論んだのには、二つの理由があった。即ち都市と農村の問題、そして海外での作品発表を視野に入れるということである。ここには方言と標準語という単純な問題とともに常に海外を見ていた賢治が英語、ドイツ語等の言語と日本語の優劣関係を意識していたと考えられる。一時期まで賢治は確かに東京で方言を使った劇を上演しようと夢みたり、前述のように方言の多い作品を雑誌に投稿しようとしていた。しかし実際にはその方言が理由で作品を拒絶されているし、台詞が理解されない不安が理由で劇の上演もあきらめたのではないかと思われる。このような賢治の一連の行動には一つの理由がある。岩手地方の方言にこだわったのはその地域性が関連しているのである。

時は一九九六年ではあるが、ＮＨＫが行った全国県民意識調査に土地のことばに関する項目がある。井上史雄は『変わる方言動く標準語』（二〇〇七）の中でこの結果から分かる事は昔から同様である旨を述べているので、ここで参考としてひいておく。井上はこの意識調査をもとに、国内の都道府県の地元の人々のことばに対する意識を四つのタイプに分類した（具体的な質問事項は、地元のなまりを出すのが恥ずかしいか、恥ずかしくないか、さらに地元の言葉が好きか、好きではないか、である。）。

１　自信型　　恥ずかしくない・好き（東京・大阪・京都・兵庫・神奈川・北海道）
２　地元蔑視型　恥ずかしくない・嫌い（奈良・埼玉・千葉・滋賀・愛知）
３　分裂型　　恥ずかしい・好き（東北六県・九州・中国・四国地方・沖縄）
４　自己嫌悪型　恥ずかしい・嫌い（北関東・北陸）

１、２の恥ずかしくない、と回答した地域は主に政令指定都市や大都市のあるところである。
３、４の恥ずかしいと回答した地域は方言に劣等感があると考えられる。３の劣等感がありながらも好き、というのは東北弁、九州弁を自分達で使っていて、しかもそれが大好きという人たちである（地元の言葉が嫌いな人はもう東京にでてしまった可能性はある）。４は劣等感があり、地元の言葉が嫌いな人である。この一つの理由は東京の近くはよそ者が多いということである、近年よそから引っ越してきたのだが、土地代が高いため、周辺部から東京へと通う人たちである。これと比較すると、東北、九州には「生粋県人」[12]が多く、そういう人たちが「方言が好き」と考えているというのである。こういう理由で日本の北はずれと西のはずれの地域は東京周辺の地域と方言に対する考え方が違うと結論づけている。

ここで注目すべきはもちろん岩手が3の分裂型に分類されていることである。賢治の時代にさかのぼり考えてみると「生粋県人」がほとんどであったと考えられる。物理的に東京から遠く、賢治の時代はようやく鉄道が開通した頃であるから現在と比較しても簡単に移動できる距離ではなかった。地元にいれば自分達の話す言葉は愛すべきものであるし、そもそもそれが方言であると認識する機会はどれほどあったであろうか。しかし賢治は違った。上京の度に自分の言葉が方言であるといった認識はでき、次第に標準語も習得する。前述の森の証言のように、賢治がなまりのない標準語を話しているとすれば、かなり努力した結果ではないだろうか。郷土を愛する賢治は例にもれず岩手の方言も愛していた。しかしだからといって方言に執着すれば、広く受け入れられない実情も分かっていたのだ。羅須地人協会でエスペラント語の講義を計画したのはこのような理由もあったであろう、例えば農民が標準語を習得したとしても、それは都会によって征服されるのと似たようなもので、賢治の考える平等な扱いからはほど遠かったのである。

このようなことを考える時、当時ラジオやテレビ(13)などの影響がなかった時代とはいえ、上京を繰り返していた賢治は標準語と方言の差を感じつつも、あえてそれを作品に取り込んでいこうとしたことには大きな意図が感じられる。間違いなく岩手の人間として岩手の方言を使用するつもりだったのである。

（４）作品中のエスペラント語

このように意識した言語はエスペラント語、方言ともに作品中に反映されてくる。それは意図的に組み込まれたと考えられ、賢治の言語に関するビジョンと深く関わってくることとなろう。ここで特にエスペラント語について考察することとする。

賢治の創造世界イーハトーヴの地名は主にエスペラント語風に名づけられており、それらはイーハトーヴから始まり、ハナムーキャ（花巻）モリーオ（盛岡）センダード（仙台）トキーオ（東京）などである。

賢治が作品中にエスペラント語を使用した頻度を見ると最も高いのは詩である。すべて生前未発表のものであるが、以前書きためていた短歌を訳し、あらためて「春」「朝」「夕」「住所」などと名付けられたもの、対応作品のないもの、など含めて八点ある。これに関して全集校異編では、いずれも「試訳の段階にとどまっており、文法的にもきわめて不完全であり、エスペラント詩として自立しうるものではない。しかし賢治がエスペラントを新たな表現手段として身につけようとしていたことは注目に値しよう。」（第六巻校異篇、ｐ92）と触れている。

また、『一九三一年極東ビヂテリアン大会見聞録』においてはエスペラント語そのものに関する話題と文章が使用されている。[14] 特に校異篇に残されている推敲の途中には「新国際語といふのはエスペラントでせうか。」「エスペラントではないさうです。さっき幹事の方が」という文章が書かれた記録が残っている。つまり、ここにきて国際語としてのエスペラント語をあえて使わないという動きが出てきているのである。さらにこれ以降、英語での表記が増えることにも注意する必要がある。

筆者は思はずハローとやった。すると向ふは落ちついて、**"Well,"** と来たもんだ。筆者はちょっとむっとして顔をそむけた。すると向ふが意外にも「アナタオ湯オハイリゴザイマセンカ。」と云ったものだ。

（本文篇、p341）

Was the bath room comfortable? I don't take bath at all.

（校異篇、p229）

書き直しながらも、英文を作品中に入れこもうとしているのがわかる。一方でエスペラント語の挿入は続く。

「ビヂテリアンもたばこはノムデスカ。」

「ノムデス。**Tobakko ne estas**［**am**→削］**animalo.**［**Jes Jes,** →削］」

(［　］内の表記は校異篇による)

和訳は「たばこは動物ではありません」になるが、既に賢治によって削除されている部分から考えると、その先を続けようとも考えていたことがわかる。問題は大会の公用語は何語を設定しようとしていたかということである。エスペラント語ではないとしたら、ここに表れているように英語にしようとしていたのであろうか。外国人とのコミュニケーションに「筆者」が英語を使おうとしているところから推測するならば、それが妥当であろう。いずれにしても賢治がこの推敲から発信するメッセージは、エスペラント語を学び、作品世界に取り入れようとしていたことである。そして言語にとらわれず外国人と自由にコミュニケーションをとるということ、公の場は勿論、普段の何気ない会話までも言葉の壁なく気楽なやり取りを楽しみたいと思っていたことではないだろうか。エスペラント語の学習を思うとき、結果としてこのゴールが見えてくるのである。これは先に述べたエスペラント語の学習としての目的、エスペラント語での作品発表、言葉の優劣の打破に続く三つ目の目的とも考えられるのだ。

この作品中で使用言語が安定しないことはまた、賢治の迷いを表しているのかもしれない。異人との会話は英語、日本語、エスペラント語が入り混じっている。この作品そのものが未完であり、完全な形での裏付け自体が不可能なのであるが、それは次第にエスペラント語が社会主義者と結び付けられて考えられている時代背景も大きかったに違いない。この視点から今一度見てみよう。主人公である「筆者」が「異人」と会話する場面はカタコトの日本語である。原稿が欠落しているので、詳しくは分からないが、英語で話しかけると日本語が返ってきたことまでは分かる。支配人との会話からは　英文で温泉あての書状が書かれていることが分かる。しかも英文の部分は後から書き加えられたものであることも分かっている。さらに作品のタイトル「第十七回極東ビヂテリアン大会」の前に「新国際語」と書こうとし、消しているのである。エスペラント語に関するこうした揺らぎが随所に見られる。

柳田国男はスイスのジュネーブで英語やフランス語でコミュニケーションをとる西欧人達の間でこれまで感じたことのないような劣等感にさいなまれたという。一方こういった日本人のあるいは東洋人であることのハンディキャップは海外経験のない賢治にとっては無関係であったかというとそうではないのである。先に述べたように賢治は標準語と方言の間で苦しんでいたのは確かであったし、海外という視点をもともと持っていた賢治にとってやがて自分が目指すであろう作品発表はやはり日本語では相手にされないことも分かっていた。賢治には言語問題は二重のハンディキャップとして課されていた。エスペラント語というゴールが見えている間は、標準語と方言の優劣関係も英語やヨーロッパ系言語に対する日本語の優劣関係さえも一気に解決すると思っていたはずなのである。この意味において柳田は方言に関する劣等感はなかった。なぜなら標準語を習得している柳田には賢治のように標準語獲得の過程は必要なかったからである。同じエスペラント語に傾倒するにしても、後に日本の国内、特に日本の地方そのものに分け入って行った柳田と日本の外の世界を強く意識していた賢治との間にある言語感覚、空間感覚は似て非なるものであるといえるだろう。

そして賢治がイーハトーヴの言語の一つとしてこのエスペラント語を選んだ理由はここにある。即ちエスペラント語を使用するということで、使用者の間に優劣がなくなるということ、もともと平等な人々がそのまま対等なものとして平和が保たれていくということである。西欧の言語と日本語、あるいは標準語と方言の間の優劣をなくすということは現実の世界で賢治が望んだことであると同時に、その理念をイーハトーヴに持ち込むということは、イーハトーヴの住人が等しく幸福になることをも意味するのである。

さてこうした世界を夢見ていた賢治にとって、『一九三一年極東ビヂテリアン大会見聞録』で使用される新国際語がエスペラント語ではないというのは、何を意味するのであろうか。作品中当の「異人」は、日本語を使用している。もしかすると賢治は日本語が国際的な公の場で使用されることを夢見ていたかもしれない。異人が日本語を話す意味はエスペラント語の切り口から考えても重要であるように思われる。というのも、もともと『ビヂテリアン大祭』においては公用語は英語であった。大会出席者達は東洋人たちも流暢な英語でコミュニケーションをとり、また演説を行っている。そして書き換えようとした時、使用言語は少なくとも英語だけではないようだ。時代の流れはエスペラントを経て次の段階へ移ろうとしていた。ひとつの可能性としてではあるが、日本語を国際語として考えようとしていたのではないか。外国人はカタコトであっても日本語を話している。賢治はエスペラント語の次の段階を見ていたかもしれないのである。例えば当時の社会情勢に照らし合わせるとするなら、日本のアジア進出がある。しかし、東洋人に日本語使用を強制するのと、西洋人が自主的に日本語を使用することは本質的に意味が違っているであろう。つまり、日本語そのものが使用されるという新しい価値観にも考えが及んでいる可能性があるのだ。

日本語を操る西洋人として賢治の近くにいた人物はプージェ神父である。本書で先に詳しく書いているが、神父はパリ外国宣教師会から派遣され、盛岡に赴任した。布教のため、原則として日本語を使用することが必要とされている。賢治はプージェ神父との親交から日本語を話す西洋人像を描くことはたやすかったであろうと思われる。その他にも在日の外国人が日本語を話す場面もおそらくあったであろう。この点については詳しい検証も必要になるから、ここでは可能性の一つに留めることにしよう。

イーハトーヴの言語

言語の問題については、まず賢治の都会と農村、世界と日本の間にある優劣関係という深い悩みがあった。だから賢治がイーハトーヴに求めた言語は人々が対等に意思疎通のできるものでなければならなかったのである。全ての人々がその言語についての共通の背景を持つことができる必要があり、同時に一部の人間の文化や国の力を誇示するようなものであってはならなかった。その意味で、ザメンホフの考案した人工国際語、エスペラント語はイーハトーヴにおいて最も敬意を払われ、地名や人名に多く使われる言語となった。ザメンホフの体験は賢治の悩みと非常によく似ていたから、この実用的な言語の使用へと向かっていったのはごく自然な流れであった。エスペラント語のイーハトーヴ世界への貢献はこれだけにはとどまらない。ザメンホフはエスペラント語を生きた言語にするための工夫をいくつも考えていた。その一つが文法の徹底的な簡易化である。これにより使用者は新しい語彙を自由に付け加えることができた。賢治はイーハトーヴ世界において自由に地名、人名を創造していったが、それは賢治の独りよがりではなく、エスペラント語の習得者にとっては簡単に理解できる範囲のものである。こういった実用面での魅力は作品の技術的側面だけではなく、全体に流れる自由の気風にそこはかとなく表出されていく。イーハトーヴの言語として、こういった自由と平等の名のもとに、エスペラント語がまさにぴったりだということができるのである。

2　四次元の世界

　賢治が言語を通して都会と農村、そして世界と日本という二重の風景を見つめていた時に、イーハトーヴ世界の地図はどのように拡がっていったのだろうか。日本でも外国でもないイーハトーヴは、物理的な距離としての実質をもたず、時の流れも我々の感ずる一般的なものとは一線を画している。本節においては、賢治のこの直観的世界がいかにして創造されたのかをたどる。

　賢治が四次元空間をイーハトーヴに見ていたとしてそれはどこに由来するものであろうか。四次元への興味は中学生の時分からどうやら続いていた。盛岡中学校の同級生である沢田藤一郎によれば、盛岡から花巻まで一緒に歩いて帰った折、「四次元のことなどに話の花が咲いたような気がする」と記憶している。（川原編、一九七二、「中学の頃の賢治君」p36）賢治は蔵書には**スタインメッツの著書“Relativity and Space”**を加えている他、アインシュタイン、ミンコフスキー、ベルクソンといった科学者、哲学者達の空間論から影響を受けていることがこれまでの研究で分かっている。古典物理学において空間とは三次元のユークリッド空間をさしたが、一九〇五年以降アインシュタインの相対性理論が発表され、空間と時間の不可分な相関性が知られてからは、四次元のリーマン空間が広く受け入れられるようになった。この時代根源を揺るがす大きな変革が空間認識のレベルでおこったのだ。アインシュタインは一九二二年、改造社の招きで来日し、十一月七日神戸に上陸した後、東京、大阪、京都、福岡、仙台、神戸、名古屋と、全国各地で相対性理論の講演を行った。これに伴いアインシュタイン・ブームが巻き起こる。東北地方においては十二月三日、仙台の東北大学での講演があったが、賢治はちょうど妹のトシを亡くした直後のことである。

賢治のアインシュタイン理論の受容については、明らかになっていない。しかし当時の大ブームのさなか知らない方が不自然であり、理論そのものについてもある程度の理解をしていたと考える方が妥当である。一九二二年のアインシュタインの来日時のブームは目をみはるものであった。新聞や雑誌はこぞって特集を組み、連日のように博士の一挙一動を民衆に伝えた。都市部での講演は人が集まりすぎ、一目だけでも博士の姿を見たいという人で会場の外まであふれかえっていたという。しかし日本中の一般大衆が興味を持っていたのは、相対性理論そのものの理解や評価というよりは、博士の容貌や行動、人柄やふるまいであったのである。一方で知識人たちはどのような反応を示していたであろうか。金子務は大正文壇中枢の意識的な沈黙に着目している。少しの例外をのぞき、作家たちのほとんどは作品や著述においてアインシュタイン博士にも相対性理論にも触れていないのである。この沈黙、あるいは無視は、一種のエアポケット構造であり、拒絶反応なのだとし、「すでに私という生活にリアリティを持たせる新現実主義的作品、私小説が全盛だから、その「私」が科学へのアンテナを持たない限り、アインシュタイン・ブームも一切係りのない彼岸の事件にすぎなくなる。」（金子、一九八一、p104）と指摘し、これを当時の作家たちがアインシュタインについてほとんど触れない理由としている。勿論空間理論に対して全く作家たちが興味を持たなかったわけではない。賢治は文壇とは没交渉な形でアインシュタインの思想の洗礼を受けながら、詩的宇宙を構築していた。他には例えば、唯一白樺派で有島武郎が「知識階級といふもの」という短文の中でこれに触れているし、[15]土井晩翠が書いたアインシュタイン賛歌「アン・デン・グロウセン・アインシュタイン」、アララギ派と決別した石原純の新科学等の思想性を盛り込んだ新短歌への動きや小林秀雄のベルクソンの『持続と同時性』という特殊相対性理論批判の論文を読み、その立場から科学的知性に対決しようとした試みなどを挙げている。佐藤春夫の「どんな思想を含もうともそれが美になつてゐない以上は文芸的価値はない」とか、文学には「反社会的なところに特有の社会的意義を持つ」という主張（「秋風一夕詩」）を考えに容れても、なお大正日本の文学的知性に突きつけられた一つの問題であったと金子は指摘している（金子、一九八一、p106およびp127）。

このような時代背景から考えると、賢治が中学の時分から四次元に興味を持っていたという事はいかに特殊であったかということが分かるのだ。中学への入学は一九〇九年（明治四十二年）、アインシュタインの相対性理論第一論文発表の四年後の事である。アインシュタインはその後第一論文を補完するためにさらに数篇の論文を発表し、これらがまとめて特殊相対性理論と呼ばれている。一般相対性理論は第一論文から十年後の発表であった。日本ではこの時日本語に訳された書物が広く出回ることはなかった。相対性理論の関係書が出版されたのは主に一九二二年（大正十年）以降、まさにアインシュタインの来日によるブームにのってのことである。中学生の賢治はどのような四次元の話をしていたのであろうか。一九一三年頃には、さかんにベルクソンの思想が日本に紹介されたと言われているから、この時代においてはその影響が大きいとも考えられる。

この意味で日本国内の空間論ブームは賢治にとって遅すぎであったのかもしれない。アインシュタイン来日で世間が浮足立つ中、十一月末にトシを亡くした賢治は約六カ月詩作を中断している。しかし再び書き始めた詩、そして童話やその手入れ等から判断すると、そこにはより時空間を意識し始めている証が読み取れるのである。トシの死が賢治の空間認識においてなんらかの影響を与えたことはほぼ間違いないだろう。賢治は私小説を書いていた大正の作家たちとは全く異なる領域で活動していた。しかも翻案中心の童話作家たちともまたそれは違っていた。賢治が書くものは「私」が中心ではない。賢治の目は自分を含め、人々をそのまま包み込む世界のことを見つめていた。

斎藤文一は賢治の四次元観を詳細に分析している。四次元という言葉を使用した「農民芸術概論綱要」、『春と修羅』第一集の「序」と『オホーツク挽歌』等にみられる具体的表現をもとに、四次元、宇宙、進化、誓願の項目において詳細に分析している。特に四次元については次の五点に分類している。「一、第四の次元とは延長・運動の作用をもたらす時間のそれであること、二、座標系の変換（または時空的スケールの変換）によって運動の表現が変化すること、三、さらにその巨大な集積の結果として、現代の時空のスケールでは測りえないようなものが化石として地層の中に含まれうること、四、私という個体は四次元世界と交感（有機交流）するものであること、五、そういうことを意識すればすなわちそれが四次芸術というものである」というのである（斎藤、一九九一、p84）。またアインシュタインの相対性理論に強い関心を示し、多くの示唆を得たものの、単純に祖述したものではないこと、進化論についても同様であること、さらに日蓮教学のはっきりとした影響を指摘している。

これまでの研究により、賢治の四次元空間についてはアインシュタインやミンコフスキー、スタインメッツ、ベルグソンといった科学者、哲学者たちの影響があったと考えられているが、そのうちのいずれかの考えに傾倒しているわけではなく、様々な理論に刺激をうけ、独自の空間の認識の方向へと進んで行ったと考えてよいであろう。たとえば谷川徹三は賢治のいう四次元問題はアインシュタイン、ミンコフスキー的世界を表しているといい、入沢康夫はそれを基準回答としている。小野隆祥はベルクソン的世界とし、金子はアインシュタインとベルクソン的世界と認識している。こういった研究を経て、賢治の四次元認識は、さらに仏教的世界、そして当時流行していた心霊学や、神秘主義といったものとの融合により、より深い世界空間を扱っていると考えられている。重要なのは賢治が物理学、数学に長けていたとしても、純粋にその世界を作品として具体化しようとしたわけではないことである。むしろその知識があったゆえに、他の要素と結びつき結果として創造世界が四次元的世界となった、と考える方が妥当であるのだ。賢治は空間に関して前述の科学的、物理的哲学的アプローチについて理解すると同時に、自分の生活のレベルで体感していた。それは例えば本書第二章で詳述したように浮世絵の中に四次元性を見出し、現実世界と異なるもう一つの世界を感じることであったり、第三章で述べたような人生を生活の軌跡として認識したりすることなのである。ではここからはイーハトーヴと四次元認識との関わりについて、具体的に見て行こう。

(1)　四次元芸術と『マリブロンと少女』

童話『マリブロンと少女』の草案は『めくらぶどうと虹』というタイトルで大正十年頃書かれたと推定されている。当時、主人公達はめくらぶどうと、虹、すなわち無生物であった。宗教的あるいは哲学的色調の濃い会話によって成り立つ小さな物語で、「本たうはどんなものでも変わらないものはないのです。」と言うセリフにその思いは集約されているように、主に虹のはかない命と全てのものは変わりゆくという真実が語られる。そしてまたこの世に存在するものは「塵の中のただ一抹も神の子のほめたもうた、聖なる百合に劣るものではありません」と存在する意味、比較する無意味さも語る。こういったセリフからはキリスト教のメッセージ性を感じる。

大正十三～十四年ごろの改稿で、虹はマリブロンという音楽家[16]に、めくらぶどうはアフリカにわたる予定の少女ギルダに変更されている。また四次元芸術について端的な説明が書き加えられた。

正しく清くはたらくひとはひとつの大きな芸術を時間のうしろにつくるのです。ごらんなさい。向ふの青いそらのなかを一羽の鵠がとんで行きます。鳥はうしろにみなそのあとをもつのです。みんなはそれを見ないでせうが、わたくしはそれを見るのです。おんなじやうにわたくしどもはみなそのあとにひとつの世界をつくって来ます。それがあらゆる人々のいちばん高い芸術です。（第十巻、p302）

この改稿でまず考えなければならない点は、主人公達がめくらぶどうと虹という無生物から、マリブロンと少女という二人の人間に変わったこと、そして世の中のすべては変化し続けるという真理から、人間の人生がひとつの芸術であるという真理へ物語の核となる主張が入れ替えられていることだ。この間に何が起こったのかを考えれば、妹トシの死は無関係ではないであろう。改稿後、トシの象徴が随所にみられるようになった。例えば、この作品で語られる鴇は白鳥をさす古い言葉であるが、賢治は詩の中でも白い鳥をトシの分身として表現する部分がある。「二疋の大きな白い鳥が／鋭く悲しく啼きかわしながら／しめった朝の日光を飛んでいる／それはわたくしのいもうとだ／死んだわたくしのいもうとだ／兄が来たのであんなにかなしく啼いている」（『白い鳥』）。さらにギルダという娘の名前は『青森挽歌』の幻想の部分にも「ギルちゃん」として登場するのだが、いうまでもなくトシを表している。『マリブロンと少女』という作品が改稿により新しい形に生まれ変わり、象徴としてのトシが表現されるようになった。つまり少女ギルダがトシを、鴇の軌跡がトシの人生を象徴している。そしてトシのあまりにも短すぎた人生はここで初めて肯定されるという解釈が可能になる。

物語中の少女ギルダはアフリカへ行く牧師の娘である。音楽家マリブロンに向かって「私はもう死んでもいゝのでございます。」と告げる。またマリブロンからは「あなたは、立派なおしごとをあちらへ行ってなさるでせう。」という言葉をかけられる。「あちら」というのは勿論アフリカという意味であるが、あちらの世界、即ち死後の世界という二重の意味も持つ。改稿によって書き加えられた部分「わたくしはたれにも知られず巨きな森のなかで朽ちてしまふのです。」からはトシの死ぬ間際の希望、すなわち体調が一層悪くなっても構わないから林の中に行きたい、という言葉を連想させる。詩『噴火湾』に、「七月末のそのころに思い余ったようにとし子が言った（おらあど死んでもいゝはんて／あの林の中さ行ぐだい／うごいて熱高ぐなつても／あの林の中でだらほんとに死んでもいいはんて）」という部分がある（第二巻、p393）。トシは女子大在籍中も入院生活を送っていたが、卒業すると少しの教員生活を経験したのち二十五歳の若さでなくなった。賢治は若すぎる妹の死という無念を「こんなたのしさうな船の旅をしたことなく／たゞ岩手県の花巻と／小石川の責善寮と／二つだけしか知らないで／どこかちがった処へ行ったおまへが／どんなに私にかなしいか」（『津軽海峡』、第二巻、p460）と嘆くのである。若いままで、他の誰にもその本当の価値を見出されぬまま森の中で朽ちていくだろう清らかな娘は、もうすぐここをたち、あちらへ行ってしまう。それは東京でのほんの少しの学生生活と花巻での闘病生活を送った後、家族の他の誰かに愛されることもなく、ここ花巻で亡くなってしまうトシの人生そのものではないか。しかし、そのような少女の残す生の軌跡は何よりも価値があるものであるとマリブロンによって語られるとき、兄としての賢治の無念は昇華されていくのである。賢治は改稿でめくらぶどうを少女ギルダに書き換えることにより、そしてギルダの中にトシをみることにより、トシの短い人生を肯定した。トシの生きた軌跡はマリブロンが説くように、すべて一番高い芸術なのであると考えたのである。賢治はこの作品の改稿により、少女ギルダをトシの分身として蘇らせた。そしてトシの人生そのものがどんなに本人や周りの人々に悔やまれるものであったにしても、最高の芸術であったことを高らかに告げたのだ。このトシの人生の肯定はまた、四次元の芸術である一人の人間の人生という普遍的真理としての意義も持たせていた。つまりトシの人生や死に限らず、すべての人々に向かって発信された言葉でもあった。

また、この作品では時間の推移が視覚化できるよう扱われているのが特徴である。マリブロンはその時間の積み重ねが鵠の飛ぶ軌跡となり、その一瞬一瞬の集積が美しい芸術になると少女に語る。それと同様に人は「そのあとにひとつの世界」をつくるのだが、それが一番高い芸術なのだと。人の生きる軌跡は一瞬という時を積み重ねてできあがるものであり、それはどんな人間でも一番貴くすばらしいものであるというのだ。賢治のイメージにおいて人の一生は視覚化される。目に見えて残るということにより、人の一生は流れ去り消えゆくものから、時間とともに移ろいながらも輝き続けるものへと、同時により重要で貴い価値も付加されていくのだ。

西田はこれらマリブロンの台詞から考察し、賢治がよく使っていた「四次元芸術」とは音楽や絵画や彫刻などの芸術を指すのではなく、「農民芸術概論綱要」の中で賢治が示した「芸術としての人生」をも含んでいる、と指摘する。賢治が使った「第四次延長」という言葉にはもまたあらゆる人々の一番高い芸術であり、第四次元の芸術であると彼は考えていた、という〈優れた〉〈まことの〉と言う意味が含まれており、〈創造〉と〈悦び〉と〈個性〉のある生活のである。また綱要の中の「四次感覚は静芸術に流動を容る」という表現は一般的な時間感覚とは異なり、「その「時間」は過ぎ行く時間ではなく、〈集積〉される時間であり、〈軌跡〉を創る時間である」としている（西田、一九九五、p46）。

鵠の描く軌跡は時間の集積によるものであり、その軌跡は人々の生活、人生の足跡の象徴であり、四次元の世界ではそれが集積した形で見えるのである。そして過ぎゆくものではなく、そこに残る時間、それが賢治の考えた時間の概念の一つである。実は改稿前の「本たうはどんなものでも変わらないものはないのです」という台詞にみられた万物流転の真理は、古代ギリシャの哲学者ヘラクレイトスにさかのぼるが、こちらも生涯を通して賢治が大切にしていた真理の一つである。改稿前は「私などはそれはまことにたよりないのです。ほんの十分か十五分のいのちです。たゞ三秒のときさへあります。」と虹は自分の姿が常に変わりゆくことをめくらぶどうに話す。この時点つまり作品が最初に書かれた大正十年（一九二一）頃においては、常に変わりゆく世界という思想が最も強調されていることがわかる。しかし大正十二〜十三年（一九二三‐一九二四）の改稿により、その主張は内部にひそむかのようになり、代わりにその変化につれ集積されていく時間が人の生き方そのものの象徴として賢治の作品と心の中を厚く覆っていく。

同じ点についてマロリ・フロムは「三次元に時間を加えて四次元がうまれることを、すなわち人生という劇の舞台となる宇宙そのものが生まれることを、賢治は知っていた。「四次の芸術」は四次元が久遠であるがゆえに、「不滅」である。人の生は、現世の時間のみ計られるのでなく、菩薩道を成就するために必要な「巨きな」仏教的時間、すなわち無窮によって計られる」とし（マロリ、一九八四、p182）、さらに「過去、現在、未来という区別は、法華経の永遠の宇宙にあっては無意味である。」とその考えがアインシュタインの詳説した四次元宇宙と同じ世界が法華経如来寿量品第十六のなかであらわされていると解釈している（前掲書、p332－333）。人の生きた軌跡が不滅であること、永遠の宇宙のなかで時間の前後は無意味であることが科学と宗教の両方によって語られた時、賢治はその概念を作品の中に写し込むとともに、トシの哀れな死を意味のある生に置き換えることにより、自身の救済の方法をも見出したのである。

さらに作品中マリブロンは一緒に連れて行って欲しいと望む少女に対して次のように説く。「いゝえ、私はどこへも行きません。いつでもあなたが考へるそこに居ります。すべてまことのひかりのなかに、いっしょにすんでいっしょにすゝむ人人は、いつでもいっしょにゐるのです。」物理的な距離と精神的なそれは全く別である。ここも改稿により大きく変化した部分であり、トシの死によって隔てられたがゆえに交わらない空間をこのように解釈し、妹を亡くした自分への慰めとしたのではないか。勿論キリスト教や仏教的解釈という多様な要因が絡み合いこのような形に変わっていったと考えられる。

賢治は科学と宗教を学び、相反すると思われているものをイーハトーヴの世界で融合させようとした。その作業はおそらくすでに相反するものではないと認識しているものを、なんとかして他者が理解しやすいように説明しようとしていた、という方が近いかもしれない。

四次元と宗教世界は決して相反するものでもなければ、同時に存在しえないものでもない。賢治に限らず、多くの学識者たちが絶えず挑み続けてきたテーマの一つといえよう。賢治は作品創作時、科学者としてのフィルターを通して世界を見ていたのは確かで、宗教がそこに理念として、理想として入って来たとしても何ら矛盾はなかったのである。一般的な時空間の観念、三次元の空間の概念からの解放は賢治にとって大きな発見でもあった。トシの亡くなった一九二二年十一月はくしくもアインシュタインが来日した時期と重なっている。科学に根本的な変化がもたらされたまさにその時、賢治がおそらく人生最大の悲しみに襲われていたことは偶然でありながらも象徴的と言えよう。トシが居ないということ、そして死を迎えたということは宗教的には成仏できるという救いがあったものの、賢治にとって素直に理解し、納得するものではなかった。トシをなくした賢治にとって、その死を受け入れるために必要だったのは、トシの短い人生が肯定されること、そして今となっては交わることのない自分とトシの空間を理解することであった。

(2)トシのいる違った世界と『青森挽歌』
トシの死

賢治が四次元について考える時、トシの死は異空間という意味で多大な影響を与えた。『マリブロンと少女』の改稿に至るまでも、トシのいる空間を認識するまでは自身の中で様々な葛藤があった。トシとの別れから来る壮絶な悲しみに耐えようとする一方で、トシの霊魂はどこにいったのか、何故自分との交信が許されないのか、トシはあの世と呼ばれるところへいったのか、そこは本当に幸せな場所であるのだろうか、トシが他の空間へ行ったとするならそれはどこなのか、宗教的には理解するとしても、科学的には自分は認識できるのだろうかと自らに問いかけたのだ。実際のトシの死に臨み、賢治は何を思いどのように受け入れていったのだろうか。ここで順に賢治の認識を追っていくことにする。

トシの臨終の一部始終は看護にあたった細川キヨの聞書にある。一九二二年(大正十一年)十月十九日それまで桜にて療養中であったトシを本宅の豊沢町へ移す。十一月二十日過ぎから体調が悪化、キヨによると賢治も同時に豊沢町に戻ってくる。賢治は二階の部屋におり、時々階下のトシの部屋に降りてきていた。「ナムメヨウホウレンゲキョウ何に彼にうんぬんと大きなこえでとなえて、としさんにも寝たまま手を合わせさせて、ナムメヨウホウレンゲキョウととなえさせるのでした」「臨終の日は、寒くてくらくていやな天気の日でした。脈をみますと、十秒に二つばかりしかうたないので、おやと思いました。賢さんを物かげの方によんで教えました。「ごしんるいにもお医者さんにも教えて、つめてもらった方がいいと思いあんす。」といいました。そこで目をおとすときには、みんなまくらもとに集っていました。賢さんが、ぎっしりとしさんの胸と首を抱きかかえて、「としさん、としさん、キヨさんもいるよ、おどさんもおがさんもいるよ。みんないるよ、としさん、としさん。」と大きな声で叫びました。目はぱっちりとひらいたままでしたが、としさんは返事しませんでした。きこえたのか、きこえないかもわかりません。すると賢さんは押入をあけて、ふとんをかぶってしまって、おいおいと泣きました。お嫁さんにしないのがくやしいとお母さんが泣かれたのはこの時です。」（森荘已池、一九五八、『三人の女性』。本文引用は、川原、一九七二、p170‐171による）午後八時半トシは二十五歳の生涯を終える。

焼き場が火事で焼けてしまっていたためトシの亡骸は野天で火葬された。賢治が南無妙法蓮華経とお題目を唱え続け、かれた萱を山のように積み、火をつけた。「美しくやさしいとしさんを焼くのには、ふさわしいような美しい火が燃えて、白いけむりがもうもうと立ちました。」

（前掲書、ｐ170）このようにして賢治はトシをあちらの世界へと送りだしたのであった。この悲しみの極地とも言うべき瞬間を体験した賢治は、この時の自分の心の内を大量な詩という形で残している。『永訣の朝』『噴火湾（ノクターン）』『無声慟哭』からなるこの詩群はほとばしる悲しみをおさえる術もしらず、心のままを一息に書きだしたようである。これらの詩はトシが病床で放ったいくつかの印象的な言葉と、賢治のトシを見つめる視線とから構成された。

挽歌群と心象スケッチ

約一年ののち、トシの死を受け入れつつある過程に書かれたのが一連の挽歌である。トシの死後この詩群を書くまで、賢治はほとんど作品を書いていなかったとされている。賢治は七月三十一日から八月十日前後までの間、二人の教え子の就職依頼の為、青森、北海道を経由して樺太を目指す旅に出た。大泊（コルサコフ）には王子製紙に勤務していた知人の細越健がおり、後に二人の生徒が王子製紙に就職していることからも分かるように、この目的は首尾よく果たされたらしい。この旅の間に書かれたのが『青森挽歌』『オホーツク挽歌』『樺太鉄道』『鈴谷平野』『噴火湾（ノクターン）』である。岩手から青森へ、そして北海道を縦断し樺太への旅は汽車と船で続けられた。この空間の移動は賢治にとってどれほどの慰めとなったであろうか。それはまるで先に花巻を発ち、遠い空間へ行ったトシに近付く唯一の方法と非常に近かったのではないかと推測される。一連のこの挽歌において、賢治の空間認識と時間の把握は乱れていると言わざるを得ず、二つ、あるいはそれ以上の世界が入り混じって次々に現れる。挽歌に限らずこれを収める作品集『春と修羅』全般について賢治の心象がそのまま作品化されているため、その空間はすぐには理解しがたいと言えるが、特に挽歌群においてはその度合いが激しいのである。栗原は『春と修羅』の特徴の一つとして「外界と内界の統一的表現をはかって、敬体・叙述体・描写・心内語等を縦横無尽に使いこなしている点、そのために詩行の上下や括弧を駆使すること」などをあげ、この心象スケッチを作品でもあり、認識と表現の方法、と説明している（栗原、一九八〇、p75）。つまりこれは単なる詩ではなく、賢治が目で見たもの、そして同時に心に浮かんだものの、スケッチなのだ。これらの挽歌が賢治の感覚、認識といったものそのもの、本質に最も近いのである。このことは次の書簡を見ても明らかである。

大正十四年二月九日　森佐一宛

前に私の自費で出した「春と修羅」も、亦それからあと只今まで書き付けてあるものも、これらはみんな到底詩ではありません。私がこれから、何とかして完成したいと思って居ります、或る心理学的な仕事の仕度に、正統な勉強の許されない間、境遇の許す限り、機会のある度毎に、いろいろな条件の下で書き取って置く、ほんの粗硬な心象のスケッチでしかありません。私はあの無謀な「春と修羅」に於て、序文の考を主張し、歴史や宗教の位置を全く変換しやうと企画し、それを基骨としたさまざまの生活を発表して、誰かに見て貰ひたいと、愚かにも考へたのです。（中略）出版者はその体裁からバックに詩集と書きました。私はびくびくものでした。亦恥かしかったためにブロンヅの粉で、その二字をごまかして消したのが沢山あります。（No.200）

大正十四年十二月二十日　岩波茂雄あて

　わたくしは岩手県の農学校の教師をして居りますが、六七年前から歴史やその論料、われわれの感ずるそのほかの空間といふやうなことについてどうもおかしな感じやうがしてたまりませんでした。（中略）わたくしはあとで勉強するときの仕度にとそれぞれの心もちをそのとほり科学的に記載して置きました。その一部分をわたくしは柄にもなく昨年の春本にしたのです。（中略）友人の先生尾山といふ人が詩集と銘をうちました。詩といふことはわたくしも知らないわけではありませんでしたが厳密に事実のとほりに記録したものを何だかいままでのつぎはぎしたものと混ぜられたのは不満でした。（No.214 a）

書簡200ははからずも詩集と名付けられてしまった『春と修羅』が実は心象スケッチと表現す

る方がしっくりしているのだ、と森に説明をしているところである。214ａでは、一般にいわれている空間に関しての賢治の異和感と、自分の認識する空間というものを科学的に書き表したもの、と説明している。その科学的に記録したものを「いままでのつぎはぎしたもの」つまり、科学的ではなく、おそらく文学的効果を狙って推敲を重ねたものとは一線を画したいという思いが伝わってくるものである。この時点で『春と修羅』は賢治にとって特別な作品集であることが分かる。賢治の認識する空間は一般的に言われているものと違っているのではないか、という思いがまずあって、とにかく自分の心が感じた通りに記録してみることにした。方法としては「科学的に」である。この言葉を選んだからにはそこには自分の表現に関して文学的価値よりもそれを引き出すための技術よりも、真実に従順であることが最優先であると宣言しているわけである。言いかえれば賢治の心の中の構造に最も近いと言う事が出来るのだ。物理学、哲学の定義している空間および時間についてのある程度の知識は持ち合わせているにしろ、ここでの著述は勿論主観的かつ直観的なものである（なお、「心象」「スケッチ」というフレーズについては小野隆祥がベルクソンの『形而上学序論』の「イマージュ」「スケッチ」に発想源があると指摘している。）（小野、一九七九、p231）。

『青森挽歌』の空間認識

『春と修羅』の中でも挽歌における賢治の時空間は乱れていることは先にも述べた。栗原敦は「外界と内界の総合としての「心象」を、瞬間ごとに生じ流動してやまない時間の本性に従って写しとり、生命と世界の本質を示そうとする方法であり、その結果としての作品である」（栗原、一九八〇、p75）としたが、ここでの外界と内界を区別するために使用されたのが、主に括弧である。詩に繰り返し表れる括弧は挽歌に限らず収録される七十作品の内四十六作品で使用されており、区別という本来の役割を充分考えた上でも、やはり複雑さを増す要因の一つにもなっている。「無声慟哭」に至るまでは作者の内なる声を地の文と区別するために使用されていることは明らかで、耳から聞いた（聞こえた）言葉や付加したい説明など、比較的規則性があって読む者にも分かりやすいものである。しかしそれ以後特に挽歌に差しかかる頃になると時間と空間が入り乱れ、読む者を簡単には寄せ付けない難解さが目立つようになる。例えば青森挽歌で賢治の言う「科学的に記録した」空間は具体的にどのように表現されているだろうか（『春と修羅』については初版本と宮沢家所有の手入れ本のものが、新校本全集（筑摩）に掲載されているが、ここでは初版本のテクストに拠る。第二巻、p156-168）。

始めは闇夜の野原を走る客車の描写である。しかしそれは明らかに外からの視線である。「客車のまどはみんな水族館の窓になる」「車室いっぱいの液体の中」という表現から分かるように、客車の外から水族館の窓をのぞくように眺めている構造なのだ。こういった複眼的な物の見方は賢治作品によく見られ、青森挽歌においても例外ではない。それらは括弧あるいは二重括弧でくくられ、内界と思われる個人的空間によってさらに説明される（括弧は主に一般的説明の付加に、二重括弧は主に台詞を区別するために使い分けされている）。「(きしゃは銀河系の玲瓏レンズ／巨きな水素のりんごのなかをかけてゐる)」続けて地の文でも「りんごのなかをはしっている」と繰り返される。りんごは賢治にとって様々な場面で使用され種々の意味を持っているると解釈されている。例えば大塚常樹は「内部と外部の反転することの可能な、四次元世界の模型のようなもの」と説明する（天沢編、一九九六、p216）。つまり括弧の内と外で二度、りんごの中を走っている、と言い切る時点で間違いなく賢治の乗った客車は外界的には目的地に向かいつつ、内界的には四次元の世界を旅していると考えられるのだ。外界、窓の外の停車場の様子の次にまた括弧内で「(その大学の昆虫学の助手は（中略）かばんにもたれて睡ってゐる)」と描写される。文法上厳密にいえば、「その」という言葉は一度話題に上ったばかりの事柄を指すか、聞き手が当面している事柄をさすか、あるいは空間的、心理的に近い人や物を指す。この場合もし可能性があるとすれば、最後の例であろう。しかし作品の中で一般的に考えれば、あったはずの説明の語句が失われている。そのため読者は「その」の意味がつかみかねるのだ。「その」という賢治が語りかけたい相手は同乗者とも考えられるが、同時に内界の人物とも考えられ、その場合は賢治には見えていても実際に存在しているとは限らない。さらに言えば推敲段階で「この」という言葉が後から挿入されていることも不思議である。賢治のごく私的な空間であるがゆえに読む者は、一度この空間の外側に放り出されるようかのようである。汽車の走る方向はどうであろう。「わたくしの汽車は北へ走ってゐるはづなのに／ここではみなみへかけてゐる」外界では確かに岩手から樺太への旅であるのだから、北へ向かっていることは間違いない。しかしここ、つまり賢治の心象空間ではみなみへ向かっているというのだ。この部分について、渡部芳紀（一九九六）の論考のように、事実東北本線の線路は小湊あたりから浅虫あたりまでは完全に南東へ走りながら青森へ向かうようになっており、賢治は作品でこの点を単に指摘している可能性もある。その矛盾にも思える線路の実際の方向を利用しつつも、賢治はさらにもう一つの空間での汽車の逆行を感じていることは否めない。いずれにせよ、外界内界問わず、北へ向かうはずの汽車はみなみへ逆行しているのである。内界と外界の空間は「ここ」で交差している。

「汽車の逆行は希求の同時な相反性／こんなさびしい幻想から／わたくしははやく浮かびあがらなければならない」この内界が幻想であることを賢治は自覚している。そしてそれは自分が心から欲したものから作り出されたものであることも分かっている。再び括弧で「（考へださなければならないことを／わたくしはいたみやつかれから／なるべくおもひださうとしない）」

心に留まり続ける重くて暗いものが何であるのかはここでは明らかにされてはいないが、自分では充分承知している。次に内界に突然現れるドイツの尋常一年生、これも汽車の同乗者という設定だろうか。唐突に登場するが、作品中ではやはり説明しきれずにいる。そしていよいよ本題であるトシの回想が始まっていく。「あいつはこんなさびしい停車場を／たつたひとりで通っていつたらうか／どこへ行くともわからないその方向を／どの種類の世界へはいるともしれないそのみちを／たつたひとりでさびしくあるいて行つたらうか」あいつとはもちろんトシのことであるが、妹の名前がでてくるのはもう少し先になる。再び内界へ戻ると、「ギルちゃん」と「ナーガラ」についてどうやら複数人で会話しているようだ。ギルちゃんとは、カエルをイメージし、ナーガラは梵語でヘビを表すことから、ヘビがカエルを絞め殺す場面であることが一般的な解釈となっている。この場面は唐突に作品に挿入され、特に何の説明もないため、大変分かりにくい部分である。唯一想起されるのは死ぬ間際のトシの顔色の事を話しているのであろうか、という印象程度である。そしてトシの居る空間にまた思いを馳せる。トシの台詞、臨終の様子が再現されたかと思えば突然に再度内界の表現である。「(ヘッケル博士！／わたくしがそのありがたい証明の／任にあたつてもよろしうございます)」ヘッケル博士とは唯物論的立場をとるドイツの生物学者である。(17) 博士は霊魂の世界（死後の世界）や神秘主義を信じない立場であるが、賢治がトシの臨終の際、うなずいて見えたようなことをもって賢治がその世界の存在を証明しようとしているとも言われている。続いて宗谷海峡を超える晩へと飛び、トシの臨終の瞬間の回帰へと脈絡なく続く。トシがあちらの世界へ渡って行くとき、その先の空間やトシのその時の気分を想像する。通信が許されないことへの疑問、納得のいかないものを抱えながらもトシの居る空間が美しく幸せに満ちたものであると想像する。最後に内界で顔色についての誰かの台詞が混ざり、賢治はそれに少し怒り混じりに反応する。「だまってゐろ／おれのいもうとの死顔が／まっ青だらうが黒からうが／きさまにどう斯う云はれるか／あいつはどこへ堕ちやうと／もう無上道に属してゐる／力にみちてそこを進むものは／どの空間にでも勇んでと［び］こんで行くのだ」これまである程度の距離を保ったままで併存していた二つの世界はここで再び交差する。内界から聞こえる誰かの台詞とは実はもうひとりの賢治自身であり、トシの死後の世界を想像しつつも科学者としての迷いが表れている部分と言われている。

このように一般的に理解しやすい連続性のある外界は突然現れる理解困難な幻想、幻聴及びトシの台詞によって寸断される。内界ではその刺激からトシの臨終の場面が思い起こされ、自らの苦悩や死後の世界の想像、トシという肉体が向かった先の具体化ができずに苦しむさまを白状するのだが、最後は宗教による救いの一筋の光を見出しておしまいになる。「((みんなむかしからのきやうだいなのだから／けつしてひとりをいのつてはいけない))」それはあまりにもトシに執着してしまう自分への戒めであろうか。あの世へ行った自分の妹のことだけを思うのは宗教の立場からすると反省の対象になってしまうのであろうか。「あいつがなくなつてからあとのよるひる／わたくしはただの一どたりと／あいつだけがいいとこに行けばいいと／さういのりはしなかつたとおもひます」と結ばれる。

作品の流れを大まかにつかむだけでも、いかに多くの、かつばらばらで不連続な場面が連なっていくかが分かるであろう。しかしこれこそが賢治の言葉を借りれば、「科学的に記載」したもので、賢治の心象、つまり賢治の空間の認識そのものなのである。空間のつぎはぎに感じられるこれらの場面の断片は賢治の心中に浮かんでは消えるイメージで、それを空間として認識しているのである。視点、方向、流れる時間、移動と静止には統一性がなく、挿入される台詞は唐突で難解である。外界と内界との間を行き来する回数は二十回以上に及ぶから、読む者はその変化についていくのが精いっぱいである。しかし時間も空間も人一人ひとりの認識があるわけで、賢治が一般のそれから大きく外れていようとも、その認識が間違いであるとか、作りものであるとか言う事はできない。同じ様に賢治がこの空間認識を反映させて作り上げたと思われるイーハトーヴは、存在しえないとかファンタジーであるとかいう簡単な言葉で説明できないことは明白である。四次元の世界について三次元にもう一つの方向、あるいは空間を足したものという理解をするならば、トシが行ったのは間違いなくこの方向でありその先にある空間である。アインシュタインは相対性理論の中で時間の流れは人生それぞれにちがうものとしてとらえ、それについての座標軸変換をすることで（ローレンツ変換で相対的な関係を徹底化し）絶対的な関係的世界を描いていった。賢治が『春と修羅』において目論んでいたのは、時間認識を絶対化するための試みにほかならない。この点については、金子の詳細な論考があり、のちに触れることとする。「青森挽歌」において、数々の内界の断片や時間が連続している必要がないことも四次元的世界であるがゆえのものであるなら理解できよう。

岩波あての書簡からわかるのは賢治が一般的に言われている時空間の認識と、自分の中でのそれとの間に異和感があると思っていることだ。ここでいう一般的な時空間の認識とは時間が過去から現在、そして未来へと一方方向へ絶え間なく流れて行くことを指すと仮定すると、賢治は『春と修羅』においてありのままの時空間を書き表すことにより、均一で一方方向への時間の流れを否定したと考えられる。賢治は心象に浮かんだものたちを、その切断面というべきものたちを自分の認識の推移とともに並べたという解釈が可能なのである。つまり時空認識という物理学的理論を下敷きとし、心象スケッチを書きあらわすという文学的手法によって自らの内的世界を正直にあるがまま写しだそうとしたのである。

トシのいるちがった空間

空間認識についてもう少しせまりたい。挽歌群で賢治はトシのいる空間にかなりの執着をみせる。自分の存在する空間とそれ以外の空間について具体的に突き詰めて考えたのは人生の中でもおそらくこの時がピークではないだろうか。一般的な空間把握について異和感を覚えていた賢治はトシの死をきっかけにそれを明らかにする必要に迫られた。つまりトシはどこへ行ったのか、という問いに対する答えを見つけ出さなければならなかったのである。

『青森挽歌』で賢治は次のように訴える。「とし子はみんなが死ぬとなづける／そのやりかたを通つて行き／それからさきどこへ行つたかわからない／それはおれたちの空間の方向ではかられない」トシの死という事実は賢治にとって空間の認識をはるかに超える難解なものであった。人は亡くなると肉体は残っていても、本人はもう以前の姿と同じ様には存在しない。いない、のだから、元の姿のその人間は他の空間へ移動するはずなのだ。いや、その空間、即ち我々のよく知っている生の空間の限界は知っていても、その先のこと、死後の空間が具体的にかつ科学的に理解できないがゆえに混乱しているという表現もできる。このようなことを繰り返し賢治は考えつつ、単純にトシに会えないことに絶望する。「あいつはこんなさびしい停車場を／たつたひとりで通つていつたらうか／どこへ行くともわからないその方向を／どの種類の世界へ入るともしれないそのみちを／たつた一人でさびしくあるいて行つたらうか」トシが今呼吸をしていない理由は「死ぬ」やり方を通ったからである。トシが行ったのは他の方向であり、ちがった空間である、これが、賢治の死の定義なのである。そしてこの、他の方向、ちがった空間がやがて賢治の中で四次元を表す言葉となっていく。

この賢治とトシとの空間的隔離は繰り返し挽歌群に表れる特徴でもある。引用の下線部は賢治がトシと賢治自身との隔たりは異質の空間、違った方向によるものと認識している部分である（下線部は筆者が付加）。

わたくしの感じないちがつた空間に
いままでここにあつた現象がうつる
それはあんまりさびしいことだ
（そのさびしいものを死といふのだ）
たとへそのちがつたきらびやかな空間で
とし子がしづかにわらはうと
わたくしのかなしみにいぢけた感情は
どうしてもどこかにかくされたとし子をおもふ

（『噴火湾』）

わたくしが樺太のひとのない海岸を
ひとり歩いたり疲れて睡ったりしてゐるとき
とし子はあの青いところのはてにゐて
なにをしてゐるのかわからない
（『オホーツク挽歌』）

けれどももしとし子が夜過ぎて
どこからか私を呼んだなら
私はもちろん落ちて行く
とし子が私を呼ぶということはない
呼ぶ必要のないとこに居る
――もしそれがそうでなかったら
どうしてわたしが一緒にいてやらないだろう
（『宗谷挽歌』）

私の見えないちがった空間で
お前を包むさまざまな障害を
衝きやぶって来て私にしらせてくれ
（『宗谷挽歌』）

（おまへがこゝへ来ないのは
タンタジールの扉のためか
それは私とおまへを嘲笑するだらう。）
（『宗谷挽歌』）[18]

どこかちがつた処へ行ったおまへが
どんなに私にかなしいか
（『津軽海峡』）[19]

これらの引用から、賢治が混乱しながらも探しているのは、トシがどこへ行ったか、その空間はどこに存在しているのか、という問いの答えであることが分かる。それは死後の世界であるはずなのだが、賢治にとっては通信のできない「きらびやか」で「違った空間」である。それは自分の存在する世界とどこかでつながりを持っているはずなのに、その部分が見いだせず賢治はなお苦しみ続けるのだ。その苦しみの表現は詩に限らず、やがて童話作品中にも反映されるようになる。マリブロンが少女に「いつでもいっしょにいるのです」「いつでもあなたが考えるそこに居ります」と説いた言葉は賢治が見つけ出した答えの一つなのだ。『マリブロンと少女』において、苦しみの末に賢治が自分の想いを昇華させている過程は前述したとおりである。トシの事を思う時、それは賢治の中でトシが実在し、会う事と同義であるのだ。このように生と死の空間の隔離が無意味であるという形で賢治は自分を納得させトシの死をやっと受け入れることができたのである。

（3） 心象スケッチとイーハトーヴ

賢治のみていた四次元世界とは物理学的に定義されうるものではない。それは一つの思想、哲学、数式にとらわれるようなことではなかったし、時とともに賢治の考えですら変化していった跡が見られる。作品中の四次元という言葉の使用から賢治の概念はまず二つの性格を持つことが分かるであろう。一つは三次元にもう一つの時という空間・方向をたしたもの、そして二つ目は時とともに集積されていくもう一つの空間である。

賢治の心象スケッチは三次元世界の時間軸上の一時点、即ち切断面を積み重ねていったものであり、それは賢治が普段感じるままの世界、四次元構造に最も近いものである。それを詩のような形態、言葉という形で表現しようとした。このとき時間の前後は関係なく、心に浮かぶものをそのままで書いている。ただ、そこでは因果関係が成立しており、現在のことは過去に起因し、未来からは影響されることはない。トシのいた空間は距離として遠い三次元ではない。賢治の前によみがえるとすれば時という四次元空間のみである。死後の世界は三次元の世界では賢治の居るところと交わることはできず、それゆえ空間的隔離を感じるが、賢治の欲するのは記憶という形をも含んだ四次元世界の体現とトシとの交信である。賢治にとって時間とはもう一つの方向なのであった。挽歌群において分析したように、トシの行った死後の世界を方向として認識している。このことが賢治の四次元空間の認識の一つとして間違いはない。時間の流れが一定でないこと、因果関係はありながらもその前後関係は順番に並べる必要がないこと、そのためイーハトーヴ的世界においてトシと出会うこと（再会ともいえる）や空間によみがえらせることは可能である（大抵の場合それはトシそのものではなく、トシのファクターを持つ何か象徴的なものとして描かれるのだが）。作品世界というもう一つの方向は愛する妹を失った賢治にとって、生きる意味そのものでもあったはずだ。詩の世界と隔てられた生の世界での息苦しさはそのもう一つの方向をつくりだした。それがイーハトーヴである。賢治にとっての四次元とは決して物理学の枠組みにはとどまらない。或る時は軌跡を重んじる時の集積であり、或る時は時間ごとの断面を順番にとらわれず並べたものであり、或る時は死んだトシの居る空間そのものであった。その賢治自身の尺度で文学という手法により、表現しているにすぎないのだ。

一方、心象スケッチと四次元に関する金子の詳細な考察は、ベルクソン的空間把握の面から重視すべきである。心象という言葉自体がベルクソン的用語であるイマージュから想起されたものとしている。ベルクソンは直感の単純性と概念の複雑性の中間項としてイマージュという言葉を使用しているが、賢治のメンタル・スケッチがまさにそれに相当するというのである。さらに『春と修羅』の序における「すべてこれらの命題は／心象や時間それ自身の性質として／第四次延長の中で主張されます／大正十三年一月廿日　宮沢賢治」という表記について、後に「以下スケツチの各項は、第四次構造に従います」という二行にわたる追加が、後の手入れ本の一つにあった。このことについて次のように解説をしている。

　これはつまり先ほど言いましたけれども、アインシュタイン＝ミンコフスキー的四次元時空間というのは、絶対的な関係世界です。心象スケッチというのは、いわば三次元的な空間と、それに伴うもう一つの時間という、我々が体験する日常の現象的な直観世界と概念的抽象世界の境界を綴るものです。それで、心象スケッチとしての詩の断片が全部連なっていった時に、四次元時空構造的な世界が、記述されるのだということを、賢治が主張しているのではなかろうか、と私は考えるわけです。
　ベルクソン的な心象スケッチは、あくまでも現実を記述する詩人としての方法なのだと思います。そして、賢治が心象スケッチで描きたかったのは、先程のか細い、ちいさな橋梁の架かる法華経的世界、存在論的に四次元的時空構造を持つ世界です。一所懸命に詩人として心象スケッチを記述していけば、それが全部束ねられた時に、それはひとつの四次

元的な時空構造の記録、つまり絶対的なひとつの作品として残ると自負したんだろうと思います。（金子、一九九四、p184）

賢治が望んでいたのは、つまり詩の一つの方法として現実の記録という形で心象スケッチを積み重ね、その結果描き出される世界が現実に四次元的構造に近づいていくということではないだろうか。日常の現象的な直観世界と概念的抽象世界の境界を『春と修羅』によって描き出そうとした。それは従来の詩という方法では成し得なかったからである。物理学者たちはその四次元世界を数式や公式あるいは図式といったもので説明しようとしたが、賢治はまず文学という形、しかも詩篇を重ねるといった方法で表現しようとしたのである。

さらに金子の言う「我々が体験する日常の現象的な直観世界と概念的抽象世界の境界を綴るもの」という心象スケッチの骨子は『春と修羅』からそのままほぼ同時期に刊行した童話集『注文の多い料理店』へと受け継がれていく。一九二四年に出版された『イーハトヴ童話　注文の多い料理店』の広告ちらしの中でイーハトーヴの特色を述べる際に同じ「心象」という言葉を使用していることに着目すべきだろう。

この童話集の一列は実に作者の心象スケッチの一部である。それは少年少女期の終り頃からアドレツセンス中葉に対する一つの文学としての形式をとってゐる。この見地からその特色を数へるならば次の諸点に帰する。（中略）

三　これらは決して偽でも仮空でも窃盗でもない。
多少の再度の内省と分折[20]とはあっても、たしかにこの通りその時心象の中に現はれたものである。故にそれは、どんなに馬鹿げてゐても、難解でも必ず心の深部に於て万人の共通である。卑怯な成人たちに畢竟不可解な丈である。

四　これは田園の新鮮な産物である。われらは田園の風と光との中からつやゝやかな果実や、青い蔬菜を一緒にこれらの心象スケツチを世間に提供するものである。
（十二巻校異篇、p10‐11、下線部は筆者が付加）

『春と修羅』において心に浮かんだままの世界を忠実に再現することに挑戦した賢治は、同じ信念でもって童話集を編んだのである。『春と修羅』との違いは自分自身の内的世界の吐露と、少年少女からその少し上の子供たちに向けて書かれた文学という点である。心に浮かんだもの、そのものを書いたという点では共通するものの、『春と修羅』においては難解だった空間把握や、時間の推移の混同はなく、子供たちにも理解しやすい形態で書かれていることがこの序から判断できるのである。

ここで「その時心象の中に現れたもの」、のその時とは、同じく『イーハトヴ童話　注文の多い料理店』の序において賢治が説明した、

これらのわたくしのおはなしは、みんな林や野はらや鉄道線路やらで、虹や月あかりからもらってきたのです。ほんたうに、かしはばやしの青い夕方を、ひとりで通りかかったり、十一月の山の風のなかに、ふるえながら立ったりしますと、もうどうしてもこんな気がしてしかたないのです。ほんたうにもう、どうしてもこんなことがあるやうでしかたないといふことを、わたくしはそのとほり書いたまでです。（第十二巻本文篇、p7）

という部分と共鳴しあっていることはいうまでもない。例えばひとり山野を歩き回っている時に、賢治はほんとうにその物語の場面を見、音を聞き、体感していたのだ。そんな風にしてやはりイーハトーヴ童話も直観世界と概念的抽象世界の境界をつづるものとして機能させ、四次元世界を構築していった。その意味で『春と修羅』と基本構造は同じなのである。

賢治はイーハトーヴ童話集を十二巻まで続々と発刊する心づもりでいたことは、広告文から分かる。ほぼ自費出版であったことに加え、あまり売れなかったこともあり、二巻以降が世に出ることはなかったが、多くの童話をイーハトーヴ童話集として発表しつづけようとしていた

ことは間違いないのだ。イーハトーヴの世界へと順に放たれていくひとつひとつの作品は賢治の切り取った断片世界であったはずである。『春と修羅』において全てのスケッチが連なり、四次元構造を語るように、童話世界においてもひとつひとつの作品はイーハトーヴの構造を語るように、積み重なり、軌跡を描き、やがて絶対的な一つの世界をつくりあげていくことになった。『春と修羅』とイーハトーヴの世界は全く同質とまではいえないが、その構造において非常によく似ていたといえる。

トシの居る空間をやみくもに探し続ける『春と修羅』と違い、イーハトーヴ空間はもっと落ち着いたものである。一つの作品中で賢治的空間認識が全面に押し出されることは少なく（後に書かれた『銀河鉄道の夜』などは別にして）、一つの作品の中での空間は比較的三次元としての安定は保ったまま異世界への旅が組み込まれた形となった。言ってみれば各作品がそれぞれにその異空間を内包した物語としてそれぞれの方向として輝き、その集合体がさらに四次元の世界を組織しているのだ。もっとも童話集所収の作品はトシの存命中に書きためられたものである。序が書かれたのが発刊直前つまりトシの死後であると考えれば、序が童話作品と比較し、より四次元を意識したものとなっていることは当然のことであるといえよう。つまりここでもトシの死は賢治の四次元の思考に深みを与えていたことが証明されるのである。イーハトーヴを考える時、既に賢治の思考の中に一つの方向が加わっていた。それからの創作においてそれは常に賢治の中にあり、例えば『銀河鉄道の夜』のようなより具体的な四次元世界の構築へと拡がりを見せていったのである。

　言語と向き合うことで人々の平等を考え、時空間と向き合うことで自ら体感したものを書きとめていく。それが創造世界に落とし込まれていくことにより、序々にイーハトーブの地図が広がりを見せていった。「どうしてもこんなことがあるやうで仕方ないといふこと」はイーハトーヴという四次元世界の中ではまぎれもない現実そのものである。迷いながら、悩みながら生き続けた結果、賢治はイーハトーヴというもう一つのリアルな世界を手に入れた。その全体像については次の章で詳しく見て行こう。

終章

イーハトーヴはなぜ生みだされることになったのか、そしてどのような過程をたどったのか。これは筆を進める間常に根底に流れ続けていた疑問であった。宮沢賢治は自分が生きるためのもう一つの世界を必要としていたから。これが筆者の辿りついた答えである。常に悩み、苦しみを抱えながら生きていた賢治はただ苦しいと嘆くだけの人間ではなかった。彼にとって生きることとは実践すること、変化し続けることであった。賢治がその短い生涯を通して求め続けたのは、もう一つの空間、もう一つの言語を含むもう一つの世界であった。イーハトーヴは岩手県である。しかしそのものではない。愛着ある郷土でありながら、岩手の現在（大正当時）を含み、その過去も、やがて来る未来も内包する大きな時間的広がりを持つ、岩手の永久的空間世界である。

1　苦悩と実践

自己実現に悩んだ若い賢治には、花巻の他にもう一つ自分の心地よい居場所としての街が必要であった。当初その答えとなるはずであった東京は、結局のところ自分の探していた場所ではなかった。妹トシの看病の担い手として必要とされ花巻に戻る。やるべきことが見つかって故郷へ戻る、その過程を経てからの岩手こそ、彼の求めるべきもう一つの空間のヒントになりえた。そこには賢治が家督を継ぐ長男以外の存在理由があったからである。本来求めていたのは自己実現のできるもう一つの空間であった。上京して苦労した方言の問題を解決するにも、やはりもう一つの言語エスペラント語を欲した。トシの死からの立ち直りに必要なのも、やはり過去を含むもう一つの空間であった。農民たちの生活が幸福に近づくことができない時、賢治が想像したのはイーハトーヴであった。きっと実現できる、自分達が想像したのだから、イーハトーヴの住人にそう言わせたのは賢治自身である。

イーハトーヴの出発点はこのように賢治の苦しみなのであった。辛く、迷ったときに求めたのはもう一つの道であった。死の間際、賢治は父親に枕元に積み上げた詩や童話の原稿を指差し、これらは自分の迷いの跡だから、後はどうにでもしてほしいと頼んだという。苦しみから生まれた数々の作品は、たしかに賢治の迷いではあったが、同時に求め続けたもう一つの道の軌跡でもあった。それが賢治の生きる軌跡、即ち賢治自身の生そのものであったことは、これまでに解明してきたとおりである。

東京というもう一つの街

賢治は家督を継ぐ長男として家に生まれ、周囲からも自分自身もそうあるべき人物として認識されながら成長する。しかしそのプレッシャーは賢治にとって自由がきかず、重苦しく辛いものであった。当時、長男として生まれた者は、戸主の地位と全遺産を相続するものとされ、次男以降の弟や姉妹と比べより高い教育を受けるほか、優遇された生活を送ることが一般的であった。[21] 賢治にとってこの時代、故郷とはこのようなイメージしかなかった。当時宮澤家では、古着商と質屋を営んでいた。「零細な生活者である階級のひとたちを相手に、その利息などで一家が生きてゆくなどという家をつぎたくないと言った。また、そういうことでたまった財産なども、つぎたくないのですとも言った」と花巻農学校時代の同僚である白藤慈秀は証言している（森荘己池、一九五五、p４）。後に賢治の代わりに家業を継いだ弟の清六も次のように証言している。「私が小学校にはいった頃にも店にはきたならしい古着をならべ、その日の糧にも困る人たちが店の畳の上に風呂敷包みをひろげたりしていたものですから、兄の賢治も私たちも全く家業が嫌いで、身のすくむ思いをしたのでありました」（宮沢清六、一九六四、p261‐262）花巻に留まる限り、職業を自分で選ぶ自由さえなく、親の家業を継ぐのが与えられていた唯一の未来であった。しかしそれも他の未来と比較するものがなければ、ただ漠然とした憂鬱にすぎない。岩手を見つめることは岩手から飛び出すことから始まった。すなわち東京への脱出である。息苦しい故郷からとびだし、もう一つの空間を求めた、それが東京であった。この時代農村を離れて都市へと向かうという行為は、賢治特有のものではない。一九一〇年代から一九三〇年代にかけて十歳代後半から二十歳代の青年たちの間では都会志向が広まっていた。第一次世界大戦をきっかけとした大戦景気は都市部への人口集中を促す。一九二〇年から一九三五年の内地男子人口総数の二十四％増に対し、東京での七十％増、大阪での六十七％増はこの都会志向の急激な増大を表しているのは明らかで、背景には大戦による産業構造の高度化により、都市での労働力需要が増大したことに加え、学歴秩序の形成がある。上昇志向のある若者たちは、都会で学ぶことを選ぶか、農村で独学をしながら都市部へ向かう機会を待った。この世代の青少年達がそれまでの農村世代と異なっていたのは、農業の薄利や農村と都市間の生活格差問題、教育文化の問題、家との関係に強い関心を払っていたことである。また一方で、農村の中には村に残り、農村の教育や文化の創造に取り組む者もいたのである（大門、一九九三）。

農村の青少年達が都市に憧れ家業を捨て上京する、さらに高学歴であるほど職場で優遇される。農村と都市との生活格差は深刻である。賢治はその日の糧さえも心配しながら生活する農民たちと東京の街中を歩く裕福な都市生活者たちを実際にみたが、それは賢治にとって農村と都会の対比以前に、自分と都市生活者の生き方そのものの格差なのであった。賢治の東京生活は一時的なものであり、学問にも、仕事にも将来的に確かなものは何一つなかった。家を離れて都市部へ流入してきた同世代の青少年たちを見て複雑だったに違いない。東京で過ごした日々は良くも悪くも岩手を客観視するきっかけとなった。例えば賢治はここで現実的な岩手の後進性を知るのである。『岩手県の百年』（長江好道ほか、一九九五）によれば、度重なる凶作に見舞われた明治三十年代、岩手県は発生回数でみても国内最悪のレベルであった。もともと寒冷な土地であるが、千島海流の発達にともなう夏季の冷温、北部海岸に多いガスや日照不足により冷害が多い特徴があった。日露戦争による増税もあり、農民達の生活は困窮を極め、やがては離農・離散をせまられることとなった。これを契機に東北地方が解決をせまられた課題として、いわゆる東北振興問題が登場したのである。国内全般においては、日本の資本主義が近代的な産業資本の体制を確立する時期であり、とりわけ農業問題と関わって近畿と東北の不均等性が政策の重要事項となった。この時東北の農業開発の目的で初めて創設されたのが、後に賢治の学んだ盛岡高等農林学校であったのだ。学校長は東京帝国大学農科大学教授であった玉利喜造で、『東北振興策』（一九〇四）をうちだした人物でもある。玉利はこの中で、東北人の不活発・遅鈍の性質の要因である寒さと雪を克服すること、そのためには衣食住の慣習の改良が東北の振興と発展のカギであるとした。具体的には、一、オンドルを利用した暖かい住居、二、革や毛織物等の衣類の着用、三、寒冷地での体温、気力、健康維持のための肉食生活への改善、四、冬季の習慣に体力、気力を養うような戸外での運動や娯楽を取り入れること、五、冬季間利用の工業をおこすことの五点を述べ、工業が発達することで農業が利益を受け同時に発達していくという観点を主張した。このような玉利の衣食住の改良と農業および農村副業（工業）との有機的結合を求めた振興策は、最も岩手県の政策に直接的影響を与え、実行されたと言われている。

玉利の東北の分析は常に他地域との比較に基づき、具体的には国内の寒冷地の比較として北海道、地方の比較として玉利の出身地である鹿児島を含む九州地方、また岩手県と緯度の近いスペイン、イタリアなどのヨーロッパ諸国、寒冷地としてカナダやロシアというように多岐にわたっている。同じ地方であっても西南地方（鹿児島の例）では、「愚民」の愚はどの地域にも共通するが、ただ有志家達が指導して改良法を行おうとする。一方で東北地方（岩手の例）はというと有志者は愚民とともにぐずぐずいうか、悪知恵をつける。東北には県下の利益を思って尽力するような有志者はいったい幾人いるだろうか、とまで批判している。国内における東北地方の（特に岩手県）の位置づけを客観視している貴重な資料でもあるので、ここでそのうちのいくつかをひいておく。

由来東北人士は言論は喧しいが、実行の精神に至っては、他地方人よりも甚だ欠乏して居る。盖し東北地方の開けぬも、起らぬも、賑はぬも、若しくは政治界に実業界に重きをなさぬも、必竟勇往邁進敢為決行の精神に乏しいからである。（p2）

畢竟我が東北の発達せざる原因を一言すれば、人民の懶惰より起るのである。冷淡、不熱心、不活発、遅鈍などと云ふ悪評を受けるも、皆是れからである。而してかやうな性質を帯びるのに至らしめたるは、全く気候即ち寒気に原因するのである。（p16）

東北地方の人民に就いて善く云へば、一種不羈独立の気象があるとでも云はうか、一種頑固の性癖がある。此の頑固性のあるが為め東北が発達せぬのである。夫れは一方から云へば、生来種々の刺激物又は訓練（学校教育にあらず）を受けること割合に少く、長い冬の間寒気のために抑へられたとは云へ、殆ど室内に安居して、身体心思を労することなく、緩りと至極安穏なる生活をなし来ったのである。（中略）それをヤレ農事改良ぢゃとか、何とか云ふて傍から色々指導したり、催促したりすると、感情上彼ら等はこれを嫌ふのである。つまり彼れ等の性に合はぬのである。併しその土地の人は実際指導や催促もしない冷淡不熱心で深切盡力と云ふ気風や、まめに立ち働くと云ふ性も甚だ欠乏して居るから、進歩発達の途に上り悪いのである。（p21‐22）

実際岩手地方の人々がこの玉利の視点で自分達をみることは不可能と言ってよいであろう。またこの視点から一方的に見られた東北人像に対しての批判もあるだろう。一方この東北人像の中には、玉利自身が岩手において「指導」が当初うまくいかなかったことへの焦りも含まれているかもしれない。しかし、他地方との比較という点において都市部の知識人から、このように東北地方は、未発達で、政治的にも経済的にも重きをおかれていない地域と位置づけられていたのは事実である。岩手を含めた東北人が寒冷地であるがために「不活発」で「遅鈍」であり、「気力」を養う必要がある、というあたりは玉利の持つ外側からの視点、つまり岩手地方以外の地域との比較から生まれる視点である。後進性という問題に取り組む場合、東北の人々自身が他の地域と比較し、その違いを知ることがまず始まりであった。賢治が全国の青少年同様、故郷から離れて始めて見えてくる地域性とは、このような種のものであったのである。後に賢治が重んじた実践という姿勢は明らかに玉利のいう東北人の性質の真逆に位置するものである。賢治もこの部分が岩手の人々に足りないと実感していたからではないのか。東京という地点を経たからこそ、次の段階への追求にたどり着いたといえよう。そして志を持った青少年たちがそうであったように、後に賢治は地方にあって、教育や文化の創造に尽力する道を選ぶのである。

東京というもう一つの街で自由を知り、大都市に埋没する快感を覚えたのもつかの間、西欧依存型の近代文明の正体を知り、関東大震災を発端とする大都市の疲弊そのものを目の当たりにすると、自分が求めていたのは本当にこの東京という空間だろうかという疑問が生まれてくるのであった。結局賢治は花巻に戻るのだが、もうその時はかつての自分ではないことは承知している。賢治が度重なる上京を通して得たものは、生きる上での自分の役割に気づく過程であった。

賢治は上京前に高等農林で農学科第二部（後に農芸化学化に改称）に所属し、鉱物、地質、土壊、肥料、農具、土地改良、農産製造、物理、気象、化学、食品化学、細菌などを学んだ。ここには第一部の科目に含まれていたような農政、農業経済的な要素が欠けていたことが指摘されている（境忠一、一九六八）。賢治は羅須地人協会の立ち上げ時に、この領域における知識が自分に欠けていることを書簡において示唆しているが、実はこの知識こそが岩手を支えていく方法の一つであると感じた時点があったように思われる。賢治は自分の果たすべき役割が、特に自分の持っている知識や情報を伝えること、教えることに気づいていくことになる。今の岩手に必要なのは知ることであると。そういう状況下では、花巻農学校での教師の職はうってつけであった。賢治はこの仕事を気に入り、次の大きな苦しみが訪れるまで没頭するのである。

羅須地人協会というもう一つの社会

教師の職は四年半続いた。生徒達との充実した教員生活を謳歌する半面、岩手の農民達の困窮には胸を痛め続ける。農学校の教え子たちが農民になりたがらないのも、悩みの一つであった。それは自分自身が農民でないことへの批判へとつながる。やがて賢治は農民達のもう一つの生き方、すなわち芸術的な生活の実践という形を目指す羅須地人協会を立ち上げた。賢治が自分自身に求めたものは、結果よりもむしろその過程であった。いかに農民が幸多く暮らせるのか、その為に自分には何ができ、農民とともに何を目指せるのか。その過程こそ貴いものであるという考え方は、生きることすなわち芸術という考えと、人生が時の積み重ねであり、一人の人生はそれぞれの芸術という思想に基づくものであった。勿論結果として目指すものは具体的に設定していた。例えば農民たちが農業技術はもとより、文化的知識を得ること、芸術に触れる喜びを知ること、賢治が都市と農村の間にあると感じた大きな問題の解決、例えば標準語と方言という言語の優劣の問題の解決、すなわちエスペラント語の学習、そしてより多くの収入を貨幣という形で得ること、これらは確かに最終目標となりえたが、羅須地人協会におい て必ず達成すべき目標とはまた別のものであった。農民達と共にその軌跡を楽しむこと、それが生きることそのものであり、なお変化していくことは受け入れられるべきものであり、それこそが本当に賢治が心から欲したものであったからである。賢治がイーハトーヴという世界を考える時、根底に流れているのはこの思想である。ユートピア世界を描くとき、多くの作家たちは、その結果すなわち理想の形を重視する。その間に様々な葛藤があったことはほのめかしながらも、出来上がった世界の美しさの前にそれらの痕跡はわずかしか残されていない。一方賢治が選んだのは、イーハトーヴが「煤色のユートピア」であることを否定し、理想へと向かう道筋を全てつまびらかにしていくという方法であった。良いことも悪いことも全てそこには含まれる。生きること、人生そのものがまさにそういったことであり、この価値観こそイーハトーヴを支える構造の一つである。

エスペラント語というもう一つの言語

羅須地人協会における農民達の言語学習、そしてイーハトーヴ世界の重要言語として賢治が選んだのは、エスペラント語であった。賢治は英語やドイツ語に親しみ、特に英語はかなりのレベルまで習得していたが、最終的に作品の中に地名や人名などの形で落とし込んでいたのはエスペラント語であった。それは当時の日本の人々がやがて傾いていったような政治色の濃いものとは対極にある。皆に平等な言語としてザメンホフが生みだした言語の中に、従来のルールにとらわれない自由な気風を賢治は感じ取っていた。それは単純にお互い意思疎通を図る者にとって便利で、しかも簡単であること、そして何よりどちらかの文化を押し付けたり損なうものでないことが賢治の心を捉えたに違いない。もっと言えば、エスペラント語の持つ開かれた語彙にも魅かれたであろう。使用する者が創り出すことのできる部分を持つ、それが作品中で使用された第一の理由と言えるかもしれない。花巻や盛岡、仙台、東京といった都市や町はその性格を残しながらも、街として新しい命を得ることができた。イーハトーヴは岩手県であるけれど、現実の岩手県そのものではない。エスペラント語を使った瞬間にその空間は直観世界と概念世界の境界に位置するイーハトーヴに所属するものとして機能し始めるのである。こうして岩手県に根差しながらも、もう一つの自由な創造世界を賢治は創り上げていったのである。

四次元世界というもう一つの空間

賢治の生き方には、変化をおそれないという特質がある。言い方を変えれば、生まれながら長男として家業を継ぐという生き方を定められていたがゆえに、常に変化し続けたいという願望があったようにも思われる。変わることに際して賢治は不安を感じるよりも、寧ろ変化を決断する高揚感で満たされていた傾向さえある。家業に専念しない罪悪感は少々あったとしても、変化そのものが悪である認識はまったくなかった。変わり続けることが生そのものであり同時に存在定義であることは、『春と修羅』の序において、自分の存在を明滅する青い照明にたとえたことにも通じている。大きな時間の流れにおいて、一人の人間として生きる自分も一瞬の光であり、その生の営みは光の明滅と同じであるという。「風景やみんなといっしょにせわしくせわしく明滅しながら、いかにもたしかにともりつづける」自分の姿は、農民を始めこの世に存在するみんなとともに変化を受け入れながら生き続ける、理想の生き方である。生と死を含んだ自分自身の変化、世界の変化を時間の流れとともに受け入れて行く、この発想はトシの死という最大の苦しみから生まれたものであろう。トシの死の直後の賢治にとって、時間とはトシのいるもう一つの空間そのものである。過去と現在が入り混じる感覚は、トシの実在と不在を曖昧にしていき、賢治の目に映るもの、心象として存在するものは即ちたしかにその瞬間、実在するものなのであった。賢治の頭の中には時間というものが様々な認識の形で存在しており、一つのまとまった考えに特化して説明することは困難である。それは特定の物理学や哲学といったものを凌駕するようなダイナミックな感覚のうねりであり、賢治がおかれていた状況ごとの苦しみや迷いの跡なのであるから、当然のことといえよう。ただし、時間の認識に関して、賢治なりの一定の法則はあるわけで、それは明滅する青い照明に象徴されるように、大きな時間の流れの中の点として自分の存在を捉える感覚であり、そしてトシの死によってその輪郭をはっきりと描き出した時間すなわち第四次の空間であった。これらは賢治の時間認識を構成する要素といえるだろう。

賢治にとって時間とはまた、集積されていくものでもあった。積み重なっていく時間を意識するのは、人の一生を考える時である。トシの人生は、はかないなりにも美しかったはず、という感覚が人の生きる軌跡という考えをつないでいく。結果ではなく生きる過程そのものが美しいという芸術としての人生は、羅須地人協会で追い求めた思想とも共通していた。生活そのものを楽しむこと、決して楽ではなかった農民達の生活にそれは彩りを与えたことは間違いないであろう。羅須地人協会が当初企画していたことも、その多くを為し得なかったとして、誰がこれを失敗と呼べるであろう。変化していくことは当然である、次に進んでいくことは憂鬱ではない。その時々の農民とのやりとりを充分に楽しんだ賢治にとっては芸術として生きた時間は何にも代えがたいものであったはずだ。

「ワタシ」というもう一人の自分

『雨ニモマケズ』は晩年賢治が病床で書いたものである。一九三一年、東京で発熱し、死を覚悟した賢治が花巻に戻り手帳に書き付けた。十一月三日の日付がある。ここに表される人間は明らかに賢治自身であり、その活動はまさに賢治が実践してきたことである、と誰もが思うであろう。しかし決定的なのは死を覚悟した賢治が、今この瞬間その全てを心から実践したいと願うにもかかわらず、それが不可能であるということである。健康で質素な生活を送り人のためにだけ生き、よく働く自分をどれほど願っていたことか。すでに充分実践しているとも感じられるが、相変わらず農民達の生活は向上せず、賢治自身も満足していない。もっともっと純度の高い実践をめざしていたのであろう。生涯を通して立ち向かって来た方法はここでも繰り返された。「ミンナ」のために生きる「ワタシ」、すなわちもう一人の自分を詩の中に創造したのである。架空の「ワタシ」、もう一人の賢治は病のために本来はできないことを次々と実践する。食欲があり健康的で質素な生活を送り、東西南北奔走し、人の為に働き、見返りも求めず無私を貫きとおす。もう一人の自分はつまり、ある過去の一点の自分自身であるかもしれない。以前の自分を思わせるその働きぶりに思いを馳せながら、過去の自分の功績を認めてやりたいが、今の自分とのあまりの落差にそれすらできない。自分とは何か、本当に人のために自分の願うような生き方をしてきたろうかと、自らに問う。そのような「ワタシ」を「デクノボウ」と呼ぶ「ミンナ」は農民を含む地域の人々であり、家族であり、友人、知人すべてであった。結局イーハトーヴとはこのようにして賢治の苦しみから生まれてきたのである。

ではなぜこの作品が、人々に称賛され繰り返し引用されるのか、特に危機的な局面に好まれるのであろうか。『雨ニモマケズ』の中の「ワタシ」は賢治にとっての理想像である。しかしその理想像は一般的に考えられるものと比較したとき、一風変わっていると言えよう。無私を貫きデクノボウとよばれることとは、万人に共通する理想とは言い難い。賢治が掲げた理想とは、つまり物事の良い面だけで構成されているものではない。イーハトーヴ世界に善人と悪人が混在するように、『雨ニモマケズ』の中で求められるのは自分の弱さをも隠さない、等身大でリアルなもう一人の賢治なのだ。理想とは何か。賢治の生き様と、そしてイーハトーヴと対峙しようとする時常に突き当たる問いである。この言葉の賢治の解釈を抜きにして語ることはできない。苦しみから生まれた賢治の理想は決して完全な形ではない。完全でないからこそ変化は続く。歴代の観賞者達を巻き込み、永遠の未完成へと誘うのだ。このイーハトーヴ世界が最も端的に表されたもの、分かりやすく象徴として語られたものの一つが『雨ニモマケズ』であった。結局人は賢治の完全体ではない理想に惹きつけられ、自分というイーハトーヴの構成要素をそこに見出し、その余白へと飛び込んでいく。そのことが『雨ニモマケズ』が普遍的に好まれる理由であろう。苦しみから生まれた世界で万人を受け入れる、それが賢治の理想だったのだ。

2　イーハトーヴ全体像

変化と普遍

トシとの死別からはもう一つの空間をつくりだした。岩手地方の農民の困窮からは、もう一つの社会を考えだした。方言のもつ劣性からもう一つの言語の習得をのぞんだ。自分という変化する存在自体もまた新たに創り出され、それら全てがイーハトーヴという創造世界に摂りこまれていく。

このようにイーハトーヴとはこれらの過程、賢治の苦しみから実践、独特の時間・空間把握へと続く一切を詳細に書き記した結果構築された、もう一つの世界なのだ。そこには賢治の考える「ミンナ」の「幸ひ」につながる道筋が必要であった。道筋は正しいもの、良いものだけとは限らない。イーハトーヴの住人には悪人も善人も含まれている。賢治のいう「ミンナ」は全ての人を含むからだ。まるでそれはひとりひとりの人間の中に共存する善と悪のようでもある。言いかえればイーハトーヴの中の悪は、賢治自身の中の悪と同じ扱いである。その全てが賢治を構成するように、全ての人「ミンナ」がイーハトーヴを構成している。そして賢治と「ミンナ」はより「幸ひ」が多い世界への変化を求め続ける。だからイーハトーヴには悪人たちも住み続けるのである。ミンナとはワタシを言い換えたことにすぎない。賢治というミクロコスモスはイーハトーヴという大宇宙とさして違いはないのである。こういった世界を感じ取り記録していく役割を担ったのが賢治で、詩や物語を共有するミンナは農民であり、家族であり、地域の人、そして新聞や雑誌の向こう側にいる人々、さらには時がたつにつれ変化していく作品の観賞者たちである。ミンナは国内の人々だけにとどまらない。賢治は海外諸国でエスペラント語の自分の作品が読まれることを想像していた時期があった。今や多くの言語に翻訳・出版されて実際その通りになっているのは誰もが認めるところである。およそ百年の時を超えた今、観賞者たちは新しい感覚と価値観で賢治の作品に向き合っている。その頃（漠然とした未来）にはきっといろいろな考えが想像もつかないほど変わっているのだろうと賢治は想像していた。それはまるで、いつか賢治が東京で見た浮世絵展覧会のようである。同じ一つの作品が時代によってその評価も鑑賞者をも変えていく。気の遠くなるような長い時間を経て、しかしそれはまるで生きているかのように、実際、湿気による紙の増減という呼吸をしつつその本来の輝きを放ち続けるのだ。現代の観賞者たちが浮世絵の本質について語り、歴史について想像を巡らすのと同様に、浮世絵の中の人物達は展示会場を行き交う様々な鑑賞者達をのぞき込む。時間の観念や次元の違いは通常のわくから飛び出していき、二つの世界は互いに同じ世界に存在できるようにすり合わせられ、等質なものへと変化していく。『浮世絵展覧会印象』でみられたこの世界観はイーハトーヴの世界と構造上の類似点が多いことに気づくであろう。四次元的とらえ方に代表される時空間の概念を保ちつつ、現実世界とは異なるもう一つの世界の創造がなされていくのである。そこでは現実のルールに縛られることはない。すべてがうまくいくユートピアではないにしろ、何かしらの可能性を秘めた創造世界である。しかもこの二つの世界、浮世絵とイーハトーヴとの間の世界の境界はあいまいで、自由に往来できるかのように、あるいはどこか共通しているかのようにも受け取れるのである。また本質は変わらないのに、こうして時代や観賞者により、常に変化し続ける浮世絵は実際賢治の作品が人の目に触れてからこれまで遂げた評価の変化とも重なる。自分の作品をも含め、自分の存在が変化し続けることは賢治自身がはっきりと認識していたことなのである。賢治がイーハトーヴの世界を創り出したとき、このように起るであろう内的・外的変化を計算にいれていたことは疑いようもない。つまり作品世界が自分の手を離れた後、自分の死後、思いもよらない方向へと進化を遂げる可能性を予測、もっといえばひそかに願っていたとも考えられるのだ。この意味においてイーハトーヴは創造された約百年も前から今までずっと未完成なのである。今後も鑑賞者が絶えない限り、変化し続け、ミンナが苦しみを感じる度にもう一つの空間として機能し続けるのであろう。さらに「農民芸術概論綱要」の結論において賢治は「われらの前途は輝きながら嶮峻である／嶮峻のその度ごとに四次芸術は巨大さと深さを加へる／詩人は苦痛をも享楽する／永久の未完成これ完成である」と書いている（全集十三巻上、p16）。賢治の欲したもう一つの社会、農民たちとの輝く芸術的生き方もまた困難かつ未完成であるべきとされたことは、イーハトーヴにおいて目指すものと一致していることが分かるであろう。

戦時下の日本で、そして震災後の苦しい日々の中で、賢治の作品が繰り返し語られる理由はここにあるのだ。賢治が図らずも迷いの跡として残したもの、それは鑑賞者の苦しみや苦悩を受け入れる余白となった。ゆえに道半ばにいる万人の苦悩をも受け入れる余白の部分を持つ、万人のためのもう一つの空間になりえた。賢治自身はこれを永遠の未完成と呼び、後世の観賞者はこれを普遍性とする。こういった過程をたどり、後に熟成する文学作品は読み手を受け入れる余白を残すものであり、だからこそいかなる時代をもいかなる人々をも惹きつける普遍性を持ち続けることは真実である。賢治が苦しみの中からみいだしたように、イーハトーヴは万人にとって必要なもう一つの空間でもあるのだ。

変化し続けることを未来を含んだ流れの中で認識していくことは、生き続けること、すなわち生そのものであり、どんなに困難な局面においても変化によってそこから脱出する術があることを賢治は学んでいた。変化をおそれず動き続ける自分の姿、実践という名の挑戦は賢治が生涯求め続けた物の一つである。心象スケッチと称して時間をあるがままに記録したことはイーハトーヴを時間の拘束から自由な世界へと解き放つための細工であった。また、イーハトーヴはたしかに岩手県であるが、私達が一般的に認識している東北の県の一つではない。時間とともに変わりゆく、鑑賞者とともに変化し続ける岩手の地を永久的に捉えたものであることが明らかになってくるであろう。イーハトーヴを構成するもの、鑑賞者や賢治自身を含む人々、作品そのものはこのように常に変容し、一つ処に留まることはない。一方イーハトーヴの世界そのものは賢治の苦しみから想起され、それがゆえに人々の苦しみを受け入れる余白を持つという普遍性を持っている。それがイーハトーヴの本質である。

心象世界と実在

死後の世界をも含むもう一つの空間を心から欲した賢治は、やがて時間からの解放という方法にたどりついた。ここで想像と現実は同じフィールド上で観察されうる。つまり一般的現実のみを認識する必要はない。その時感じるもの、想像するもの、それらはすべて実在している。想像したものは実現するという意味のことを賢治はイーハトーヴの住人に言わせたが、それは自分に対して、そして鑑賞者に対しての強いメッセージでもあろう。煤色のユートピアではない、何かを真似して作り上げたものでもない、イーハトーヴという名のその時自分の心に浮かび、リアルなものとして認識した、大正時代のあの瞬間の事実に他ならないのである。心象スケッチと呼んだ賢治の世界観は、『春と修羅』の制作過程に確立し、『イーハトヴ童話　注文の多い料理店』編纂時に花開く。一つ一つの花びらのような作品達は、まとめあげられた時に大輪の花を咲かせると同時に、それまでばらばらに機能していた賢治の感覚的・直観的心象世界を構築していく。その過程は賢治にとって、おそらく自己の内部世界を確認し、俯瞰する作業でもあったはずである。『春と修羅』の序を書いたのは一九二四年一月であり、書きためた童話をまとめ『イーハトヴ童話　注文の多い料理店』として刊行したのが同年の十二月、この頃に書かれた広告チラシには「この童話集の一列は実に作者の心象スケッチの一部である」とし、「これらの心象スケッチを世間に提供するものである」と明言している。この時点では賢治の世界観がある程度堅固なものとなりつつあることが分かる。

このようなフィールドにおいて時間と同様、一般的な距離感覚はさして大きな意味を持たない。イーハトーヴの特徴として、例えばトキーオ（東京がモデル）との違いを表すための設定はしても、具体的な距離感覚は重要視されない。海外諸国に関しても同様である。イーハトーヴ童話では登場人物や土地の名前がエスペラント語風、あるいは西欧風であることが多い。岩手地方をベースにしていることとの矛盾についても、異種多様のものが混在していても、心象スケッチの解釈同様それは賢治の心象世界そのものであり問題にすらならない。高村光太郎は「内にコスモスを持つ者は世界の何処の辺遠に居ても常に一地方的の存在から脱する」とした上で、「岩手県花巻の詩人宮澤賢治は稀に見る此のコスモスの所持者であった。彼の謂ふ所のイーハトーヴは即ち彼の内の一宇宙を通しての此の世界全般の事であった。」と評価した（高村、一九三三、「コスモスの所持者宮沢賢治」）。

賢治の持つコスモスが本論で解き明かしてきたような過程を経て形成されてきたとするならば、東京に居ようと花巻に居ようと、常にその一地方的の存在から脱し、自由自在に距離も価値観も文化の違いも飛び越えることができると考えられるのだ。東京―花巻という観点から始まった賢治の中の旅は、結局イーハトーヴの働きの中でその街の相違点を形だけのものにしていく。そういった都市や国々に対する認識が賢治の心象そのものであるからだ。そこには東京という都市と故郷の花巻の距離的・経済的かい離にも、イーハトーヴ空間への海外の国々の混在にも異和感を覚えないような独特の感性がある。それは決して一朝一夕に形づくられたものではなく、賢治が悩み苦しみながら駆け抜けてきた大都市での生活と故郷での試行錯誤に裏付けられた産物なのである。賢治の精神が自由さを保ち続ける限り、彼の心象世界に距離や時空間の制限はほとんどないと言ってよい。

賢治は童話集『注文の多い料理店』広告チラシの中でこのイーハトーヴを「実にこれは著者

の心象中に、この様な状景をもって実在したドリームランドとしての日本岩手県である」と定義した。この心象中の実在とは何をさし、何故賢治はこの言葉を使ったのか。ファンタジー世界であるならば、実在するか否かは問題視されず、したがってこの言葉は必要ないと考えられるのではないか。つまりイーハトーヴが単なるファンタジーの世界ではないことが、ここで明らかになっている。実在の意味を考えるとき、一般的には、実際に存在すること、現実にあるもの、であり、哲学では、一、意識から独立に客観的に存在するもの、二、生滅変転する現象の背後にあるとされる常住不変の実態、本体、の意味とされる。あえて実在することにこだわった賢治は、イーハトーヴの意味を、変化し続ける物事の背後にある不変の実体、であると強調したかったのではないか。イーハトーヴを構成する人や物事は常に変化し続けていく一方で、それらによってイーハトーヴの本質が変わることはない。イーハトーヴは変容するものの向こうにあって不変の本質をもつ実態なのだ。そしてこのことこそ、賢治が実在と呼ぶものである。明滅する青い光、変化し続ける自分の背後には不変の世界、イーハトーヴが実在するのだと、岩手県の姿、過去から未来へと変容していく岩手の向こう側に本質があるのだと、それがつまりは賢治が描くイーハトーヴなのだという宣言に思えてならないのである。

鑑賞者達がイーハトーヴに思いをはせる時、それがどのような世界なのか、たとえ岩手とはどこが共有され、どこが異なっているのかを思う時でも、それぞれの意識の中にすでにイーハトーヴは存在している。人の苦しみを受け入れるという本来の姿を私達に見せる時、私達の誰も（ミンナ）が認識することのできるリアルなイーハトーヴとしてそれぞれの心象世界に実在するのである。苦しみを受け入れる余白は、そのままミンナを受け入れる。人間も自然の一部です、と言った賢治は「ミンナもイーハトーヴの一部です」とも言うだろう。イーハトーヴはミンナを受け入れることで完成していくものである。ミンナとはあの時代も現代もこれからの未来も賢治の作品に、イーハトーヴ世界に関わる全員の、ひとりひとりのことであり、各々の変化でもってイーハトーヴを支えていくのである。これこそが多くの人々が賢治作品を支持する理由なのである。時代は変わり、人々の日々の悩みも大きく変わった。一方でやはり変わらない根本的な悩みも確かにある。つらい出来事はいかなる形であってもイーハトーヴの持つ余白に吸収され、人々は励まされるわけでもなく、ただ傷付いた心に寄り添われる感覚を味わうのだ。心の中にリアルに感じるイーハトーヴはミンナのたどりつくことのできる場所、心が欲する場所であるともいえるだろう。

注

（1）誤植は広告文の通り。
（2）以降書簡の引用については『新校本宮澤賢治全集』第十五巻の日付順に基づいた書簡ナンバーを付記する。
（3）和訳は谷川睦子・谷川正己共訳、一九八〇による。
（4）杉浦は詩の中の浮世絵を詩の文言から三人の絵師の作品と推定している（杉浦、一九八九）。
（5）以降、『浮世絵展覧会目録』『東京国立博物館図版目録　浮世絵版画編』『東京国立博物館収蔵品目録』の順に整理番号を付記し、それぞれ（展、図、松）と表記する。「展」の「p」は、目録のページ数を表す。「松」は松方コレクションの番号である。
（6）イーハトーヴの呼称にはイーハトーボ、イーハトヴォなどの派生形があるが、本書では引用部を除きイーハトーヴに統一する。
（7）『新校本宮澤賢治全集』第十二巻、p10。（誤植は広告文の通り）
（8）以降『ポラーノの広場』本文の引用は『新校本宮澤賢治全集』第十一巻に拠る。
（9）安藤恭子はこれらの推敲について、人間関係は〈大人／子供〉という固定的なものからより流動的になっていると指摘している（安藤、一九八八）。
（10）農村指導者を養成するための集合講座。
（11）富田の文献にはより詳細に書名を紹介してあるので参考にされたい。その他、大内、二〇〇七にはその他の資料を補足してある。

（12）前掲書では祖父母の時代から三代にわたってその県に住み、かつ本人は他県で一年以上生活した経験のないものという定義をしている。
（13）ＮＨＫラジオの放送は一九二五年、テレビ本放送は一九五三年にそれぞれ開始している。
（14）以下、当作品の引用は『新校本宮澤賢治全集』第十巻による。
（15）有島はこの文章から見る限り、相対性理論を相対主義的なものと混同していた節もある。
（16）実在したオペラ歌手マリブラン（一八〇六‐一八五八）をモデルにしたと考えられている。慈善事業家としても知られていた。
（17）**Ernest Heinrich Haeckel**　ダーウィンの進化論を支持し、生物の進化類縁関係の系統樹を作り個体発生は系統発生を要約して繰り返す、という生物発生原則を主張した。
（18）メーテルリンクの人形劇「タンタジールの死」に出てくる扉。王子タンタジールは目に見えぬ手に連れ去られ、人間の力では開くことのできない鉄の扉の彼方で息を引き取ってしまう。
（19）「津軽海峡」は『春と修羅』には収録されていないが、「1923, 8, 1」の日付が付記されており、同時期に書かれたものと判断されるため、列記する。
（20）分析の誤植。
（21）このような封建的大家族制度は、一九四七年の民法改正で廃止になった。

主な参考文献及び引用文献

アインシュタイン　一九八八　『相対性理論』内山龍雄 訳　岩波書店（第38刷、二〇一一）（Einstein, Albert, 1905, "Zur Elektrodynamik bewegter Körper"）
青木保 他　一九九九　『近代日本文化論2　日本人の自己認識』岩波書店
秋枝美保　一九九三　「ガドルフの百合」『国文学　解釈と鑑賞』58（9）p111‐115　至文堂
浅野晃　一九八二　「『青森挽歌』論」『国文学　解釈と鑑賞』47（13）p154‐161　至文堂
朝日新聞社 他編集　二〇〇八‐二〇〇九　「生活と芸術　アーツ&クラフツ展」図録　朝日新聞社
天沢退二郎 編　一九九六　『宮沢賢治ハンドブック』新書館
天沢退二郎 他編　二〇一〇　『宮澤賢治イーハトヴ学事典』弘文堂
安藤恭子　一九八八　「『ポラーノの広場』論―流転する「広場」」『国文学　解釈と鑑賞』53（2）至文堂
安藤恭子　一九九二　「宮沢賢治『十月の末』論―浸食される〈地方〉―」『日本文学』41　3月号　日本文学協会
池上雄三　一九七八　「「東京」ノートの東京」『国文学　解釈と教材の研究』23（2）p158‐163　学燈社
池川敬司　一九八二　「東京」『国文学　解釈と鑑賞』47（13）p112‐116　至文堂
泉鏡花　一九六六　『註文張』明治文学全集21　泉鏡花集　筑摩書房
泉鏡花　二〇〇四　『国貞ゑがく』『新編　泉鏡花集』第二巻　岩波書店（初出、一九一〇、『太陽』

第16巻1号　博文館）
板谷栄城　一九九〇『宮沢賢治の見た心象』日本放送出版協会
伊東三郎　一九五〇『エスペラントの父ザメンホフ』岩波新書30　岩波書店（一九八四、特装版）
井上寿彦　二〇〇七『賢治イーハトーヴ童話―「法華文学」の結実―』菁柿堂
井上史雄　二〇〇七『変わる方言動く標準語』ちくま新書　筑摩書房
岩手県　一九六四『岩手県史』第八巻　近代編3　社陵印刷
上田哲　一九八八『宮沢賢治　その理想世界の道程』改訂版　明治書院
上田哲 他　一九九六『図説　宮沢賢治』河出書房
浮世絵子　一九一六「錦絵の買集めと其苦心」『浮世絵』21号　浮世絵社
内田忠賢 他　二〇〇九『日本の民俗10　市の生活』吉川弘文館
NHK放送文化研究所　一九九七「データブック全国県民意識調査」日本放送出版協会
及川雅義　一九八三『花巻の歴史　上』国書刊行会
及川雅義　一九八三『花巻の歴史　下』国書刊行会
大内秀明　二〇〇七『賢治とモリスの環境芸術』時潮社
大内秀明　二〇一二『ウィリアム・モリスのマルクス主義　アーツ&クラフツ運動を支えた思想』
平凡社
大門正克　一九九三「農村から都市へ」成田龍一 編『近代日本の軌跡9　都市と民衆』p174-195
吉川弘文館

大川悦男 他　一九八〇「座談会　方言と児童文学」『日本児童文学』26（3）日本児童文学者協会
大島清次　一九八〇『ジャポニスム：印象派と浮世絵の周辺』美術公論社
大島義夫・宮本正男　一九八七『反体制エスペラント運動史』三省堂
大塚常樹　一九八九「賢治における東京」『国文学　解釈と教材の研究』34（14）p30-31　学燈社
大藤幹夫　一九八〇「児童文学と地方語の世界―宮沢賢治と『赤い鳥』―」『日本児童文学』日本児童文学者協会
岡村民雄　二〇〇八『イーハトーブ温泉学』みすず書房
岡村民雄　二〇一一「イーハトーヴ地理学」『ユリイカ』7月号　43（8）青土社
岡村民雄・佐藤竜一　二〇一〇『柳田国男・新渡戸稲造・宮沢賢治　エスペラントをめぐって』イーハトーヴ・エスペラント会
奥田弘　一九七五「宮澤賢治の東京における足跡」小沢俊郎 編『賢治地理』学芸書林
小倉豊文　一九六五「賢治がエスペラントを習った頃とラムステッド博士」『四次元』17（6）（本文は、一九九二『宮澤賢治研究資料集成』第20巻　日本図書センターによる）
小倉豊文　一九九〇「イーハトーヴオ」『宮澤賢治研究資料集成』第7巻　日本図書センター（初出は『四次元』2（1）・（2）、一九五〇）
小沢俊郎　一九六三「東京―花巻―賢治地理『集落』―」『四次元』15（7）宮澤賢治研究会（本文は、一九九二『宮澤賢治研究資料集成』第18巻　日本図書センターによる）
押野武志　一九九四「宮沢賢治のアインシュタイン受容」『ユリイカ』26（4）青土社

小野隆祥　一九七九　『宮沢賢治の思索と信仰』泰流社
小野忠亮　一九七〇　『北日本カトリック教会史』中央出版
恩田逸夫　一九九一　「宮沢賢治と丸善」『宮沢賢治論２　詩研究』（初出『明薬会誌』第90号、一九七三）
金子務　一九八一　『アインシュタイン・ショック　第Ⅰ部　大正日本を揺がせた四十三日間』（新装初版、一九九一）河出書房
金子務　一九八一　『アインシュタイン・ショック　第Ⅱ部　日本文化と思想への衝撃』（第三版、一九八五）河出書房
金子務　一九九四　「『春と修羅』序と四次元問題」『ユリイカ』26（4）p170-185　青土社
株式会社三越　二〇〇五　『株式会社三越百年の記録』株式会社三越
河西英通　二〇〇七　『続・東北―異境と原境のあいだ』中央公論新社
川原仁左エ門　編　一九七二　『宮沢賢治とその周辺』刊行会出版
北野大吉　一九三四　「モリスの人及び思想」『モリス記念論集』川瀬日進堂（復刻版、一九九六、沖積舎）
京大日本史辞典編纂会　編　一九九〇　『新編　日本史辞典』創元社
久慈力　一九八九　『宮沢賢治　世紀末を超える予言者』新泉社
栗原敦　一九八〇　「春と修羅第一集」『別冊国文学　宮沢賢治必携』「賢治詩辞典」学燈社
小林弘忠　二〇〇二　『「金の船」ものがたり』毎日新聞社

ゴンクール　二〇〇五『歌麿』隠岐由紀子 訳　平凡社
斎藤文一　一九九一『宮沢賢治四次元論の展開』国文社
斎藤文一　二〇〇一『アインシュタインと銀河鉄道の夜』新潮社
境忠一　一九六八『評伝宮澤賢治』桜楓社
佐々木英昭 編　一九九六『異文化への視線』名古屋大学出版会
佐藤勝一　一九九六「宮沢賢治「エスペラント詩稿」の成立（1）」『宮古短期大学研究紀要6（2）』p17-36
佐藤泰正 編　一九八〇『宮沢賢治必携』学燈社
佐藤竜一　一九九五『宮澤賢治の東京　東北から何を見たか』日本地域社会研究所
ザメンホフ・L・C・ザレスキ、ドブジンスキ・ロマン、青山徹　小林司　中村正美 監訳『ザメンホフ通り　エスペラントとホロコースト』原書房
柴田光彦 編　二〇〇一「御大典記念徳川時代各派名作浮世絵展覧会目録」『反町茂雄収集古書蒐集品展覧会・貴重蔵書目録集成第二巻』ゆまに書房
島村輝　一九九三「ビヂテリアン大祭」『国文学　解釈と鑑賞』58（9）至文堂
清水正　二〇〇六「ビヂテリアン大祭序論」『国文学　解釈と鑑賞』71（9）至文堂
杉浦静　一九八九「巨きな四次の軌跡をのぞく窓―「浮世絵展覧会印象」（東京ノート）の浮世絵―」『賢治研究』50号　宮沢賢治研究会
鈴木健司　二〇〇二「宮沢賢治という現象―読みと受容への試論」蒼丘書林

鈴木淳 編　二〇一〇『史跡で読む日本の歴史10　近代の史跡』吉川弘文館
鈴木東民　一九九〇「筆耕のころの賢治」三木卓『宮澤賢治』小学館
高村光太郎　一九三三「コスモスの所持者宮沢賢治」（本文は、草野心平 編『復刻版　宮沢賢治追悼』図書刊行会、一九八七　渓文社による）
田口昭典　一九九六「『ビヂテリアン大祭』作品の背景と現代社会にあたえるもの」『国文学　解釈と鑑賞』61（11）至文堂
太宰治　一九五七『富嶽百景』『富嶽百景』岩波書店（初出、一九三九『文体』2・3月号）
太宰治　一九五七『東京八景』『富嶽百景』岩波書店（初出、一九四一『文学界』1月号）
竹村民郎　二〇〇四『大正文化帝国のユートピア　世界史の転換期と大衆消費社会の形成』三元社
多田幸正　一九八七『宮沢賢治　愛と信仰と実践』有精堂
多田幸正　一九九六『賢治童話の方法』勉誠社
田中克彦　二〇〇七『エスペラント―異端の言語』岩波新書　岩波書店
谷川徹三　一九八九『宮沢賢治の世界』（第11版）法政大学出版局（初版、一九七〇）
谷川正己　二〇〇四『フランク・ロイド・ライトの日本：浮世絵に魅せられた「もう一つの顔」』光文社
玉利喜蔵　一九〇四『東北振興策』全国農事会
田山花袋　一九八一「丸善の二階」『東京の三十年』岩波書店
東京国立博物館 編　一九六〇『東京国立博物館図版目録浮世絵版画篇　上』東京美術

東京国立博物館 編 一九六二『東京国立博物館図版目録浮世絵版画篇 中』東京美術
東京国立博物館 編 一九七六『東京国立博物館収蔵品目録（絵画、書跡、彫刻、建築）』
東光敬 一九四九『宮沢賢治の生涯と作品』百華苑
富田文雄 一九三四「文献より見たる日本に於けるモリス」『モリス記念論集』川瀬日進堂（復刻版、一九九六 沖積舍）
トルストイ『地主の朝』（一八五六発表）『トルストイ全集1 幼年・少年・青年』一九八九、第七版 河出書房（初版、一九七三）
トルストイ 二〇〇二 原卓也 編訳『人生・宗教・芸術』白水社
永井荷風 一九八六『日和下駄』『荷風随筆集』野口富士男 編 岩波書店
永井荷風 二〇〇〇「浮世絵の観賞」（大正二年正月稿）「鈴木春信の錦絵」「欧米人の浮世絵研究」（大正三年稿）『江戸芸術論』岩波書店
長江好道 ほか 一九九五『岩手県の百年』山川出版社
中沢天眼 一九九〇「宮沢賢治と浮世絵」『宮澤賢治研究資料集成』第5巻 日本図書センター（初出、一九四八『農民芸術』）
中村稔 一九五八『宮沢賢治』五月書房
名子忠行 二〇〇四『イギリス思想叢書11 ウィリアム・モリス』研究社
名須川溢男 一九七五「賢治と労農党」『国文学 解釈と教材の研究』20（5）学燈社
成田龍一 編 一九九三『近代日本の軌跡9 都市と民衆』吉川弘文館

西成彦 ほか　二〇〇八　「世界からみたイーハトーヴ」宮澤賢治生誕110周年記念第三回宮澤賢治国際研究大会『宮澤賢治驚異の想像力その源泉と多様性』宮澤賢治学会、イーハトーヴセンター編集委員会　朝文社

西田良子　一九九五　『宮沢賢治―その独自性と同時代性』翰林書房

日本歴史大辞典編集委員会 編　一九八九　『日本歴史大辞典7』河出書房

野口米次郎　一九五〇　『美の饗宴』早川書房

畑山博　一九八八　『教師宮沢賢治のしごと』小学館

原子朗　一九七五　「童話『ポラーノの広場』―四次元幻想とアクチュアリティ」『国文学　解釈と教材の研究』20（5）学燈社

原子朗　一九九九　『宮澤賢治語彙辞典』東京書籍

樋口弘 編　一九七二　『浮世絵の流通・蒐集・研究・発表の歴史』浮世絵文献目録　味燈書屋

樋口弘 編　一九七二　『浮世絵の流通・蒐集・研究・発表の歴史』浮世絵文献目録　別冊付録　味燈書屋

ビング、サミュエル 編　『芸術の日本』大島清次 他翻訳　一九八一　美術公論社（Bing, Samuel., 1888-1891. “LE JAPON ARTISTIQUE”）

福島泰樹　一九九六　『宮沢賢治と東京宇宙』日本放送出版協会

藤沼貴　二〇〇九　『トルストイ』第三文明

ベルクソン、アンリ　中村文郎 訳　二〇〇一　『時間と自由』岩波（第13版、二〇一二）（Bergson,

Henri 1889 "ESSAI SUR LES DONNÉES IMMÉDEATES DE LA CONSCIENCE")
細井計 ほか 一九九五 『図説 岩手県の歴史』河出書房新社
マロリ・フロム 一九八四 『宮沢賢治の理想』晶文社
萬田務 一九八六 『孤高の詩人 宮沢賢治』新典社
宮澤賢治 一九九五 『新校本宮澤賢治全集 第四巻詩Ⅲ本文編』筑摩書房
宮澤賢治 一九九五 『新校本宮澤賢治全集 第五巻詩Ⅳ本文編』筑摩書房
宮澤賢治 一九九六 『新校本宮澤賢治全集 第六巻詩Ⅴ本文篇』筑摩書房
宮澤賢治 一九九六 『新校本宮澤賢治全集 第六巻詩Ⅴ校異篇』筑摩書房
宮澤賢治 一九九五 『新校本宮澤賢治全集 第九巻童話Ⅱ本文篇』筑摩書房
宮澤賢治 一九九五 『新校本宮澤賢治全集 第十巻童話Ⅲ本文篇』筑摩書房
宮澤賢治 一九九六 『新校本宮澤賢治全集 第十一巻童話Ⅳ本文篇』筑摩書房
宮澤賢治 一九九六 『新校本宮澤賢治全集 第十一巻童話Ⅳ校異篇』筑摩書房
宮澤賢治 一九九五 『新校本宮澤賢治全集 第十二巻童話Ⅴ劇・その他本文篇』筑摩書房
宮澤賢治 一九九七 『新校本宮澤賢治全集 第十三巻（下）ノート・メモ本文編』筑摩書房
宮澤賢治 一九九七 『新校本宮澤賢治全集 第十四巻雑纂』筑摩書房
宮澤賢治 一九九五 『新校本宮澤賢治全集 第十五巻書簡本文編』筑摩書房
宮澤賢治 一九九五 『新校本宮澤賢治全集 第十五巻書簡校異編』筑摩書房
宮澤賢治 一九九一 『宮澤賢治 近代と反近代』洋々社

宮澤健太郎　一九九〇　「賢治と近代（西洋）文明」『国文学　解釈と鑑賞』55（6）至文堂

宮澤健太郎　一九九三　「『青森挽歌』試論―鳥として遍在するキリスト・トシをめぐって―」『国文学　解釈と鑑賞』58（9）至文堂

宮沢清六　一九三四　「思ひ出」『宮澤賢治追悼』草野心平 編　渓文社（一九八七　図書刊行会復刻版）

宮沢清六　一九五一　「極東ビヂテリアン大会秘録」『四次元』3（5）

宮沢清六　一九六四　「兄、賢治の一生」『宮沢賢治童話全集』7巻　岩崎書店（本文は、境　一九六八　p29による）

宮本正男　一九六五　「エスペランチスト宮沢賢治」『四次元』17（6）初出（本文は、一九九二『宮澤賢治研究資料集成』第20巻　続橋達雄 編　日本図書センターによる）

三好京三　一九七八　「「グスコーブドリの伝記」、イーハトーヴの農民」『国文学　解釈と教材の研究』23（2）学燈社

室伏高信　一九二三　『文明の没落』批評社　第43版（一九二五）

森嘉兵衛　一九七四　『岩手をつくる人々近代編　下巻』法政大学出版局

森荘已池　一九五五　「注文の多い料理店」『イーハトーヴオ』p4（本文は、境　一九六八　p29による）

森荘已池　一九七五　「注文の多い料理店」『宮沢賢治　研究叢書』第五巻　学芸書林

Morris, William.,1891, "News from nowhere" 五島茂・飯塚一郎 訳　二〇〇四『ユートピアだより』

中央公論新社
山室信一　一九八九　「日本外交とアジア主義の交錯」『日本外交におけるアジア主義』岩波書店
西水　一九一五　「浮世絵と国々」『浮世絵』4号　浮世絵社
吉見正信　一九七五　「岩手の風土と文学の北方性―宮澤賢治を中心に―」『岩手の歴史と人物』岩手史学会 編　熊谷印刷出版部
吉本隆明　一九七八　「賢治文学におけるユートピア」『国文学　解釈と教材の研究』23（2）学燈社
渡辺宏　二〇〇三　「ビヂテリアン大祭の討論を検討する」『国文学　解釈と鑑賞』68（9）至文堂
渡辺芳紀　一九九六　『「青森挽歌」』『国文学　解釈と鑑賞』61（11）p163-176　至文堂
渡辺芳紀　二〇〇七　『宮沢賢治大辞典』勉誠出版
ライト、フランク・ロイド　一九八〇　『建築について（上）』谷川睦子・谷川正己 共訳　鹿島出版会（Wright, Frank Lloyd., 1917, 'Antique Color Prints' "Frank Lloyd wright on architecture")
ライト、フランク・ロイド　一九八八　『自伝―ある芸術の形成』樋口清 訳　初版、一九三二　中央公論（Wright, Frank Lloyd., 1932, "An autobiography")
王敏　二〇〇一　『宮澤賢治　中国に翔る思い』岩波書店

あとがき

二百系新幹線が緑の田園を切り裂くように進んで行く。もうわずかしか残されていない祖父との時間を持つために、私はひとり盛岡へと向かっていた。憂鬱な定期テストがようやく終わったある七月のこと。その頃の私にとって岩手は単に両親の生まれ育った土地であり、従姉弟たちと休暇ごとに楽しく遊べる地であった。

信じられないくらいに小さくなった祖父が病院のベッドの上で私に言った最後の言葉は「光原社に行きなさい」であった。高校生の女子が好むような雑貨なら、駅ビルにもデパートにもあるだろうに、なぜか祖父は私にそう言ったのだ。そこで祖母に何か欲しいものを買ってもらうように、と。少し不思議に思いながらも、祖母と私は生真面目にその言いつけを守り、材木町の光原社に向かった。

そこに足を踏み入れた瞬間、何ものかが強烈に私を魅きつけた。それは静謐なたたずまいか、それとも長い歳月を経たものにしか許されないその重厚さだったろうか。まるでその一帯だけが時の流れを止めているようにも感じた。十七歳が受け止められたものはせいぜいその程度だったが、あの日の感覚だけは今でも容易に思い出すことができる。もちろん当時は光原社が宮沢賢治の『注文の多い料理店』を出版したことは知らなかったし、教え子であった祖父と賢治先生との間に横たわる数々の事を聞かされてもいなかった。もう少し大人になってから祖父と話すことができていたら、何かが変わっていたろうか。私は大学を出てからしばらく高校で教鞭をとっていたが、その様子を見ていた母は、祖父の教員生活とよく重ねていた。似たような教師像はおそらくDNAでもあるけれど、その中に「賢治先生」から引き継いだかけらのいくつかもあるのでは、とひそかに願ったりもする。時が満ちて賢治の本を書いている孫を、祖父はどう思っているのだろう。あの日の謎かけは思うよりうまくいったなあ、などとほくそ笑んでいるのかもしれない。

何はともあれ、ここにたどりつくまで本当に沢山の人々に支えていただいた。まず先人達の研究がなければこの本は存在しえない。全ての賢治研究者たちと、この研究に携わった全ての方々に最大の敬意を払いたい。言葉を連ねるにあたり細心の注意を払ったが、もし不備があるとするなら、それは全て筆者である私が責任を負うべきものである。

大学院のゼミにおいて多くのヒントや的確なご助言を頂いた田中優子先生に、深く感謝申し上げたい。まとめたものをゼミで評価していただく瞬間、価値あるものに思えてくる不思議、そして頭の中でまとまらずもやもやしていたものが、先生の言葉により整理されていく過程、驚きとともにそこに指導というものの本質を見た四年間であった。さらに共に戦い、献身的なまでに様々な場面でフォローしてくれたゼミ生の皆さんにもお礼を述べたい。延長戦（？）の専攻室での会合を含め、どれほど多くの刺激を受け取ったことか。そして、寛大にもこの本の刊行を決めてくださり、気長に完成原稿を待っていてくださった新典社編集部の皆さまに心より感謝申し上げたい。また書いているものが本になることを心から喜んでくれた、日本中の、いや世界に散らばる私の大切な友人たち、教え子たちにも変わらぬ感謝を。最後にこれまで勇気づけてくれた家族に、無条件に私を信じ続け、励まし、時に笑わせてくれる夫に、尊敬と感謝の念を添えてこの本を捧げます。

二〇一四年七月

人見　千佐子

人見　千佐子（ひとみ　ちさこ）
1968年3月20日　仙台市に生まれる
1990年3月　東北学院大学文学部英文学科卒業
2014年3月　法政大学大学院国際日本学インスティテュート博士後期課程修了
専攻　英文学・近代日本文学
学位　学術博士
所属　法政大学国際日本学研究所客員学術研究員
論文　「宮沢賢治作品における東洋という視点」
（『法政大学大学院紀要』2011年3月，法政大学）
「イーハトーヴとユートピア」
（『法政大学大学院紀要』2013年3月，法政大学）
「賢治の見つめた東京」（『国際日本学』2013年3月，国際日本学研究所）

リアルなイーハトーヴ
——宮沢賢治が求めた空間——
新典社選書 72

2015年3月20日　初刷発行

著　者　人見 千佐子
発行者　岡元 学実

発行所　株式会社　新 典 社

〒101－0051　東京都千代田区神田神保町1－44－11
営業部　03－3233－8051　編集部　03－3233－8052
ＦＡＸ　03－3233－8053　振　替　00170－0－26932

印刷所　惠友印刷㈱　製本所　牧製本印刷㈱

ISBN978-4-7879-6822-7 C0395
http://www.shintensha.co.jp/　E-Mail:info@shintensha.co.jp

新典社選書

B6判・並製本・カバー装　　＊本体価格表示

- ㊶百人一首を読み直す ―非伝統的表現に注目して―　吉海直人　二三〇〇円
- ㊷『住吉物語』の世界　吉海直人　二四〇〇円
- ㊸讃岐典侍日記への視界　小谷野純一　二七〇〇円
- ㊹『枕草子』をどうぞ ―定子後宮への招待―　藤本宗利　一三〇〇円
- ㊺窪田空穂と万葉集 ―亡き母挽歌と富士関係歌―　鈴木武晴　二四〇〇円
- ㊻これならわかる漢文の送り仮名 ―入門から応用まで―　古田島洋介　一五〇〇円
- ㊼国学史再考 ―のぞきからくり本居宣長―　田中康二　一八〇〇円
- ㊽「一分」をつらぬいた侍たち ―『武道伝来記』のキャラクター―　岡本隆雄　一五〇〇円
- ㊾芭蕉の学力　田中善信　一一〇〇円
- ㊿大道具で楽しむ日本舞踊　中田　節　二〇〇〇円
- 51宮古の神々と聖なる森　平井芽阿里　二〇〇〇円
- 52式子内親王 ―その生涯と和歌―　小田　剛　一三〇〇円
- 53古典和歌の文学空間 ―歌題と例歌（証歌）からの鳥瞰―　三村晃功　三二〇〇円
- 54物語のいでき始めのおや ―『竹取物語』入門　原　國人　一一〇〇円
- 55家集の中の「紫式部」　廣田　收　一八〇〇円
- 56森鷗外　永遠の問いかけ　杉本完治　二二〇〇円
- 57京都のくるわ ―生命を更新する祭りの場―　田口章子　一四〇〇円
- 58方丈記と往生要集　鈴木　久　一〇〇〇円
- 59古典和歌の時空間 ―「由緒ある歌」をめぐって―　三村晃功　二一〇〇円
- 60作品の表現の仕組み ―古典と現代　散策―　大木正義　一三〇〇円
- 61鎌倉六代将軍宗尊親王 ―歌人将軍の栄光と挫折―　菊池威雄　一六〇〇円
- 62『こころ』の真相 ―漱石は何をたくらんだのか　柳澤浩哉　一八〇〇円
- 63続・古典和歌の時空間 ―長流と契沖の「由緒ある歌」の展望―　三村晃功　三一〇〇円
- 64白洲正子 ―日本文化と身体　野村幸一郎　一五〇〇円
- 65女たちの光源氏　久保朝孝　一五〇〇円
- 66江戸時代落語家列伝　中川　桂　一七〇〇円
- 67能のうた ―能楽師が読み解く遊楽の物語―　鈴木啓吾　三二〇〇円
- 68古典和歌の詠み方読本 ―有賀長伯編著『和歌八重垣』の文学空間―　三村晃功　二六〇〇円
- 69役行者のいる風景 ―寺社伝説探訪―　志村有弘　一〇〇〇円
- 70澁川春海と谷重遠 ―双星煌論　志水義夫　一四〇〇円
- 71文豪の漢文旅日記 ―鷗外の渡欧、漱石の房総　森岡ゆかり　二三〇〇円
- 72リアルなイーハトーヴ ―宮沢賢治が求めた空間―　人見千佐子　二三〇〇円